Jean-Luc Marcastel

Louis le galoup

Tome 1

Le Village au bout du monde

ÉDITIONS LEHA
jeunesse

Louis le Galoup, tome 1, *Le Village au bout du monde*
par Jean-Luc Marcastel

Illustrations : Jean-Mathias Xavier

Colorisation de la couverture : Julien Delval
Composition de la couverture : Sophie Castagnède
Calligraphie du titre : Nadine Le Moing

Loi n° 49.956 du 6 juillet 1949 sur les publications destinées à la jeunesse.

Dépôt légal : février 2021
ISBN : 979-10-97270-66-7

Leha Jeunesse

Editions LEHA, 41 rue Saint-Augustin, 75002 Paris
Siège social : 18, avenue de la Madrague de Montredon, 13008 Marseille
www.editions-leha.com

Je dédie ce livre à plusieurs personnes sans qui il ne pourrait et n'aurait aucune raison d'être :

À toi Louis, mon petit garçon, mon petit galoup, afin que jamais le Louvoir ne t'emporte et que tu n'oublies pas de rêver.

À toi Stéphanie, ma femme, mon amie, mon amante, ma reine, mon rêve, mon paradis, ma Roussotte, auprès de toi, le temps n'existe plus.

À toi Maman, ma première et infatigable lectrice, qui, toujours, a cru en moi et en mes histoires.

À toi Mamie, la meilleure des grand-mères, qui m'a appris à rêver.

À toi Tonton, mon grand frère, mon roc. Reste à jamais celui que tu es.

À Caroline Fel, notre bonne fée angevine, marieuse de talents, sans qui le Galoup n'aurait pas surgi de ses cendres, et à tous les siens.

À toi Jean-Mathias, qui sais, comme personne, te promener en Occitània, et en ramener ce que tu as vu, de ton crayon sorcier. Nous savons tous les deux ce que le galoup te doit.

Merci à Hicham, mon éditeur, qui a cru au galoup et s'est dépensé sans compter pour que renaisse l'histoire, plus belle que jamais.

Pour vous M. Seignolle, qui m'avez prêté votre encre pour tremper ma plume. Vos mots m'ont ouvert les portes d'Occitània.

Enfin, je dédie ce livre à tous ceux qui, par leur passion, leurs lettres, leurs mails, leur soutien, en lisant ou en faisant lire, en racontant à d'autres les aventures de Louis, les ont fait connaître et aimer, car c'est bien pour être contées que les histoires sont faites.

À vous qui avez déjà ri, aimé, souffert et espéré en compagnie de Louis et de ses amis, je l'affirme... l'Histoire d'Occitània ne fait que commencer...

Entre ici et ailleurs, il existe un pays dont bien peu, de ce côté-ci de la réalité, ont entendu parler.

C'est qu'il y a des milliers d'ici et des milliers d'ailleurs, plus ou moins semblables. Certains seront seulement différents par la couleur de l'herbe, qui sera bleue au lieu d'être verte. Dans d'autres, les pendules auront dix heures à la place de douze. Ou tout sera tellement étrange que la moindre plante paraîtra terrifiante.

Le pays dont nous parlons n'est pas de cette catégorie. Il est plus proche de notre monde, mais pourtant pas tout à fait le même.

Dans ce pays, comme dans tous les autres, les gens vivent, rient, pleurent et rêvent. Somme toute, rien que de très naturel. La plupart des hommes y mènent une existence tout ce qu'il y a de plus paisible, entre semailles et moissons.

Mais pas tous…

Dans chacune des réalités dont nous parlons, il existe des personnes dont la destinée est différente… Des personnes qui, par la force des choses et leur propre volonté, changent l'histoire de leur temps…

Des gens pas comme les autres… Des héros.

Celui dont nous allons parler ici, moins que certains peut-être, mais plus que beaucoup, mérite d'être appelé par ce mot… Héros.

Quand les gens des pays du nord, par-delà la Grande Brèche, racontent une histoire, ils la commencent toujours par « Il était une fois ». Une belle entrée en matière, comme on peut en trouver dans les livres reliés.

Mais chez nous, quand on se rassemble au coin du feu pour se faire rôtir les sourcils et se mettre à l'abri du froid, dans le creux du cantou, on commence plutôt par…

« Il y a un village, là-haut, dans la montagne, entre ciel et bruyère… »

Alors, tout le monde se tait. Même le vent, qui mordille les volets clos, semble faire silence, pour écouter la suite.

C'est l'heure du conteur… C'est l'heure de l'histoire… L'histoire de Louis… Louis le galoup.

- Chapitre 1 -

Le village au bout du monde

Il y avait un village, là-haut dans les montagnes. Oh ! Ce n'était pas un grand village, juste quelques maisons agrippées au pied des pentes. Quelques pustules de pierre poussées au milieu de champs rabougris à l'herbe rare et sèche.

La vie y était dure alors. La vallée, surtout à cette altitude, n'était pas tendre pour ceux qui s'y accrochaient.

C'est qu'elles étaient hautes, ces montagnes, et violentes aussi. À les regarder de loin, on croyait voir des dents énormes prêtes à croquer une bonne portion de ciel.

Quant aux hivers, mieux valait ne pas y penser. La neige tombait drue ici, et tôt. Fin septembre, déjà, les premières gelées faisaient virer les forêts du vert au brun, en une seule nuit.

Même les rochers qui tapissaient les pentes tondues ne résistaient pas au froid. Certaines nuits, on entendait la pierre éclater et se fendre comme un caillou sous le marteau du tailleur.

Ça, l'hiver, on connaissait par ici. Il commençait en octobre pour ne finir qu'en mai de l'année suivante, et encore de mauvaise grâce.

Mais alors quelles couleurs, quel festival, quelle exubérance !

Le printemps était court, mais gagnait en intensité ce qu'il perdait en durée. Il déployait ses couleurs sur les pics abrupts tel un papillon éphémère mais merveilleux.

Puis venait l'été, chaud et bref, sec comme un coup de trique, zébré d'orages rageurs et imprévisibles, fouettés de langues de foudre meurtrières. Quand ça tonnait, par ici, chacun s'enfermait chez soi et claquemurait portes et volets. C'est que dans chaque famille, on gardait encore le souvenir d'un bon gars foudroyé en plein champ, tellement bien rôti que même un loup affamé n'en aurait point voulu.

Bien sûr, habitués à ce climat peu commode, les gens de ce coin oublié de Dieu étaient devenus un peu rudes. Au voyageur de passage, ils pouvaient paraître renfermés, pour ne pas dire rustauds.

Il y avait du vrai là-dedans. À Mandailles, il faut bien l'avouer, on accueillait plus souvent l'étranger avec une fourche qu'avec une parole aimable.

Mais ce serait mal juger que de s'arrêter là. Une fois le premier contact difficile passé, et si on ne se retrouvait pas balancé dans l'auge à cochons, on était traité comme un ami, presque un membre de la famille.

Et puis des visiteurs, il en venait peu ici. Le dernier voyageur à s'être égaré dans ce bout du monde devait être bien vieux déjà. Seuls les anciens se souvenaient encore de son passage.

C'est qu'au-delà des montagnes, où l'on trouvait peu de chemins praticables, s'ouvrait la Grande Brèche, celle qu'on surnommait « la Brèche du Diable ». Cette Brèche maudite, qui traversait la terre tel le sillon vertigineux d'une charrue haute comme les montagnes, marquait la fin du pays et de toutes les routes.

Personne ne se risquait à diriger ses pas vers ce gouffre à malfaisance qui, la nuit, semblait briller d'une lueur mauvaise et vénéneuse. Les plantes et les bêtes aux alentours étaient devenues bizarres, infestées du Diable. Franchir les montagnes, c'était courir à un bien mauvais sort. On n'en revenait guère. Les rares qui avaient fait l'aller-retour, voilà longtemps, on n'en gardait pas de bons souvenirs… Eux aussi étaient devenus « brècheux », contaminés par le mal de là-bas.

Mandailles était, de fait, une sorte de bout du monde, le dernier avant-poste de l'homme dans une nature sauvage et revêche.

Et c'est ici que commence notre histoire.

Louis rêvait…

Il faisait froid, il le savait, même sans le sentir. Là-haut, dans un ciel traversé de nuages menaçants, une lune pleine et glaciale le lorgnait d'un œil pâle et inamical.

Contre son dos, il sentait un mur de pierre couvert de mousse humide et grasse dans lequel s'enfonçaient ses doigts crispés.

La lune et la pierre… les deux seules choses encore épargnées par le grand brasier qui semblait devoir consumer le monde. Car tout dans cette nuit sorcière n'était que violence, flammes, hurlements, choc des armes et cavalcades éperdues.

« Il a fracassé la poterne ! »

Une voix d'homme sur la gauche, quelque part dans les ténèbres embrasées, un homme qui, déjà, se savait promis à l'enfer.

« Rien ne l'arrête, ni les flèches, ni les épées ni les lances… C'est un démon… Un démon… »

Un peu plus loin, dans l'ombre en furie éclaboussée de rouge, il y eut un grand remue-ménage, celui de corps couverts de métal qu'on aurait démantibulés dans un concert de vociférations et de cris de bataille se brisant en écume sanglante.

Là-dessus, renvoyant tout le reste au rang d'anecdote, roula un son colossal, un grondement écorché qui se répandit jusqu'à la pierre, dans le dos de Louis, celui d'une bête folle, énorme, souffrante, une bête comme jamais cette terre n'en avait portée.

« Il va nous tuer ! Il va tous nous tuer ! Oh ! Seigneur, regardez… Regardez-le…

— Reformez les rangs ! Le donjon doit tenir !

— C'est pas un galoup… C'est le Diable en personne ! Le Diable…

— Allez chercher la Dame et l'enfant et rendez-lui ! Rendez-lui par pitié…

— Il est trop tard… Tenez les rangs pour notre seigneur, il… Il est sur nous ! »

Louis, recroquevillé contre la froide muraille, se ratatina un peu plus et ferma les yeux, alors qu'un nouveau concert de bruits et de clameurs abominables venait craquer, grincer, rebondir et ruisseler sur la pierre jusque dans ses oreilles…

Le fer frappait, fulgurait en vain, se brisait, dans le grincement horripilant des armures fracassées, concassées comme vulgaires noix… Puis vinrent les autres sons, pires encore, plus humides… Gargouillis, râles et déchirements.

Les mâchoires de la bête, de cette ombre effroyable, toute tressée de cauchemars, qui approchait, claquaient encore et encore, rythmant l'œuvre de la Faucheuse, moissonnant vie à chaque coup…

Les appels se firent plaintes, puis se turent, un à un, sur un dernier craquement.

Quand même les odieux échos de mastication se furent éteints, dans la forteresse assassinée rendue au silence, Louis osa enfin ouvrir les yeux… Et le regretta aussitôt, de tout son être.

Là-bas, à cinq mètres de lui à peine, dominant un carnage de métal et de chairs meurtries, silhouettée de sang par la lueur des tours en feu, se tenait une forme terrifiante.

C'était un homme… Et un loup à la fois.

Du premier, il avait la posture debout et deux bras puissants ; du second, le pelage hirsute et sombre, les pattes fines à la place des pieds et une queue épaisse et fournie.

Quant à sa tête, penchée qu'elle était vers le sol, Louis ne pouvait ni ne voulait la voir.

Le galoup, car c'en était un, sans l'ombre d'un doute, et quel galoup ! était penché sur quelque chose.

Louis, qui n'avait pourtant qu'une envie, refermer les yeux pour ne plus les rouvrir, ne put se retenir. Il se pencha un peu pour découvrir ce que surplombait ainsi le monstre.

Il ne put ravaler un cri d'horreur quand il découvrit, entre les pattes de la créature, une forme immobile et frêle gisant sur le pavé souillé, celle d'une jeune fille.

Le galoup s'apprêtait-il à dévorer cette ultime victime ? Curieusement, du fond de sa frayeur, Louis n'en était pas sûr. Tout penché qu'il était sur la malheureuse, le galoup ne semblait pas sur le point de la croquer. Au contraire, Louis avait l'impression que la terrible apparition hésitait, en proie à une indécision qui la faisait trembler.

Alors une voix hurla, près de Louis, celle d'une femme, belle et claire : « Jehan non ! »

Il y avait une telle douleur dans ces mots, une telle tristesse, que Louis en fut bouleversé.

Cette voix, sans qu'il sût dire pourquoi, remuait en lui des sentiments forts et oubliés.

Et le galoup l'entendit aussi.

Sa masse prodigieuse, tout en muscles et en poils noirs, se figea, comme frappée par un fouet, avant de se retourner lentement.

Et Louis put enfin voir sa face.

C'était bien une tête de loup qu'il avait à la place du visage, et quelle tête !

Énorme, massive, c'était une gueule à croquer un tronc d'arbre, aux dents plus longues que des couteaux. Là-dessus se dressaient deux oreilles pointues et touffues, et entre les deux, ses yeux.

Des yeux de loup, bien sûr, aussi jaunes et brûlants que des soleils venimeux, luisants d'une terrible fringale, d'une sauvagerie toute animale… Mais il y avait aussi autre chose, un reflet d'humanité coupable qui rendait ce regard plus terrible et tragique à la fois… une lueur de honte, de souffrance et de remords, une douleur tout à fait humaine.

Louis, étrangement ému, crut voir une larme déborder de l'œil ardent et se perdre dans la fourrure rêche de la créature… Sans qu'il sache pourquoi, cette larme le bouleversa plus que tout le reste.

Alors, des bras doux se refermèrent sur lui, et une voix, celle de la femme, le supplia :

« Ne regarde pas Louis ! Ne regarde pas ! »

Les bras l'enserraient. Il ne voyait plus rien, et celle dont il sentait à présent l'odeur, douce, rassurante, ordonnait :

« Va-t'en Jehan ! Va-t'en ! »

Alors Louis entendit le galoup hurler.

Dans ce cri, il y avait un tel désespoir que Louis crut que son cœur allait éclater. Et lui aussi se mit à hurler, hurler…

« Eh bien, grand fainéant, c'est pas comme ça que la moisson va avancer ! »

Ces paroles se frayèrent un chemin dans le cauchemar de Louis, telle une épée déchirant un voile noir. Les ténèbres s'écartèrent, repoussées par les accents chauds et familiers de cette voix.

L'ombre souillée d'écarlate se consuma dans la lumière, alors que ses yeux s'ouvraient sur un soleil radieux.

Au-dessus de lui, le ciel bleu baladait un troupeau de nuages ventrus mais clairsemés. L'air, encore tiède d'un reste d'été, sentait déjà l'automne. Les branches chuchotaient aux feuilles bavardes quelque secret de sève.

Un visage était penché sur lui, celui d'un garçon, son frère, Séverin.

Séverin était d'un an son aîné, mais, à quatorze printemps maintenant, cette différence s'était estompée si elle avait jamais été marquée.

Séverin était un solide gaillard tout en muscles, un rude travailleur, dur à la tâche, et un bon coureur, que personne, au village, ne se serait avisé de défier. Séverin, il vous grimpait les montagnes à en concurrencer tous les chamois du monde, sans jamais se fatiguer.

C'était surtout quelqu'un de calme et réfléchi, qui appréciait plus la lecture que la bagarre. Quelqu'un, enfin, qui ne connaissait ni de près ni de loin le sens du mot « méchanceté », et se tenait toujours prêt à intervenir au moindre conflit.

Sa gentillesse, il la portait sur lui, dans son visage franc comme un sou neuf, son sourire sans retenue et le vert généreux de son regard.

Ce regard qu'il portait à présent sur Louis, inquiet.

« Louis, ça va ? Tu en fais une tête ! »

Louis cligna des yeux avant de répondre, pas tout à fait sûr d'être vraiment là.

« Bien sûr que ça va ! Et j'aimerais bien voir ta tête, à toi, si je te réveillais en hurlant comme ça ! »

Il ne tenait pas à parler de son rêve à Séverin. Il savait que ce dernier se serait encore inquiété pour lui. Peut-être, aussi, voulait-il éviter les questions que son frère ne manquerait pas de lui poser.

C'était mal le connaître.

« Tu as encore fait ce cauchemar, pas vrai ? »

Un pli soucieux barrait le front tanné de soleil du jeune homme, sous ses crins clairs et hérissés de brins de paille.

Louis ne se sentit pas le cœur de lui mentir, pas à lui.

« Oui, lâcha-t-il entre ses dents.

— Encore ! Ça fait trois fois ce mois-ci ! La dernière, tu as crié si fort que tu as réveillé tout le monde au château. Père était furieux. »

Ça, Louis s'en souvenait, pour sûr, et son derrière aussi. Leur père avait la main lourde et des manières d'ogre, surtout avec ses deux derniers, et il détestait être réveillé la nuit.

Louis se garda cependant d'en faire la remarque, mais Séverin ne comptait pas en rester là.

« Tu devrais en parler au Père Georges, il pourrait sûrement t'aider… Louis ? Tu m'entends ? »

Comme il ne pouvait rien refuser à Séverin et qu'il voulait avoir la paix, Louis grommela du bout de la langue un vague « oui » avant d'accepter la main que lui tendait son frère.

Il se redressa, dépliant sa grande et large carcasse. Séverin parut rétrécir.

C'est que Louis ne s'en laissait compter par personne.

Treize ans et presque un mètre quatre-vingt, il toisait déjà de haut tous les gosses de son âge. Si encore, comme certains, il avait poussé comme haricot, tout en longueur, on aurait dit, en haussant les épaules : « Il a grandi trop vite ». Mais le gaillard, loin d'être brindille, vous exposait un poitrail et des épaules de lutteur de foire.

Fort heureusement pour beaucoup, il y avait peu de garçons plus placides que Louis.

Du moins en apparence.

Car chez Louis, contrairement à Séverin, il y avait quelque chose, un zeste d'on ne savait trop quoi…

Regarder les yeux de Louis, chauds et doux, c'était comme regarder un feu de bois, apprivoisé et rassurant… tant qu'on ne lui permettait pas de déborder du cantou pour dévorer la maison toute entière.

Une tape dans le dos. Séverin le relança :

« On y va ? La moisson ne se fera pas toute seule. » Il leva un instant le nez au ciel, scruta les nuages et déclara, péremptoire : « Il pourrait bien faire un orage ce soir. »

Et un orage, tous les deux savaient ce que cela voulait dire. Aussi, côte à côte, se mirent-ils en marche vers le champ où les autres jeunes du village s'activaient déjà.

Chapitre 2

Moisson et punition

L'air était encore doux et soufflait, en veux-tu en voilà, des bouffées de chaume blond et de feuilles roussies.

De partout, dans le champ pentu et biscornu, on se renvoyait à tue-tête quelques plaisanteries. Filles et garçons se malmenaient à coups de gueule et de rires moqueurs.

Les faux s'agitaient. Puis venaient les bras vifs et empressés fagotant des bottes en deux temps trois mouvements avant de les envoyer dans la charrette.

Le manège dura toute l'après-midi. Bientôt, le déjeuner ne fut plus qu'un lointain souvenir.

Louis, pas plus que Séverin, ne ménageait ses forces. Tous deux avaient beau être les fils du Chevalier Gaston de Marfon, ils trimaient coude à coude avec le manant et buvaient à la même flasque.

Leur père, s'il venait à le savoir, leur tannerait le cuir. On n'aimait pas, même dans une noblesse aussi crottée et désargentée que celle-là, s'abaisser aux tâches du commun.

Rolland et Geoffroy, leurs frères aînés, eux, n'avaient jamais eu l'idée de se ridiculiser de la sorte. Quereller les garçons du village, pour un oui pour un non, les rosser d'importance, ou passer leurs journées à chasser en forêt, voilà qui leur souriait plus.

Quoiqu'élevés par les mêmes parents, il n'y avait pas plus dissemblables de caractère que les deux aînés et les deux cadets. Autant les premiers étaient colériques et pleins de morgue, aussi antipathiques que des marcassins enragés, autant les seconds étaient sympathiques et agréables.

Les deux frères, en tout cas, se régalaient de participer aux moissons.

Dépenser leur énergie en compagnie des rudes gaillards du village était une joie, tout comme ces coups de coudes échangés par jeu, ou les œillades des filles aux cheveux alourdis de brins jaunes, surtout ceux de Roseline, un joli bout de blondinette dont Louis savait Séverin entiché.

Quand on avait trop chaud, on allait à la rivière et on s'aspergeait la tête d'eau froide, de cette eau si pure qui dévalait depuis les montagnes et vous glaçait le dos.

Il arrivait bien souvent qu'un plaisantin embusqué vous empoigne et vous fasse rouler, cul par-dessus tête, dans les galets du torrent. Alors quels cris ! Quel empressement à sortir, quand l'eau vous mordait les fesses et les jambes !

Et dans la grange au toit pointu, tout couvert de lauzes verdies et moussues, que de culbutes dans la paille ! On pouvait s'y exercer au vol sans craindre de se rompre les os, en se laissant tomber du haut des poutres sur les tas de foin, trois mètres plus bas.

On y jouait aussi des jeux plus discrets, comme Séverin et Roseline, quand Louis n'était pas là pour leur gâcher la bise.

Quand enfin le jour tira vers sa fin, les deux frères avaient le souffle court, le front luisant de sueur, quelques bosses et un sourire radieux aux lèvres.

On ferma les portes de la grange. Chacun prit la direction de son foyer, dans un joyeux concert de « bonsoir ! », sur le champ tondu. Séverin en profita pour arracher un dernier baiser à une Roseline qui s'en fut en rougissant.

Louis, heureux, inspira profondément l'air frais du soir.

La vallée resplendissait à cette heure, toute cernée de montagnes. L'ombre et la lumière se partageaient les pentes, noires à l'ouest, dorées à l'est, tirant sur le rouge.

Le crépuscule roussissait les rochers et faisait flamber quelques plaques de neige agrippées aux bonnets des pics depuis l'hiver dernier. La chevelure hirsute des forêts se faisait elle aussi rouquine.

Même la Jordanne, leur rivière à peine née des torrents, qui se tortillait à travers champs, charriait du feu. Puis l'ombre montait de la vallée pour les envelopper tous.

Louis remarqua cependant, pointant leurs têtes floues et cotonneuses au-dessus du Puy Mary qui dominait les autres monts, quelques gros nuages sombres à cœur d'orage à venir. Une rafale de vent hargneuse le fit soudain frissonner.

Il donna un coup de coude à Séverin, qui, indifférent à la beauté du paysage, n'avait d'yeux que pour une petite silhouette s'éloignant à l'autre bout du champ… une silhouette blonde qui se retournait souvent.

« On y va, ou tu passes la nuit ici ? »

Séverin mit quelques secondes à réagir.

« Quoi ? »

Louis leva les bras au ciel.

« C'est incroyable ça ! Trois bises, un sourire, et monsieur est devenu l'idiot du village. »

Séverin, qui ne le regardait toujours pas, répondit par-dessus son épaule :

« Mais qu'est-ce que tu racontes ?

— Que si on ne rentre pas avant que le repas soit dans les assiettes, il va falloir expliquer où on était... Et j'ai envie de pouvoir m'asseoir demain. »

Le sourire niais qu'affichait Séverin s'effaça soudain.

La soupe était dans les assiettes, et pas loin d'être froide, quand ils arrivèrent au château.

Château... Un mot qui fait rêver petits et grands... Mais pas ce château-là.

C'est que le Chevalier de Marfon n'était pas un grand seigneur, tout juste un petit vassal du Comte d'Aurillac. On avait donné les terres de Mandailles à un de ses ancêtres en récompense pour quelque bataille gagnée, mais du bout des doigts, comme on jette un vieil os à un corniaud gentil mais malodorant.

Et les terres de Mandailles, coincées dans leur bout du monde, n'étaient ni riches ni peuplées. Bref, le Chevalier de Marfon était à peine mieux loti que ceux qu'il gouvernait. Son castel aussi.

En fait de château, c'était plutôt une grosse ferme de pierres grises que seule une tour crapaude, un peu penchée et en mal de fenêtres, distinguait des autres. On avait beau faire, de quelque côté que l'on se penche, on avait du mal à y voir un château.

Triste de murs et de chapeau, la demeure n'en dominait pas moins le village.

Il y avait bien deux portes, une principale, et l'autre, plus petite, à l'arrière, par laquelle les garçons entraient parfois discrètement.

Mais pas cette fois.

Ils durent tambouriner sur le bois de l'entrée. Il faisait presque nuit, et on avait tourné les verrous.

Autant pour l'entrée incognito.

Ce fut Mado, la seule servante de la maisonnée, qui vint leur ouvrir. À sa mine soucieuse, ils surent que l'accueil allait être rude.

Ils ne se trompaient pas.

Dans la grande pièce, qui servait autant de cuisine que de salle à manger, attablés devant le cantou où craquait un bon feu, les attendaient les autres représentants de la famille.

Le tableau avait de quoi faire peur.

En bout de table, trônant sur son monde dans son grand fauteuil, se tenait leur Chevalier de père. Il débordait de partout, dans son habit rouge taché de graisse. Au-dessus de sa moustache truffée de restes de viande et de pain, ses petits yeux méchants de cochon mal luné les regardaient fixement.

À sa droite, Dame Roberte, leur mère, secouait son chignon jaune et raide d'un air désapprobateur. Ses joues, rougeaudes de trop goûter le vin, tremblotaient d'indignation.

Quant à leurs deux aînés, gras à ventre et la trogne aussi ingrate que leur colosse de père, ils ricanaient dans leur soupe leur excès de joie mauvaise.

Mais les deux garçons n'avaient d'yeux que pour leur père, attendant la tempête.

Elle ne se fit pas attendre.

Éclatant soudain telle une cloque mûre, ce dernier hurla, postillonnant par toute la table quelque trop plein de boustifaille.

« C'est comme ça que vous m'obéissez, bougres de drôles ! Rentrer à la nuit tombée ? Vous croyez peut-être que nous allons vous attendre pour manger ? »

Les deux frères eurent le bon sens de se taire.

Démangé par sa langue de vipère en mal de médisance, Rolland, le plus gras et laid de leurs aînés, crins jaunâtres et filasses, la face grêlée de boutons pustuleux à ne savoir qu'en faire, siffla à son voisin :

« Ils ont encore été traîner aux foins avec les ribauds. Regarde, ils en ont plein les cheveux. »

Et de ricaner de plus belle.

Louis, à cet instant, frères ou pas, aurait bien noyé leurs sourires de fouines obèses dans leur soupe.

Et bien sûr, leur père avait entendu. Il repartait de plus belle, la chaudière rallumée par les paroles de son aîné.

« Vous êtes encore allés traîner avec les gueux ! Je vous l'avais pourtant interdit ! »

Leur mère de rajouter, la bouche plus pincée que le derrière d'une poule constipée :

« De quoi aurons-nous l'air si les manants nous voient trimer avec eux ? »

Séverin eut le malheur de répondre.

« De seigneurs bons et compréhensifs, mère, qui se font aimer de leurs gens… »

— Imbécile ! » La moustache du patriarche en frémissait tellement qu'on aurait pu la croire sur le point de se détacher et tomber dans la soupe. « Si les manants nous respectent, c'est qu'ils nous craignent et attendent de nous la protection, pas parce qu'ils nous aiment ! »

À le voir ainsi s'agiter sur son siège, gros crapaud rouge et moustachu, Louis se demanda comment son père pouvait espérer protéger qui que ce soit. Il y avait bien des années qu'il n'avait pas manié la grande épée trônant au-dessus de la cheminée, s'il s'en était jamais vraiment servi. Quant à rentrer dans son vieux haubert de mailles qui rouillait doucement dans un coin de la pièce, entre le garde-manger et la huche à pain, il valait mieux ne pas y songer.

Ce que fit tout de même Louis, et l'image de son père tentant d'enfiler l'armure trop petite le fit sourire d'une oreille à l'autre.

Ce sourire ne fit rien pour apaiser la colère paternelle.

« Je te fais rire Louis ! Ah malpeste ! Voilà qui suffit ! Vous voulez savoir comment on fait régner l'ordre et la loi dans un village ? Commençons donc par notre propre maison ! »

Un grand silence envahit la salle, alors que le maître des lieux ruminait son répertoire de brimades et que les deux garçons se préparaient déjà à quelques coups bien sentis.

Louis évitait de regarder Séverin, et plus encore ses deux autres frères qu'il imaginait sans peine bouffis de joie mesquine à l'idée que leurs cadets allaient passer une bien mauvaise nuit.

Aucun secours à attendre non plus du côté de leur mère, qui suivait en tout les avis de son mari. Elle profitait du moindre écart de Louis pour le réprimander, même quand Rolland et Geoffroy s'en prenaient à lui.

Seule Mado, qui les aimait comme les fils qu'elle avait perdus, aurait pris leur défense, mais qui l'aurait écoutée ?

La sentence tomba, jetée avec une satisfaction haineuse.

« Puisque vous aimez tant rester dehors, vous dormirez dans la resserre cette nuit. On verra bien, demain matin, si vous êtes toujours aussi marioles ! Et puisque vous avez l'air d'aimer travailler comme la menuaille, vous me nettoierez l'auge à cochons dès matines. »

La sentence prononcée, tel un petit roitelet confit de satisfaction méchante, il se renfonça dans son siège et les toisa d'un regard mauvais.

Dame Roberte ne put s'empêcher d'ajouter, l'œil réprobateur au-dessus de son col trop serré :

« Et vous vous en tirez à bon compte ! »

Un petit gloussement déplaisant s'éleva de la place de Geoffroy, près de son père, qu'il tenta de masquer sans y parvenir.

« Et toi Geoffroy, tais-toi et mange si tu ne veux pas les accompagner. » L'insupportable rire se tut aussitôt et leur frère plongea du nez dans son assiette. « Quant à vous deux, filez ! Et allez prendre vos quartiers dans la resserre. Je vous souhaite bonne nuit. »

Ils ne se le firent pas répéter, et tournèrent talons pour sortir de la pièce.

Derrière eux, une voix railleuse, celle de Rolland, lança, juste assez fort pour être entendue d'eux seuls :

« Vous direz bonne nuit aux araignées de ma part. »

Louis se retint de répondre, mais se promit bien d'en attraper une, vaille que vaille, et bien grasse encore, pour la coller dans le lit de son frère dès la nuit prochaine.

Derrière eux, le repas reprit dans un silence enfumé que venait seulement troubler les coups de louches et les bruits de déglutition mouillée de la famille de Marfon.

On aurait cru entendre manger une pleine portée de verrats.

Chapitre 3

La nuit de la resserre

On pourrait penser que les deux cadets s'en tiraient à bon compte. C'est mal connaître la réserve de méchanceté domestique du Chevalier de Marfon. Car la resserre, où les conduisit une Mado bouleversée aux larmes, n'était pas vraiment un lieu plaisant pour y passer la nuit.

Oh ! Il ne s'agissait pas d'un ignoble cachot, non, rien de tel. Il n'y avait pas de cachots au château. Mais juste une avancée de pierre, cloque de maçonnerie incertaine, à l'arrière de la bâtisse, où l'on remisait le bois et quelques outils.

Seulement, il faut bien imaginer que ce pauvre appentis ne disposait, pour toute porte, que de quelques planches clouées en coup de colère.

Le vent entrait là-dedans comme chez lui et ressortait par les trous d'un toit en désespoir de lauzes.

Et la nuit promettait d'être froide, bigrement froide. La gelée n'était pas loin.

Sans le réconfort d'un peu de feu pour se chauffer, les deux garçons allaient trouver le temps long.

Comme si ça ne suffisait pas, il y avait les araignées.

Elles infestaient littéralement le tas de grosses bûches, surgissant toujours là où on ne les attendait pas.

Et quelles araignées !

Ce n'étaient pas de ces fluettes rabougries qu'on surprend parfois au coin d'une toile et qui filent à peine aperçues. Non, celles qui germaient dans ce trou-là auraient découragé tous les pigeons et les chats du monde. Ces bêtes à Diable, véritables boules de venin, grasses de corps et velues de pattes, Louis les soupçonnait capables de piéger jusqu'aux moineaux.

Et hargneuses avec ça ! Loin de décamper quand vous les découvriez, elles se dressaient, crocs en avant, pattes levées, vous défiant de leur voler leur territoire.

À croire que la resserre les produisait tout exprès.

Non, décidément, la nuit ne serait pas bonne.

Mado, comme d'habitude, les prit en pitié. Après les avoir abandonnés quelques fugitifs instants dans le noir, elle revint avec deux capes de tissu épais, quatre tranches de pain noir et deux gros morceaux de fromage.

Ils la remercièrent chaudement alors qu'elle murmurait, atterrée : « Mes enfants… Mes pauvres enfants… Comment votre père peut-il être aussi cruel ? »

Puis elle s'en fut, sur un sanglot, fermant la porte et le verrou derrière elle, les laissant dans l'obscurité.

Ils se retrouvèrent seuls.

Entre le mur de pierre humide et le tas de bois hanté de petits monstres à huit pattes, il y avait peu de place.

Ils parvinrent néanmoins à s'asseoir, à même le sol de terre glacé.

Dans l'obscurité, Louis distinguait à peine la silhouette de Séverin.

« Bravo pour le coup du gentil seigneur frérot, c'était bien joué ! Ça nous a rudement aidé je dois dire.

— Ah tu peux parler ! Ton sourire d'andouille en plein milieu de la gueulante c'était pas mal aussi. »

Ces paroles remirent en mémoire à Louis l'image de leur père se démenant pour enfiler sa cotte de mailles. Il en fit profiter Séverin qui ne put s'empêcher de rire aussi.

« Oh oui, sûr ! Il faudrait que Matthieu, le forgeron, l'en sorte au marteau et à la pince. »

Ils savourèrent tous deux cette petite vengeance, tout en croquant à belles dents dans le pain épais qu'ils accompagnèrent de généreuses bouchées de fromage au goût puissant.

Aucun d'eux ne fit allusion au fait que la punition tombait toujours sur leur tête. Dans cette famille, c'était la règle.

Si les deux aînés querellaient ou rossaient leurs cadets, on ne leur reprochait rien. Mais que Louis ou Séverin fassent mine de se rebiffer, et le châtiment était immédiat.

Il n'y avait pas très longtemps, Geoffroy et Rolland avaient voulu enfermer Louis dans une malle, sous prétexte qu'il avait osé toucher un de leurs arcs. Louis ne s'était, cette fois, pas laissé faire. Tire, pousse, cogne, les deux tortionnaires s'étaient vite retrouvés l'un avec l'œil poché, l'autre un nez si bien gonflé qu'on aurait dit une aubergine.

Le père en avait été averti.

La punition avait été terrible. Le derrière de Louis l'en démangeait encore rien que d'y penser.

Mais il avait appris une chose… Il ne craignait plus ses aînés.

Ni Séverin ni Louis n'avaient jamais posé de question sur cette différence de traitement entre eux et les autres.

Ils connaissaient la réponse.

Une fois, s'adressant à Séverin, lors d'un de ces moments de colère, le Chevalier l'avait traité de « bâtard ».

C'était il y avait longtemps, mais Séverin avait pleuré toutes les larmes de son corps et Louis avait eu fort à faire pour le consoler.

Jamais plus il n'avait été question de l'incident, mais il occupait toujours leurs pensées.

Car il était évident, pour Louis, que ni lui ni Séverin n'appartenaient à cette famille. Il ignorait qui était leur père, mais certainement pas ce gros batracien obèse et moustachu qui dirigeait le village.

Il suffisait qu'il se regarde pour que la vérité lui saute aux yeux.

Brun de peau, le cheveu sombre aux reflets de cuivre, les yeux tirant tantôt sur le vert ou le doré, le sourcil noir et touffu, il n'avait rien de commun avec ses autres aînés.

Il aurait désespérément voulu connaître l'identité de son vrai père, mais comment poser la question à une mère qui ne tenait visiblement pas à retourner dans la plaie quelques couteaux sans doute peu glorieux.

Enfin, bâtards ou pas, ils étaient coincés ici.

Enveloppés dans leurs capes, ils chiquaient lentement leur maigre pitance. Le vent froid venait se glisser entre les lames de la porte, dévalant des sommets enneigés, leur arrachant des frissons.

Dehors, à quelques mètres à peine, les bois craquaient tout ce qu'ils savaient, mettant en marche leur moulin à frayeurs. Ils les combattirent du mieux qu'ils purent.

« Hé ! Louis ! »

Ce dernier qui, à coups de mâchoires patients, pour le faire durer plus longtemps, mastiquait son pain noir, se contenta de répondre : « Hmm, je suis là. »

« J'en ai assez de tout ça. »

Louis, surpris par le ton de son frère, engouffra d'un coup le reste de sa bouchée.

« Assez de quoi ? »

Sa voix résonnait curieusement dans cette soupe de nuit qui les entourait.

« De tout ça, cette famille, cette vie… » Il soupira, et Louis l'imagina qui haussait les épaules. « Enfin tu sais bien. »

Ça pour savoir, le fondement planté dans la terre froide de la resserre, dans l'odeur de bois, de mousse et de poussière qu'on aurait presque pu mâcher, Louis savait.

Un peu inquiet du tour que prenait la conversation, il interrogea néanmoins :

« Et qu'est-ce que tu veux faire ?

— Partir ! Loin d'ici. »

Partir ? Louis y avait déjà songé bien sûr, et pas qu'une fois. Ça lui démangeait les pieds, certains jours, d'enfiler le chemin d'Aurillac et d'avancer, vaille que vaille, jusqu'à la ville.

Oui mais voilà, il y avait les amis. Il y avait le Père Georges, qu'il aimait comme un parent. Il y avait Mado… Il y avait les montagnes, ces garces de montagnes, aussi belles que sauvages.

Il était chez lui ici, et même Geoffroy, Rolland et ses parents ne parvenaient pas à lui rendre l'existence assez pénible pour le décider à partir.

Et surtout, surtout, il y avait Séverin.

S'il y avait une personne au monde à laquelle il tenait, pour qui il aurait tout supporté, c'était lui.

Et voilà que Séverin lui parlait de s'en aller. Et persistait d'ailleurs :

« Ça fait un moment que j'y pense. J'ai tout préparé. Les vêtements, la nourriture, l'argent… J'ai quelques pièces de côté que j'ai économisées au lieu de les boire, comme ces crétins de Geoffroy et de Rolland… Et puis je pourrais bien me faire embaucher comme journalier. Je sais faire pas mal de choses. »

À entendre ainsi son frère projeter de l'abandonner à son sort, et vraisemblablement bientôt, Louis sentit une bolée d'angoisse lui remonter la gorge.

« Et tu partirais quand ? »

Il y eut un silence, seulement troublé par le craquement discret du bois qui travaillait, prêt à leur lâcher dessus ses escadrons de rampantes horreurs velues.

Séverin répondit, indigné :

« Quand je… ? Mais on part ensemble Louis ! Tu viendrais hein ? »

Ces mots, bruts du cœur, tombèrent dans les oreilles de Louis comme un miel chaud et réconfortant.

« Je croyais… Comme tu disais je… Enfin… »

Dans l'obscurité glaciale et presque solide, il y eut un mouvement. Une main se tendit et chercha la sienne, puis l'empoigna gaillardement.

« Louis. Tu es mon frère, toi, mon vrai frère. Par le cœur. Mon meilleur ami. Je ne te laisserai jamais. » Un silence, à nouveau, où Louis, trop ému pour remuer des lèvres, sentit ses yeux le picoter, puis Séverin reprit : « Je veux partir, c'est décidé, mais si tu veux rester… Eh bien, tant pis, je reste, et ça finira bien par s'arranger. »

C'était plus un vœu pieux qu'une réelle certitude. On sentait bien qu'il n'y croyait guère. Ceci dit, qui, les voyant tous les deux, aurait pu le blâmer ?

Louis allait répondre, pour sceller leur nouveau pacte et leur décision, pour lui dire que, oui, ils partaient ensemble, tout de suite…

Un événement imprévu le coupa dans son élan.

Là-bas, dehors, derrière les quelques planches qui barraient l'entrée, un bruit s'éleva.

Ce ne fut d'abord qu'un fantôme de bruit, entre les craquements et les friselis des bois proches, une égratignure sur la chanson de la nuit.

Mais ce fut suffisant pour alerter les deux garçons à l'ouïe fine, et ce d'autant plus que, l'obscurité les privant de vue, ils n'étaient plus que quatre oreilles tendues.

Ils firent silence, retenant leur respiration.

Durant quelques secondes, il n'y eut rien d'autre que le froissement des arbres mâchouillés par le vent. Ils crurent avoir rêvé… quand les meuglements anxieux des vaches qui occupaient le champ voisin les détrompèrent.

Il y avait bien quelque chose, là-dehors, quelque chose de dangereux qui ne tenait pas à ce qu'on le remarque trop tôt.

Soudain, comme si ce « quelque chose » avait senti qu'on l'avait découvert, le bruit recommença, franc maintenant, terriblement net.

Ça déboula en diable du sous-bois, fracassant branches et buissons, en course coléreuse, puis laboura l'herbe de coups sourds et précipités.

Les garçons, pétrifiés, sentirent approcher une horreur à plusieurs pattes qui se ruait vers eux des tréfonds de la nuit.

Séverin, qui était le plus proche de la porte branlante et ajourée, ne put retenir un hoquet de terreur quand une masse énorme vint se coller de l'autre côté des planches moisies.

La course cessa.

Louis, tourné vers l'extérieur, écarquillait tout ce qu'il avait d'yeux pour tenter d'y voir quelque chose… en vain. Autant lorgner le fond d'une oubliette, aucun brin de lune n'éclairait cette maudite nuit.

Mais s'ils n'y voyaient goutte, les deux adolescents immobiles entendaient fort et clair, et ce qui parvenait à leurs tympans était suffisant pour leur coller sur tout le dos des suées de terreur.

Ça respirait, là, dehors, juste derrière la porte, à grands coups caverneux qu'on aurait dit poussés par un soufflet de forge infernale.

Séverin, dont les épaules se trouvaient à moins de cinquante centimètres de la nuit, n'osant bouger muscle, sentit un vent chaud lui ébouriffer les cheveux.

Il était épais et humide ce vent, et le respirer une seule fois lui retourna l'estomac, tant il empestait la viande avarié.

Les planches craquèrent, quand une masse lourde vint soudain peser contre elles, comme pour en éprouver la solidité.

Les deux garçons se mirent à égrener mentalement tout ce qu'ils savaient de prières dans le désordre le plus complet.

La chose se retira un peu… pour piétiner à qui mieux mieux, d'un côté, de l'autre, dans un bruit de sabots énormes et colériques.

Un instant de calme.

Le silence revint, plus inquiétant encore que les sons qui avaient précédé.

Puis un coup terrible fit trembler toute la charpente et arracha un hurlement aux deux frères terrorisés.

Séverin vint se jeter dans les bras de Louis, au fond de la resserre, alors que les planches craquaient comme brindilles. C'en était à croire que la chose qui avait embouti la porte était déjà dedans, prête à les croquer.

Mais non. À quelque miracle ou prière qu'il le dût, le chêne résista.

Il y eut alors un grand remue-ménage, celui produit par une masse énorme tentant de se dégager. Un grognement s'éleva, gras et profond, qu'on aurait dit poussé par un goret gigantesque.

Le bois céda enfin, dans un final fracassant.

Quelques secondes s'écoulèrent, seulement ébréchées par le souffle avarié, où les deux frères crurent leur dernière heure sonnée.

Puis les vaches éclatèrent à nouveau en un concert pitoyable de meuglements paniqués à vous fendre l'âme.

La chose parut hésiter, comme si l'opportunité d'un repas plus conséquent et facile à s'offrir venait l'effleurer.

L'idée dut mettre un certain temps à se frayer un chemin dans son cerveau épais, plus prévu pour agiter des mâchoires que pour réfléchir.

Un instant au désespoir, les deux garçons crurent que la chose invisible, décidant de faire d'une pierre deux coups, les croquerait en hors-d'œuvre avant d'entamer le troupeau comme plat de résistance.

Pêle-mêle, empêtrés en tas de tissus et de chair tremblante, ils attendirent la première bouchée qui leur emporterait les jambes.

Mais soit que la bête n'ait pu suivre qu'une idée à la fois, soit que les efforts à fournir pour un si maigre butin la découragèrent, ils l'entendirent soudain reprendre sa course vers les champs.

Pendant quelques secondes, il n'y eut plus que le martèlement des pattes maltraitant méchamment la prairie, puis les beuglements des vaches devinrent insupportablement aigus.

Il ne fallait pas être bien malin pour comprendre ce qui se passait.

Mais l'eussent-ils voulu, les deux garçons n'auraient pu faire un geste.

Ce fut donc en spectateurs d'oreilles horrifiés qu'ils assistèrent, aux premières loges, au sinistre festin de la bête.

Dire que les instants qui s'écoulèrent alors furent les plus longs de leurs jeunes existences n'eût pas été mentir.

En moins de dix minutes, cependant, le mal était fait.

Mais quel enfer, quand ça arrachait et chiquait, là-bas, dans le pré, à grands bruits mouillés, entre deux grognements satisfaits et deux meuglements mourants.

Quand enfin la porte du château s'ouvrit sur le Chevalier, craché du lit en laine fripée, prêt à rentrer à la moindre alarme, les deux autres mâles de la tribu sur les talons, tout était fini.

Le monstre avait déjà soupé et s'en était retourné digérer d'où il était venu.

Finalement, tout le monde passa une bien mauvaise nuit.

Chapitre 4

Un Chevalier bien embarrassé

Au matin, le village tout entier était en émoi. Bien sûr, tout un chacun avait été tiré du sommeil par les cris affolés des vaches. Tous avaient dressé l'oreille, dans le tiède et odorant confort de leur lit clos.

Et là, tous avaient entendu l'affreux concert de meuglements d'agonie, puis les autres bruits, quand « ça » avait mâché, mastiqué et grogné si fort, dans le champ, qu'on aurait dit que le Diable lui-même croquait la terre à grandes bouchées.

Avec un bel ensemble, tous les villageois avaient enfoncé leur bonnet de nuit sur la tête et s'étaient racrapotés sous leurs couvertures comme lapins dans leurs terriers.

C'est qu'il fallait être bien fêlé de la cruque, pour se lever, ouvrir la porte et offrir ainsi une friandise à la diablerie qui ripaillait bruyamment dans la nuit.

On avait beau être montagnard et pas prêteur, querelleur, bravache et fort en gueule, un sou avait beau être un sou, et une vache beaucoup de sous, quand l'enfer donnait banquet dans la campagne, on la lui laissait.

Seulement, le matin, quand le soleil avait été assez haut et qu'on avait repris assez de courage, il avait bien fallu sortir pour constater l'ampleur du carnage.

Les seuls, finalement, à se trouver bons gagnants dans cette affaire étaient Louis et Séverin.

Leur père les avait effectivement délivrés de la remise et fait rentrer immédiatement, puis, écoutant son instinct le plus profond, avait barricadé la porte pour ne plus la rouvrir de la nuit.

La chose, quelle qu'elle fût, avait festoyé à sa guise.

On avait passé le reste de la nuit à écouter avec angoisse le souper du monstre, jusqu'à sa lourde cavalcade finale, quand il avait regagné les bois qui l'avaient vomi sur le village.

Quant à la punition des deux cadets, elle avait bel et bien été oubliée.

Même les deux aînés, le fiel dilué par la frousse, avaient oublié de martyriser Louis et Séverin.

Mais le lendemain matin, à la première heure, une délégation de visages chiffonnés et de trognes anxieuses était venue s'agglutiner, en tas frileux, devant la grande porte du château.

Il fallut bien ouvrir et aller affronter la peur et la colère des villageois.

Le Chevalier n'y avait aucun goût.

Il le fit pourtant.

La mitraille de doléances ne se fit pas attendre.

« Ça nous a bouffé six vaches !

— Un carnage, c'est un carnage !

— C'est le démon en personne ! glapit un autre.

— ... faire quelque chose ! »

Et ça, ça inquiétait le Chevalier. Il sentait venir l'inévitable. Il allait bien se trouver, à un moment ou un autre, un maraud quelconque pour lui rappeler ses devoirs de protecteur.

Autant dire que ça ne lui souriait guère, au père, tout noble et Chevalier qu'il soit, d'aller courir le monstre dans les bois. Il avait passé l'âge de chasser les horreurs accouchées par la Brèche du Diable. Pour tout dire, et bien qu'il se refusât à l'avouer, il avait surtout passé le poids de se livrer à quelque sport que ce soit.

Seulement... Seulement il était le seigneur du village.

Il ne travaillait pas, mangeait ce que cultivaient ses serfs et leur prélevait corvées ou pièces sonnantes et trébuchantes... En échange de sa protection.

S'il se défilait maintenant, ces bougres de rustauds terrifiés étaient capables de lui faire un mauvais sort.

Il devait trouver un biais, et vite.

Histoire de gagner un peu de temps, il leva les bras pour réclamer le silence et clama bien fort :

« Du calme ! Du calme ! Il nous faut d'abord savoir à quoi nous avons à faire ! » Traversé d'une soudaine inspiration, il ajouta : « Laissez-moi voir les bêtes. Nous trouverons bien quelques traces. »

C'était un joli coup. Il y gagna un sursis.

Tous, comme un seul homme, se dirigèrent donc vers le lieu du forfait, le Chevalier en tête.

Louis et Séverin étaient du cortège.

Remis de leur frayeur nocturne, mais n'ayant pu se rendormir, ils montraient à tous des yeux de chouettes insomniaques.

Mais l'excitation les tenait en éveil.

De leur projet de fuite, ils n'avaient plus reparlé, les événements de la nuit ayant un peu bousculé leurs plans.

Et puis, dévorés de curiosité, ils voulaient savoir.

Pour le troupeau, en tout cas, ils furent vite fixés, et ce qu'ils virent leur enfonça un glaçon dans le ventre, raviva la terreur de la nuit, intacte.

Des vaches, il y en avait par tout le champ, au petit bonheur la chance… Du moins des lambeaux de vaches… ceux que la créature n'avait pas voulus.

Celles qui demeuraient encore à peu près en un seul morceau avaient été croquées comme des friandises, juste un coup de dent dédaigneux, celui qu'on donnerait dans un fruit gâté.

Séverin, qui découvrait le spectacle en même temps que Louis, résuma la pensée générale.

« C'est une malebeste qui a fait ça… Jamais un loup aurait pu… Même un ours ne pourrait pas. »

Louis frémit.

Les malebestes !

Rien qu'à sentir les syllabes lourdes et sinistres de ce mot lui racler les tympans, il en eut des frissons.

Qui disait malebeste disait Brèche du Diable, et là, devant ce champ transformé en abattoir, Louis n'avait pas du tout envie d'y penser.

Presque inconsciemment, il trafiqua à l'expéditive un signe de croix en direction du nord, des montagnes, de la Brèche.

Mais Séverin avait raison. Pour avoir gobé le bétail comme le monstre l'avait fait, il fallait qu'il soit vraiment énorme.

Les vaches de par ici, on ne pouvait pas les confondre avec celles des plaines. C'étaient des moitié bisons qui auraient donné du souci à plus d'un ours, même affamé.

Il fallait que la chose soit vraiment colossale pour les avoir grignotées comme simples biscuits.

Et, à entendre comment ça jacassait en vent de panique, tout autour, Louis ne devait pas être le seul à ruminer de telles pensées.

Il en était là de ces cogitations quand une voix profonde mais bienveillante s'éleva derrière eux.

« Tiens donc, mais que vois-je ici ? Les deux jeunes messieurs ! Et matinaux pour une fois ! »

Les deux garçons se tournèrent pour voir venir vers eux un bien curieux personnage.

C'était un bougre d'homme aussi haut et large qu'une petite armoire, un véritable colosse qu'une simple soutane brune ne parvenait pas à rendre moins impressionnant. Au-dessus de cet habit ingrat, lui qu'on aurait plutôt imaginé en armure qu'en chasuble, il trimbalait une figure toute en angles que même sa courte barbe ne parvenait pas à adoucir. Dans ce visage à la peau tannée comme cuir, il fixait sur tout et tous un regard froid et perçant, un de ces regards à vous refroidir même l'enfer.

Un regard qui, pour l'instant, brillait d'une joie simple, celle de les voir.

Tel était le Père Georges, abbé du village et, à ses heures, précepteur de Louis et de Séverin, presque un second père.

Alors qu'il arrivait près d'eux, il ajouta, plus bas :

« On dit que vous avez vécu les événements de près ? Qu'en est-il, les enfants ?

Sans se faire prier, en mots choisis, la peur encore sur la langue, ils lui contèrent les événements de la nuit.

Il les écouta avec la gravité de celui qui sait déceler le faux du vrai, tiqua quand il fut question de la punition, plissa les yeux quand ils évoquèrent la bête. Enfin, il grogna, quand ils finirent par l'attaque du troupeau :

« Maudite Brèche ! Elle n'en finira pas de répandre sa malédiction. »

Louis, que la curiosité dévorait au même titre que l'inquiétude, les deux si étroitement mêlées qu'elles ne faisaient plus qu'une, demanda au saint homme :

« Père Georges, quel rapport y a-t-il entre les malebestes et la Brèche ? Est-ce de là qu'elles sortent ? »

Le grand bonhomme, appréciant la pertinence de sa question, lui lança un regard en coin.

« Non, seuls les sots croient cela. » Il était évident que ces mots ne suffiraient pas à apaiser la curiosité des deux garçons, aussi ajouta-t-il : « Les malebestes ne sortent pas de la Brèche, mais elles vivent à côté, et cela suffit pour… les changer. »

Ce disant, il coula vers Louis un curieux regard.

Ce fut cet instant que choisit Castanier pour beugler à la cantonade.

« J'ai trouvé ! J'ai trouvé une empreinte ! »

Un mouvement se fit dans la petite foule gavée d'angoisse. On convergea vers ce grand type tellement sec qu'on l'aurait dit mis à sécher comme une saucisse.

On se méfiait un peu, tout de même. Castanier, tout le monde connaissait sa langue plantée de menteries.

Celui-là, on y aurait même regardé à deux fois s'il avait dit que le ciel était bleu. Mais pour le coup, ce couseur de mensonges n'avait prononcé que la vérité, même que ça devait lui brûler la bouche.

Il y avait bien une empreinte. Louis la vit, comme les autres, et retint un soupir de stupéfaction.

Il avait entendu la malebeste, la nuit précédente, et aurait presque pu la deviner, peinte en sons et en odeurs.

Mais là, en pleine journée, se faire jeter à la figure ce bout de cauchemar, comme une épave sinistre abandonnée par le ressac de la nuit…

Ça s'incrustait dans la terre pourtant raide comme le sceau du Malin lui-même. Et elle était profonde, cette trace, large à vous en coller des suées de terreur.

Louis se doutait que tout un chacun, à cet instant, comme lui, s'esquintait le courage à imaginer la taille et le poids du monstre.

Et tous arrivaient à la même conclusion.

Castanier, qui ne ratait jamais une occasion de parler pour ne rien dire, résuma le sentiment de tous.

« Seigneur Jésus, c'est un vrai monstre celui-là ! »

Le Père Georges le reprit aussitôt, du ton de celui qui va tirer quelques oreilles.

« Surveille ta langue de bavard, Castanier. Le Seigneur n'aime pas qu'on gaspille son nom. »

L'autre se signa en manière d'excuse, pas pressé, pour le coup, et surtout en ce moment, que Dieu l'ait dans le nez.

Mais déjà, les commentaires allaient bon train.

« C'est pas une empreinte de loup ça.

— Mais si c'est un loup… Un très gros !

— Écoutez-le, celui-là, il reconnaîtrait pas un loup d'un corniaud même s'il lui mordait les fesses !

— Et alors, si c'est pas un loup, dis-moi un peu ce que c'est, sachant que tu es ? »

Louis, qui les écoutait depuis quelques secondes sans vraiment les entendre, captivé par la forme de l'empreinte et se rappelant les grognements de la bête, marmonna, plus pour lui-même que pour les autres.

« C'est pas un loup. »

Mais au milieu de ce chœur de beuglards surexcités qui braillaient à crève-gorge les uns sur les autres, son intervention passa inaperçue.

Le Père Georges, se penchant sur lui, lui demanda :

« Qu'est-ce que tu as dit, Louis ? »

Ce dernier, étonné qu'on lui demande son avis, et tiré de ses réflexions, tenta de répondre, mais sa voix fut couverte par le brouhaha.

Alors, en rupture de patience, le Père Georges se redressa. D'une voix formidable, celle qu'il réservait aux sermons d'église, il hurla :

« Mais vous allez me fermer un peu vos clapets à sornettes ! Dieu va en attraper mal à la tête, d'entendre votre bêtise jusqu'au Paradis ! »

L'effet fut radical. Dieu, par ici, on ne rigolait pas avec. C'est que le Diable n'était jamais bien loin, dans le pays, et qu'on craignait bien trop l'un pour se passer de l'autre, surtout un jour comme celui-là.

Et puis, le Père Georges, tout curé qu'il était et portant bure, il vous allongeait de ces torgnoles à assommer un bœuf. Même ce teigneux de Ferluc, bâti comme un taureau, en savait quelque chose.

Dans le silence revenu, le Père Georges se pencha une fois de plus sur Louis.

« Vas-y Louis, parle. »

Un peu intimidé de faire soudain l'objet de l'attention générale, Louis hésita, puis, sur un regard d'encouragement du Père Georges, prononça haut et fort :

« Ce n'est pas un loup… C'est un sanglier… Enfin, une espèce de sanglier. »

Il aurait obtenu la même réaction s'il leur avait annoncé que la lune était un morceau de fromage.

Ce fut d'abord la stupéfaction, puis l'incrédulité, et enfin la franche rigolade.

Ferluc, qui n'avait pas apprécié de se faire clouer le bec si vigoureusement, sa grosse tête aux joues soufflées et rougeaudes fendue d'un large sourire, éclata.

« On a jamais vu de sanglier croquer le moindre mouton… Alors un troupeau de Salers… C'est la meilleure ! »

Et paf ! Avec un bruit retentissant, la main du Père Georges vint planter un peu plus de rouge sur la joue du plaisantin qui manqua s'en étouffer et tituba en arrière.

« Le Seigneur ne peut pas avoir voulu que des hommes aient la tête si vide que la tienne, Ferluc ! Qu'est-ce que tes parents lui ont fait, à Jésus, pour qu'il leur donne un nigaud de fils comme toi ? »

À voir cette montagne d'homme se faire rabrouer de la sorte, on aurait pu se dire qu'il allait s'énerver. Mais pensez-vous ! Tels étaient le Père Georges et le respect que chacun lui portait que personne n'aurait pensé à lui résister. Et puis le Père Georges, il savait se défendre.

« Écoutez cet enfant, tous autant que vous êtes ! Il est le seul, avec son frère, à avoir approché la bête. »

Il y eut un concert d'approbations. Tout le monde était déjà au courant de la mésaventure de Louis et de Séverin.

On finit par se planter à nouveau le nez au ras de la prairie, et on dut bien convenir que l'empreinte ressemblait plus à celle d'un sanglier qu'à celle d'un loup… Mais un sanglier taillé comme deux taureaux.

L'idée avait de quoi vous tortiller les tripes et vous rendre soucieux même le plus paisible des montagnards.

Déjà des voix s'élevaient.

« Si c'est un sanglier, faut le trouver avant qu'y recommence.

— Et comment, gros malin ?

— Eh bien, faire une battue et… not'seigneur l'estourbirait avec sa lance. »

Le seigneur en question, qui avait l'oreille fine, dut entendre qu'on parlait de lui, et, inquiet de la tournure que prenaient les choses, s'approcha vivement.

« Eh bien quoi ? »

Il s'en trouva bien un ou deux pour lui raconter l'affaire et lui désigner Louis, qui, sous le regard paternel, sentit venir une pluie d'ennuis.

« Un sanglier ? Rien que ça ? » Le Chevalier secoua la tête, tout mépris et joie forcée. « Faut vraiment que tu sois niais, mon pauvre Louis, pour raconter de telles sottises. »

Louis aurait bien eu la sagesse de ne pas répondre, histoire d'éviter le prochain grain de réprimandes qu'il sentait approcher, mais le Père Georges ne lui en laissa pas l'occasion.

« Je vous demande pardon Chevalier, mais votre fils a raison… Cette empreinte le prouve. » Il ajouta avant que son vis-à-vis corpulent n'ait pu répondre : « Je vous rappelle que, par vos soins, Louis et Séverin ont pu fréquenter la bête de près, cette nuit. »

Celle-là, le Chevalier, il ne l'avait pas vue venir. Il marqua le coup, fronçant les sourcils et serrant la mâchoire comme si le curé venait de lui faire avaler de force une belle couleuvre.

Mais même lui, pourtant seigneur de ce bout de monde, n'avait pas le cran de défier ouvertement le Père Georges. Tout noble qu'il était, il craignait autant Dieu que Diable. Et en parlant de diable, ce bougre de curé en était un beau.

Il maugréa :

« Une battue ! Une battue ! Comme vous y allez ! Qui, et où ? Les montagnes sont grandes, et qui nous dit que la malebeste n'est pas retournée de l'autre côté ? »

Vieux Gontran, le cagneux, sec comme un fagot et tordu tel un chêne excentrique, qui s'occupait du défunt troupeau, ne l'entendait pas de cette oreille.

« Si la malebeste revient et nous croque encore un troupeau, il y aura famine, cet hiver. »

Il y eut un concert de plaintes et d'assentiments à ce qui n'était, après tout, que du simple bon sens.

Mais le Chevalier avait préparé sa réplique.

« Alors qui viendra m'accompagner pour rabattre le monstre, dans les bois ? »

C'était bien vu. Certes, tous craignaient la famine, et le sort des vaches de la nuit tourmentait tout ce monde, mais de là à s'aventurer dans les forêts avec une horreur pareille lâchée dans la nature… Même là, en plein soleil, du courage plein la gueule, on hésitait soudain, on imaginait la pénombre épaisse du sous-bois… Les taillis…

Se sachant partie gagnée, le Chevalier proposa, raisonnable :

« Voici ce que nous allons faire. Cette nuit, nous allons monter la garde et poster des sentinelles autour du village. Au moindre événement inhabituel, elles donneront l'alarme. Et alors… » Il passa un doigt boudiné en travers de sa gorge et termina, triomphal. « J'aurai un beau trophée à accrocher au-dessus de mon cantou. »

Louis, qui avait suivi le discours de son « père », se demanda comment les autres pouvaient croire un instant les paroles de ce fanfaron plus habile à manger tant et plus qu'à tirer l'épée. Il supposa que la perspective de la traque en forêt leur rendait le Chevalier soudain redoutable.

Il était bien sûr, lui, que si la malebeste revenait cette nuit, elle croquerait un nouveau troupeau, et que si d'aventure le Chevalier de Marfon tentait de l'en empêcher, elle s'en ferait un hors-d'œuvre.

À voir la tête de Séverin et du Père Georges, ces derniers partageaient ses pensées.

Mais ils n'étaient pas assez téméraires pour oser égratigner l'orgueil du Chevalier. Et comment ne pas comprendre les habitants terrifiés de Mandailles, trop contents, eux, de trouver une raison d'échapper à la battue.

Déjà, se désintéressant de l'empreinte, la tête pleine d'une victoire présumée, tous se regroupaient autour du Chevalier. Ce dernier, se retrouvant soudain des airs de noblesse, distribuait ses ordres aux uns et aux autres, comme un général avant la bataille.

Le Père Georges, qui observait son manège d'un œil navré autant que méprisant, constata, amer :

« Votre père a décidément l'art de manœuvrer les foules. Encore un quart d'heure et ces pauvres benêts vont se prendre pour les plus grands traquebestes de tout Occitània. »

Mais Louis avait autre chose en tête.

« Père Georges, la Brèche, pourquoi change-t-elle les animaux ? »

La question prit le prêtre au dépourvu. C'est que, d'habitude, on le questionnait plus sur le Diable que sur la géographie, mais comme le sujet concernait un peu les deux…

« Dis-moi d'abord, toi, Louis, ce que tu sais de la Brèche, que je voie si mes leçons ont bien été retenues. » Il ajouta, jetant un regard à Séverin : « C'est bon pour toi aussi. »

Louis, pas mécontent, après tout, de se changer un peu les idées, récita :

« Il y a trois cents ans, le Diable envoya sur terre une énorme boule de flammes, dans le but de provoquer l'Apocalypse. Mais notre Seigneur réussit à la freiner suffisamment pour qu'elle ne parvienne pas à remplir son œuvre. »

Le Père Georges, gonflé de fierté professorale devant son digne élève, l'encouragea :

« Mais que s'est-il passé ? »

Ce fut Séverin qui poursuivit, un pli de concentration au front.

« Notre pays s'appelait alors la France. Il s'étendait de la mer Méditerranée à la mer du Nord et de la Gascogne aux Alpes, mais le poing de Satan s'abattit sur lui, et il fut séparé en deux morceaux, juste derrière les montagnes. »

Louis reprit la parole.

« Le sol trembla si fort que même les montagnes en crachèrent du feu pendant dix ans. Des villes entières disparurent quand la Terre s'ouvrit. Le ciel devint noir pendant cinquante ans, et il fit alors très froid. »

Tous deux, un sourire satisfait vissé au coin des lèvres, lorgnaient le grand curé comme des corneilles dressées attendant une récompense.

Le Père Georges les congratula d'un sourire et prit la parole.

Il y avait, chez ce servant du Bon Dieu, une telle façon de raconter les histoires que de nombreux enfants présents s'attroupèrent autour d'eux pour l'écouter.

Ses leçons, il les tissait tellement bien, leur soufflait tant de vie, qu'on ne pouvait que s'y laisser prendre.

« Oui, vous avez raison. Ce fut ce que l'on appela les Maljours, quand la lumière du soleil se maquilla en nuit, que les montagnes vomirent des torrents de lave, que les maisons s'effondrèrent comme gravats sur la tête de leurs habitants. Ces Maljours, ils durèrent en effet presque cent ans. La France était coupée en deux de l'est à l'ouest, par une Brèche, un gouffre ouvert jusqu'aux enfers. Et dans les entrailles de cette déchirure grondait un feu étrange, sans flammes, un feu froid et bleuté… Un feu malsain. »

À présent, tous les enfants alentour buvaient ses paroles et faisaient cercle autour de lui.

« Ce qui avait été un grand royaume sombra dans le chaos. Il y eut des temps obscurs où les hommes se battirent entre eux, chaque seigneur désirant prendre le pouvoir. Il y eut moult batailles et moult malheurs. » Il marqua une pause, avant de reprendre, d'une voix sonore. « Mais un fier chevalier de Tolosa leva un jour une grande armée, rallia à lui, grâce à son courage et à sa bonté, les seigneurs des alentours. Il se dressa contre les pillages et les barons brigands qui ensanglantaient les campagnes. Il mena bataille partout de ce côté-ci de la Brèche et réussit à y ramener la paix et la prospérité. Il fit de ce morceau de pays blessé un nouveau royaume… Occitània. Il en devint le Roy sous le nom de Guilhem Ier. »

Louis et Séverin connaissaient déjà cette histoire, ainsi que bien d'autres. Mais le cadet, têtu comme seuls savent l'être les jeunes garçons, revint à sa question première.

« Oui, mais les malebestes, Père Georges ? »

Le Père Georges, qui n'avait pourtant pas l'habitude qu'on lui fauche l'herbe sous le pied, considéra Louis avec bienveillance, et, devant son visage grignoté d'impatience, répondit :

« Ah oui, les malebestes ! » Il parut un instant chercher son inspiration, puis continua à voix basse, et ses paroles vous glissaient dans la tête des images inquiétantes. « Elles sont apparues pendant les Maljours. Personne ne savait alors d'où elles venaient. Quelquefois, l'une d'entre elles passait de notre côté des montagnes, croquait gens et bétails, causait ravages et misères jusqu'à ce qu'on réussisse à la tuer ou qu'elle ne décide de s'en aller, son mal fait. »

Le petit Grégoire, un bout de garçon aux épis couleur de paille et à la bouille rebondie, dont les doigts s'égaraient sans cesse dans ses narines, à croire que ça le démangeait jusqu'à la cervelle, affirma, sûr de lui :

« Mon père, y dit que les malebestes elles sortent de la Brèche, que c'est la porte du Diable et que tout ce qui en vient… »

Le Père Georges ne le laissa pas finir, lui clouant le bec d'un seul regard qu'il savait faire aussi efficace qu'un coup de gueule.

« Ton père ferait mieux de laisser le Diable à ses affaires, Grégoire. À trop l'appeler, celui-là, on finit par lui faire tendre l'oreille, surtout quand on raconte des idioties. » Il ajouta aussitôt : « Des diableries, là-dedans, il y en a sûrement, mais les malebestes ne sont pas des démons. D'ailleurs, on peut les tuer, comme toutes les bêtes. Elles sont juste plus grosses, plus méchantes et plus terribles que les autres. »

Séverin, curieux, mais craignant la réprimande, poussa du bout des lèvres :

« Mais, Père Georges, à quoi ça ressemble une malebeste ? Louis a dit que c'était un sanglier, et y'en a pour dire que c'est un loup. »

Il fut soulagé de constater que ses paroles ne déclenchaient pas le moulin à colère du curé.

« Toutes les malebestes sont différentes, Séverin, il n'y en a pas deux de semblables. » Devant le regard d'incompréhension des enfants, il crut bon de préciser : « Ce peut être n'importe quel animal. Un loup, un sanglier, un blaireau, un ours ou n'importe quoi d'autre… Quand les bêtes ou les gens s'approchent trop près de la Brèche… Ils changent. »

Il y avait tellement de sous-entendus, dans ces mots, et des pas rassurants, que tous, jusqu'à Louis et son frère, sentirent des fourmis de frayeur leur grimper dans le dos.

La bouche asséchée à grandes goulées de peur, Louis demanda pourtant, la langue lourde :

« Ils changent… Comment ? »

À cela, le grand homme en bure répondit seulement, le regard tourné vers les montagnes, vers le nord, vers la Brèche, là-bas, de l'autre côté.

« Ça, nul ne le sait. Mais quelque chose sort de la terre, un souffle, une diablerie qui n'a pas d'odeur ni de couleur. C'est lui qui change les animaux, les plantes… Et les hommes. Ils se transforment. Ils deviennent… différents. »

Il n'en dit pas plus, c'était déjà bien suffisant. Toutes les oreilles avaient bu leur comptant d'inquiétude.

À croire, cependant, que les plus petits n'en avaient pas eu assez. Marie, la benjamine du charron, toute en boucles rebelles s'échappant d'un fichu de travers, crut bon de demander :

« Et les galoups ? »

Elle avait la voix aussi haut perchée qu'une pie, et pas effrayante pour deux sous. Ce fut pourtant comme si un vent sorti de la tombe passait sur tous. Le silence se fit, épais et lourd.

Le Père Georges, le visage si blanc, soudain, qu'on aurait cru qu'il venait de rencontrer Satan en personne, chuchota pour toute réponse :

« Il est des choses, mon enfant, dont on ne doit pas parler à moins de se trouver entre quatre murs et derrière une porte bien verrouillée, même en plein jour. »

Et si ces mots vous effleuraient à peine le tympan, personne n'eut envie de le relancer. Que quelque chose trouble à ce point le Père Georges, lui qui aurait été tambouriner jusqu'aux portes de l'enfer pour récupérer un paroissien, ça suffisait à vous river la langue au palais.

Et un événement imprévu vint distraire l'attention de tous.

Chapitre 5

La Roussotte

Là-bas, derrière, en bordure des bois, s'éleva soudain un concert de cris et de gueulements à en réveiller toutes les chouettes des alentours.

Tous se retournèrent d'un bloc, les jambes déjà prêtes à mouliner dans l'autre sens, sûrs de voir le monstre fracasser buissons et murets pour ne faire d'eux qu'une bouchée.

Mais pour tout compte de monstre, ils ne découvrirent qu'un tas gesticulant d'adolescents et de gamins fort occupés à distribuer coups et cris en veux-tu en voilà à une forme cachée.

Et de crier à s'en fêler le gosier.

« C'est elle la sorcière !

— C'te fille à Diable qui a fait venir la malebeste !

— Tu venais nous endiabler, hein, la Roussotte ? »

Le Père Georges réagit le premier. Élevant la voix, qu'il avait formidable, il tonitrua, tout de colère et d'indignation :

« Vous là-bas, arrêtez tout de suite de persécuter cette enfant ! »

Mais soit que les coupables aient été trop occupés à distribuer leur malfaisance pour entendre, soit qu'ils aient décidé de passer outre, la mêlée continua.

Louis, aussitôt suivi de Séverin, s'élança vers le groupe.

Il ne savait pas qui, au juste, avait droit aux attentions de ces brutes, mais il avait reconnu certains de ces déchaînés.

Le meneur de la bande, en particulier, Firmin, le fils du savetier, il ne pouvait pas le sentir.

Ce Firmin-là, on l'appelait « la Pustule » tant il collectionnait les irruptions cutanées les plus extravagantes. Comme si ça ne suffisait pas, et pour accorder l'intérieur à l'extérieur, ce détestable lascar semblait avoir hérité d'une fouine son tempérament vicieux et retors. C'était bien simple, on l'aurait trouvé en train de croquer des poules qu'on ne se serait pas étonné outre mesure.

Louis arriva là-dedans comme une avalanche sur un bosquet de jeunes sapins, en renversa quelques-uns dans son élan, et, ni une ni deux, se jeta sur Firmin.

Le gaillard lui prenait une tête et deux années, mais rien n'y fit. Quand Louis le calme, le placide, lâchait le feu de sa colère, mieux valait ne pas se trouver sur son chemin.

Firmin en fit l'expérience, qui tomba à la renverse et s'étala dans l'herbe.

Mais le bougre avait de la pratique en matière de bagarre, et pas les mains dans les poches.

Se tortillant tel diable en bénitier, il réussit à se dégager les bras et abattit son poing sur la joue de Louis.

S'il avait espéré le sonner pour le compte, Firmin en fut pour ses frais.

La douleur, bien loin de calmer Louis, enfourna une nouvelle brassée de bûches dans le brasier de sa colère.

Étaient-ce toutes ces années de brimades et de frustrations ? La peur et la tension accumulées de la nuit dernière ? Peut-être un peu de tout cela.

Le coup de Firmin, finalement, n'y était pas pour grand-chose. Mais comme une simple goutte peut faire déborder une cruche déjà pleine, ce fut suffisant.

La barrière de calme et de retenue que Louis affichait en tout se fissura.

Là-dessous, tel un fauve attendant l'heure où les barreaux de sa cage s'émousseraient, quelque chose remua.

Spectateur de sa propre colère, Louis entendit soudain un grognement bas et menaçant s'échapper d'entre ses lèvres retroussées, un grognement comme il n'aurait jamais cru sa gorge capable d'en pousser.

La terreur se glissa dans les yeux mauvais et fuyants de la Pustule.

Alors, Louis reçut dans le dos un choc si terrible qu'il crut un instant avoir été chargé par un taureau enragé. Soulevé de terre, emporté, il bascula, jambes et bras mêlés avec ceux de son nouvel assaillant.

Mais tant était grande sa colère, et ce qui ruait en lui, tout à fait éveillé à présent, qu'il se remit immédiatement sur ses pieds.

Comment s'y prit-il ? Il n'en savait rien, ses bras agissaient soudain plus vite qu'il ne pouvait penser. Il n'avait pas à réfléchir, son corps trouvait tout seul les meilleurs mouvements, les meilleurs réflexes.

Un autre le dirigeait, un autre Louis, plus rapide, plus fort, plus… sauvage.

Celui qui l'avait chargé, plus lent, plus gros aussi, se remit debout à son tour.

Louis le reconnut.

C'était cette brute de Gontran, bien sûr, qui d'autre ?

Celui-là, c'était l'inséparable de la Pustule. Ah, ils étaient bien accordés tous les deux, se valant en laideur autant qu'en méchanceté. Seulement, si Firmin avait assez de tête pour vous touiller des marmites entières de mauvais coups, Gontran, lui, avait du muscle et de la masse pour les réaliser.

Et Gontran, même un ours y aurait regardé à deux fois avant de s'y frotter.

Il souriait d'avance, de toutes ses dents gâtées, le demi-nigaud, de la rouste qu'il pensait lui distribuer.

Et il fallait bien avouer qu'à les voir tous les deux face à face, l'un rendant bien deux têtes et cinquante kilos à l'autre, on n'aurait pas donné cher de Louis.

On se trompait.

Alors que le colosse se jetait sur Louis, ce dernier, sans une once de peur, sans une hésitation, l'attrapa par le col d'une main et le souleva de trente bons centimètres.

Pendant plusieurs secondes, et sans paraître peiner, il tint la masse énorme et gesticulante de Gontran à bout de bras, comme simple volaille.

Louis vit d'abord un étonnement stupide se peindre sur les traits gras et bovins de Gontran, et cela lui donna envie de rire… mais pas très longtemps.

Il ne sut pas ce que vit soudain le gros vaurien en le regardant, mais la suée de terreur qui lui couvrit le visage lui fit peur à lui aussi.

Pour ne plus voir ce regard halluciné que l'autre fixait sur lui, il écarta d'un geste ce sac de lard malintentionné… et le projeta à plus de huit mètres de là, dans la rivière.

Il y eut un « plouf » formidable, comme si on avait balancé à l'eau un bœuf entier.

Alors seulement, pris de vertiges, Louis se laissa tomber à terre.

Il y demeura quelques secondes, le regard fixe et vide.

Ce furent les cris de Séverin, qui, se frayant un chemin dans ses oreilles engourdies, le ramenèrent à un semblant de raison.

« Louis ! Louis ! » Et vas-y que je te secoue par les épaules. « Louis ça va ? »

Il répondit, d'une voix étonnamment calme :

« Ça va Séverin, ça va… » À l'entendre, on aurait pu en douter.

Il leva les yeux pour découvrir la figure de son frère juste au-dessus de lui.

Il n'avait visiblement pas perdu son temps non plus, Séverin. Des cocards, il en arborait de toutes les formes et les couleurs. Quant à sa tignasse, elle quillait raide dans tous les sens, comme les poils d'un chat en colère.

« Tu l'as… Tu l'as balancé dans la rivière le Gontran… Comment… ? Comment t'as pu faire ça ? »

Louis aurait été bien en mal de lui répondre, et y repenser, là, ne lui souriait vraiment pas. À vrai dire, il avait peur, peur de ce qu'il avait fait. Il ne comprenait pas.

Et comme pour l'enfoncer un peu plus, la voix de Gontran, qu'on sortait de la rivière, trempé à tordre et vert de trouille, résonna par tout le champ.

« C't'un diable que je vous dis ! Il m'a… Il m'a jeté… Et ses yeux… Ses yeux y z'étaient jaunes… J'l'ai vu ! »

Il n'alla pas plus loin qu'un « clac » formidable s'éleva, le coupant net dans son élan.

Des « clac » comme ça, seul le Père Georges savait en produire.

Et c'était bien lui qui se tenait au-dessus du Gontran, soudain muet comme carpe et la joue écarlate. Gontran qu'il pointa d'un doigt accusateur.

« Mais tais-toi donc, Gontran Borrie, avant que le Seigneur ne se fatigue de t'entendre et ne te soude la langue au dentier pour t'apprendre à te taire ! Tu as déjà fait assez de mal pour aujourd'hui. » Il se tourna vers Firmin, qui, remis de sa frayeur, mais sentant le vent tourner à l'orage, s'éloignait sur la pointe des pieds. « Et toi Firmin Brègue, crois-tu que je sois déjà bigleux ? Je te vois ! »

Le fuyard, comme un rat surpris, s'immobilisa et fit le dos rond, attendant la bourrasque.

« Tu as bien un diable dans la paillasse et un autre qui veut y entrer, bougre de sournois que tu es ! Tu uses ma patience et celle de Jésus, et pourtant Dieu sait qu'il en a ! »

Désignant la forme frêle et crottée qui se recroquevillait sur l'herbe, petit tas de tissus chiffonnés couronné d'un panache flamboyant d'écureuil roux, il accusa :

« Il t'en faut donc, à toi, du courage, pour t'en prendre à une pauvre fille sans défense. »

L'autre, le regard fuyant, siffla, venimeux :

« C't'une sorcière la Roussotte, tout le monde le sait… Elle vit dans les bois avec la vieille… C't'une goupille du Diable. »

Il est des paroles que l'on regrette. Le Firmin, celles-là, il dut rudement les regretter.

En moins de temps qu'il n'en faut pour le dire, le Père Georges l'avait rejoint et lui avait agrippé l'oreille avec une belle vigueur.

« Et toi donc, Firmin, qui viens dans la maison de Dieu boire le vin de messe ! J'y userai trois balais à vouloir te chasser le Malin du corps, et pour rien qui plus est. » Il devait tenir ferme, le Père Georges, car le visage de Firmin passa du blême au rouge en quelques secondes. « Mais vous allez faire pénitence, toi et tes bons à rien de compagnons. Demain, dès Matines, je vous veux à l'église. Dieu a besoin de bras pour nettoyer sa maison, et les vôtres feront bien l'affaire. Et vous avez intérêt à venir, autrement je viens vous chercher par le fond du pantalon jusque dans votre lit. »

Il lâcha soudain sa prise frétillante et termina :

« Et maintenant filez ! »

Ils ne se firent pas prier et détalèrent sans demander leur reste. Le spectacle en était fort réjouissant, surtout pour ceux, et ils étaient nombreux, qui avaient eu à subir un jour ou l'autre la malveillance de ceux-là.

Mais Louis n'avait plus d'yeux pour eux. Il fixait ce petit bout de femme coiffé de roux qui se racrapotait, là-bas, dans la terre piétinée.

La Roussotte, il ne la connaissait que de loin, et encore du coin de l'œil.

C'est qu'on lui prêtait mauvaise réputation, à la drôlesse, dans le village. Quand d'aventure elle venait par ici, pour acheter un peu de fromage ou quelque autre produit, on la servait du bout des doigts et on la chassait aussitôt, à croire qu'elle trimballait avec elle poux et peste.

On n'osait cependant pas trop la rabrouer ou être vraiment désagréable. C'est qu'on la disait soufrée, la garcelette, capable de vous tourner des coups à Diable.

Qu'une vache crève en vêlant, et c'était un coup de la Roussotte, ou pire encore, de la vieille qui lui servait de tutrice en maléfices et avec qui elle habitait, là-bas, dans les bois. Celle-là, on ne prononçait jamais son nom, mais on lui en avait trouvé un autre… La sorcière.

Par contre, qu'un mal vienne à vous mordiller, qu'untel se sente des faiblesses dans le lit conjugal ou unetelle à faire gosses, et on allait, en cachette, trouver la Roussotte et sa préceptrice.

Louis l'avait toujours imaginée, pour le portrait qu'on lui en faisait, laide à souhait et la face cloquée par quelques affreuses verrues propres à celles de sa profession.

Mais quand enfin il se leva pour s'approcher d'elle et s'inquiéter de son état, il trouva, perdu entre boucles de flamme et robe tachée, un minois joli autant qu'étonnant qu'aucune imperfection ne venait navrer.

À la voir ainsi, cachée dans sa toison rousse comme un petit animal blessé, il se sentit un élan de tendresse et de douceur comme jamais fille ne lui en avait levé.

Était-ce cette bizarre fraternité qu'il se sentait soudain, lui, étranger à sa propre famille, avec cette diablesse-là, rejetée par les autres ? Il ne savait pas, mais la seule envie qui le traversa fut de la prendre dans ses bras pour la protéger et la réconforter.

Cela ne dura qu'un instant.

Elle ouvrit les yeux.

Ils étaient beaux, eux aussi, à leur manière, mais contribuaient à la mettre à part. Longs et un peu relevés, il lui donnait un charme mystérieux, un air d'ailleurs.

Eux aussi, bruns ou ambrés selon la lumière, semblaient flamber comme sa chevelure, mais ils étaient loin d'être amicaux, partagés entre crainte et sauvagerie.

Elle se redressa d'une secousse, ramassant autour d'elle sa robe crottée, et siffla, telle une vipère en colère :

« Ne t'approche pas, ou je te noue les aiguillettes tellement serrées que tu ne trouveras jamais femme ! »

À voir cette flambée de frousse et de colère qui lui grondait dans les prunelles, Louis l'en aurait presque crue et se serait fendu d'un bon signe de croix pour conjurer le mauvais œil.

Ce ne fut pas nécessaire.

De derrière son épaule leur parvint soudain la voix du Père Georges, apaisante et douce, comme celle du Seigneur lui-même.

« Du calme Margot, du calme. Louis ne pensait pas à mal. En fait, c'est même lui qui est venu à ton secours, avec son frère. Ils t'ont sauvée de ces brutes. Laisse donc un peu le Malin à ses affaires. »

L'apprentie sorcière tourna alors la tête vers le grand curé.

Tout à Diable qu'elle était, elle aurait dû fuir ce commis du Bon Dieu, mais, au grand étonnement de Louis, elle se jeta à ses genoux et vint se serrer contre sa bure râpeuse en étouffant un sanglot.

Cela ne dura cependant qu'un instant, un bref instant, alors que le Père Georges, avec une tendresse bourrue, lui plus fort en gueule qu'en douceur, caressait sa tignasse rouquine en un geste d'apaisement.

Et c'était bien un curieux spectacle que de voir ce colosse grisonnant, tout dévoué à celui d'en haut, et cette jeunette rousse de poil acoquinée à celui d'en bas, se serrer l'un contre l'autre. Nul doute que leurs patrons respectifs devaient en faire une maladie.

Mais Louis n'eut pas trop le temps de se poser de question.

Attrapant la Roussotte par les épaules et l'écartant un peu de lui, le Père Georges lui demanda, rendant sa voix aussi douce que possible :

« Où allais-tu Margot, quand ces brutes t'ont attaquée ? »

La jeune rouquine, d'une voix étonnamment ferme qui força l'admiration de Louis, répondit :

« Je rentrais chez moi. J'étais venue faire des achats. »

En effet, Louis remarqua le panier renversé qui gisait dans l'herbe, à quelques pas de là. Il dégorgeait ses entrailles de gâteaux au miel, de beurre et de laine.

Ce n'était pas vraiment ce qu'on se serait attendu à trouver dans un nécessaire à maléfices.

Pris d'une subite impulsion, il avança jusqu'au panier, en ramassa le contenu puis se retourna pour ramener le tout à sa propriétaire.

Juste à temps pour entendre le Père Georges prononcer, sur un ton d'encouragement :

« Rentre chez toi Margot. Tu peux marcher, tu es sûre ? » Il y eut un vague assentiment. « Et surtout transmets mes amitiés à ta grand-mère. Allez va ! Et tâche de ne pas te laisser aller à la rancune. Pouvoir mal utilisé est œuvre du Diable. »

Ce fut tout.

En trois pas, et après un bref « merci ! », la Roussotte vint se planter devant Louis et tendit la main pour réclamer son bien.

C'est qu'elle avait fière allure, la goupille, toute crottée qu'elle était. Droite comme un i, elle le défiait du regard avec cette assurance insupportable propre aux filles qui paraissent toujours en savoir plus que vous.

Un instant, alors qu'elle lui plantait les petits brasiers de ses yeux fauves en pleine figure, il se sentit idiot, avec ce panier de provisions dont il ne savait que faire en bout de bras.

N'y tenant plus, et alors que le silence s'éternisait, il lui tendit enfin son bien en se raclant la gorge avant de réciter, se traitant intérieurement de nigaud :

« Tiens, je te rends tes affaires. »

Elle le fit attendre deux secondes de plus, le bras levé. Enfin, lui plongeant dans les yeux un regard à vous reluquer jusqu'au fond du crâne, elle lui lança :

« Tu as décidément une drôle d'allure pour un chevalier servant. »

Louis, vif à prendre la mouche, surtout face à une fille et devant les autres gosses du village, lui aurait bien renvoyé quelques bordées de vacheries, à cette ingrate, mais elle ne lui en laissa pas le temps. Elle reprit, comme ennuyée :

« Il faut toujours payer ses dettes… J'en ai une envers toi… Alors sache ceci, ce sera un acompte… »

Louis n'aimait pas le tour que prenaient les choses, mais se sentait curieusement incapable de les arrêter. Il ne pouvait qu'écouter… Écouter…

Ce fut d'une voix curieuse, presque absente, les yeux pratiquement révulsés, qu'elle proféra :

« Tu vas devoir franchir de grandes épreuves, Louis. Tu feras un long et dangereux voyage… Tu vas souffrir et rire tour à tour… Découvrir des choses extraordinaires et effroyables… » Elle se tut un instant puis ajouta, comme si ses lèvres ne lui appartenaient plus : « Et tout cela, bien ou mal, je le vivrai avec toi. »

Elle eut alors un long frisson et le fixa à nouveau, comme au sortir d'un songe.

Elle semblait toute aussi surprise que lui de ce qui venait de se produire, et guère plus rassurée. Il lui aurait bien demandé quelques explications, mais déjà elle s'était détournée et mise à courir vers l'orée des bois.

Elle y parvint, écureuil à longues jambes et au panache bouclé. Louis, qui la suivait des yeux presque malgré lui, sentit un court mais vif pincement au cœur de la voir ainsi disparaître.

Alors, répondant à sa secrète prière, elle s'arrêta, à un pas des premiers buissons, et se retourna.

Ne trouvant rien de mieux à dire, il lui cria, pour la retenir un instant de plus :

« Fais attention dans les bois, la Roussotte, la malebeste est dans la vallée ! »

Peine perdue. Déjà elle riait, renarde, toute en poils roux et en dents blanches.

« Je m'appelle pas Roussotte, et la malebeste, je la crains pas… Moi je m'appelle Margot, je suis une sorcière, et toi, pas ce que tu crois ! »

Et tiens que je virevolte, pieds légers et jambes lestes, et disparaisse dans le sous-bois, gobée par la futaie.

Ne demeura de sa présence qu'un frisson de branchages, à croire qu'elle ne s'était jamais trouvée là.

Louis, qui ne quittait pas des yeux l'endroit où elle venait de s'évanouir, l'âme en mélancolie, lui qui s'était un moment senti compris, reçut sur son épaule la main lourde mais rassurante du Père Georges.

« Ah Seigneur ! Quelle curieuse enfant ! »

Tiré du songe roux dans lequel il se prélassait, Louis, profitant de la proximité du curé, et l'espérant en veine de confidences, demanda :

« Mon Père, c'est vrai qu'elle est sorcière, la Roussotte ? »

À son grand étonnement, ce fut d'abord un bon rire qui lui parvint, puis la voix raisonnable du Père Georges, qui vous pourfendait les superstitions comme personne :

« Voyons Louis, dis-moi, tu la crois à Diable, toi, Margot ? »

Louis, qui ne savait que répondre, esquiva :

« Non. Mais au village…

— Oh je ne doute pas que parmi mes bons paroissiens, y'en auraient bien quelques-uns pour les trousser comme volailles, elle et sa grand-mère, et me les mettre à rôtir sur un bûcher ! Mais tu sais, Louis, le Malin, il n'est jamais où on pense le trouver. »

Louis, ravi par ces paroles, tenta encore.

« Mais on dit qu'elles ont des pouvoirs, elle et sa... grand-mère. Des pouvoirs pas naturels.

— Et alors ? Jésus en avait aussi, des pouvoirs, et, que je sache, c'était bien le Bon Dieu qui les lui avait donnés ! » Il marqua une pause et expliqua, lentement. « Certaines personnes en ont, d'autres pas, mais ce qui en fait œuvre de Dieu ou du Diable, c'est la manière dont on s'en sert. »

C'était étrange, mais il semblait à Louis que les paroles du Père Georges, comme un coffre à double fond, recelaient un sens qu'il ne parvenait pas à déchiffrer.

Il n'eut pas le temps d'y réfléchir plus avant. Séverin, avec cet art consommé qu'il avait de venir le titiller là où ça le démangeait, lui lança, la malice dans l'œil.

« En tout cas, la Roussotte, elle est bien un peu sorcière, parce que toute crottée qu'elle était, elle t'a bien envoûté ! »

Il avait touché juste, Séverin, et Louis, blessé dans son orgueil de jeune mâle susceptible, pivota vers son frère pour lui pousser, à coups de gorge et de langue, sa façon de penser.

« Et la Roseline, elle est sorcière aussi, peut-être ? »

Le Père Georges coupa court à leur dispute de coquelets.

« Ah ! Mes garçons ! Toutes les filles sont un peu sorcières. Vous comprendrez ça un jour ou l'autre. »

Il allait les abandonner sur cette dernière réflexion bien surprenante, quand un fait nouveau, dans cette journée décidément riche en rebondissements, retint son attention.

Là-bas, où les dernières maisons du village se racrapotaient dans l'herbe cuite au gel de la nuit, où le chemin paressait entre rivière et montagnes, s'élevait un concert de cris joyeux.

Suivant le regard du grand prêtre, Louis et Séverin tournèrent la tête en direction de ce choeur chantant qui venait un peu égayer l'atmosphère de veillée d'armes qui avait enveloppé Mandailles.

Ce fut pour découvrir, cahotant sur les ornières et les pierres vicieuses à vous briser les pattes des chevaux trop confiants, la forme trapue et sautillante d'une carriole.

Ce n'était pas celle d'un gars du pays, ses roues étaient trop belles pour être de par ici. Quant au cheval qui la tirait, haut et large de poitrail et d'encolure, blanc de poil, il avait l'allure trop noble pour être de la vallée. Ici, les travaux des champs et les pâturages trop maigres vous transformaient un étalon en carne en moins de temps qu'il n'en fallait pour le dire.

Et puis, cette cariotte-là, pansue, débordante de marchandises qu'on imaginait sans peine colorées et tintinnabulantes, avait un air de fête qui n'appartenait qu'à elle.

Cet attelage, tous les gamins du village le reconnaissaient et guettaient son arrivée, chaque mois, comme si le Bon Dieu lui-même était venu se perdre en ce bout du monde.

Séverin s'écria, ravi :

« C'est Thierry ! »

Et les deux frères se mirent eux aussi à courir vers le village.

Chapitre 6

Mystère et camelote

Quand ils parvinrent au village, la « carriole à camelote » comme l'appelaient les plus grincheux des époux du pays traversait déjà le petit pont qui enjambait la rivière et arrivait sur la place.

Ce nom, elle l'avait hérité des maris avaricieux qui voyaient, d'un bien mauvais œil, leurs femmes se ruer hors de chez elles pour acheter rubans, coiffes ou autres babioles de la ville que transportait Thierry.

Et il y en avait, du fourbi, dans ce caretou de luxe : draps et étoffes de ces couleurs qu'aimaient les dames des cités ; bijoux et colifichets à en remplir de pleins coffres. Oh ! Ce n'étaient pas des articles de grand prix, mais suffisamment jolis pour briller agréablement aux cous des jouvencelles. Et puis des couteaux, des poêles et des marmites à ne plus savoir que choisir… Bref, de ces choses qu'on ne trouvait pas ici mais seulement à la ville.

Et la ville, ici, on en était loin. Il fallait compter un bon jour et demi de marche pour descendre à Aurillac, et à la bonne saison encore… Et, en route, que d'occasions de se faire estourbir et détrousser par des brigands en mal d'écus ou croquer par quelques loups en famine.

Pourtant, tous les mois, gaillard et fidèle comme la lune ou le soleil, qu'il gèle à pierre fendre ou qu'il neige à vous ensevelir vif, Thierry était là, à promener son fatras de tout et de rien dans ce coin de nulle part. C'en était à croire que le bougre ne craignait ni homme, ni bête, ni Diable.

Ça en étonnait plus d'un, à Mandailles, cette opiniâtreté à venir perdre son temps dans cette garce de vallée. Il ne devait guère faire fortune, le Thierry, ici où on comptait le moindre sou jusqu'à l'user par le seul frottement du regard et où les bourses ne s'ouvraient qu'à remords, et encore dans la douleur.

Il y en avait beaucoup pour lui prêter quelques mauvaises manigances. À chaque fois qu'il repartait, ça jacassait à en concurrencer toutes les corneilles du voisinage.

Mais après tout, peu importait. Pour la plupart, Thierry et son engin, son cheval fier et énorme, était un souffle d'air pur dans ce petit monde recroquevillé sur lui-même.

Ce qu'il apportait de plus précieux, ce n'était pas la quincaillerie, c'étaient les nouvelles de la ville et des autres villages.

Le rituel était immuable : il arrêtait son attelage sur la place du village, détachait son cheval, l'accrochait près de la rivière puis entrait dans l'auberge de la Martou.

Là, on lui faisait place près du cantou et on lui servait une bonne gentiane à en redonner des couleurs à un cadavre.

Alors, tout le monde faisait cercle autour de lui, attendant qu'il daigne parler.

Chaque fois, le bonhomme se faisait désirer, savourant son bol, jusqu'à ce que tout un chacun racle du pied ou de la gorge.

Enfin, il posait sa gentiane et se mettait en voix.

Cette fois ne fit pas exception à la règle.

Louis et Séverin, désirant être au premier rang, traversèrent la place en trombe et se faufilèrent entre les matrones et leur marmaille accourues de tout le village. Pour finir, ils se glissèrent dans l'auberge et, avec célérité, verrouillèrent leurs derrières à un banc proche de la grande cheminée.

Quelques minutes plus tard, la porte de chêne s'ouvrit sur la grande silhouette du colporteur, qui, capuchon rabattu, s'avança vers le feu.

Et pour la première fois depuis qu'il le voyait, Louis fut frappé par son allure.

Il ne prêtait aucune foi aux racontars qui couraient sur le compte de Thierry, certains lui cousant sur le dos quelques infamies ou secrets sentant le soufre qui lui auraient fait fuir la justice jusqu'à la vallée. Il suffisait de croiser le regard bleu délavé du bonhomme, son visage grêlé de taches de rousseur, au sourire doux et facile, pour comprendre qu'à l'essorer tout entier, on n'en eut pas tiré une goutte de méchanceté.

Mais Louis devait bien avouer qu'à observer son allure et sa manière de bouger, il sentait le gagner une certitude encore diffuse : celle que Thierry n'était pas tout à fait celui qu'il voulait paraître.

Du marchand, s'il avait l'habit, il n'avait pas les manières : trop direct, trop franc. Il lui manquait cette onctuosité toute mercantile qu'il ne parvenait pas à imiter.

Il y avait, chez lui, quelque chose de rigide, de martial, un noyau dur qu'on aurait tenté de cacher sous une enveloppe superficielle plus molle.

Et puis, il y avait cette manière qu'il avait de hausser une hanche, comme si quelque chose d'absent y pesait encore : un poids qui lui était devenu si naturel qu'il ne pouvait se déplacer sans en tenir compte… Celui d'une épée, peut-être ?

Thierry, un soldat ? Mais de qui ? Et pourquoi sous ce déguisement, ici ?

Louis en était là de ses pensées quand Thierry s'anima, réchauffé par la gentiane et le foyer près duquel il venait de s'installer, son bol à la main, sirotant, imperturbable, le breuvage à assommer un bœuf.

« Un beau p'tit coin de vallée que vous avez là, pour sûr. » Il leva son bol, fit miroiter le liquide d'un vert vénéneux. « Et une bonne gentiane bien relevée. »

Aucun n'osa lui dire que la gentiane de la Martou, ça faisait des années que plus personne ne la buvait. Les derniers à avoir essayé, dans le village, en avaient encore des aigreurs d'estomac rien que d'y penser.

Mais pas lui, ce bougre de bonhomme, à qui on ne donnait pas d'âge, pas encore vieux, mais plus tout à fait jeune : il vous sirotait ce jus d'enfer comme s'il s'agissait du plus doux des breuvages.

Louis, pourtant, en était sûr, lui, qu'une mouche qui y serait tombée s'y serait dissoute dans l'instant.

Un sourire était venu adoucir le pli ferme de la bouche du camelot. Ses yeux, des yeux de gosse, on aurait dit, mais d'un gosse qui en aurait vu des rudes, avaient brillé d'un humour sans malice.

Il avait jeté à la propriétaire de l'auberge :

« Martou, ta gentiane n'a pas sa pareille dans toute la vallée ! »

Avec lui, on ne savait jamais vraiment trop si c'était du lard ou du cochon, comme on disait par ici. La vieille tenancière, en tout cas, toute heureuse que son élixir à foudroyer trouve un amateur, jetait aux mâles du village un de ces regards qui disait : « Vous avez vu, bande de mauviettes, ça c'est un homme, un vrai ! ». Et de les mettre au défi d'essayer.

Les hommes, ils gigotaient soudain sur leurs sièges, comme s'ils s'étaient brusquement découvert une nichée de hérissons sous le derrière. Mais il n'y en avait aucun pour affronter son regard. On ne tenait pas à finir raide comme une bûche et la figure rouge comme braise sur les pierres de la salle, à chercher un peu d'air par une gorge en flamme.

Thierry, lui, poursuivait, imperturbable.

« Ta sœur, à Saint-Simon, te transmet ses bons vœux. Les petits vont très bien, et le dernier va sortir sa huitième dent. Ils passeront tous te voir avant l'hiver et te remercient pour le miel que tu leur as fait parvenir. »

Un large sourire s'épanouit sur la vieille figure fripée de la Martou, et toutes ses rides disaient la joie qu'elle avait d'entendre ces paroles.

Et ça continua ainsi, chacun son tour. Il en avait pour tous, Thierry, apportant à chacun des nouvelles de sa famille : ceux partis à la ville ou installés plus loin, dans la vallée. C'en était à croire que sa mémoire était un véritable sac à souvenirs, tellement il vous en retenait, là-dedans, pour les uns autant que pour les autres.

Parfois, il fouillait dans sa besace pour en sortir, comme un magicien de foire, tel ou tel présent qu'un proche lui avait confié pour l'un ou l'autre du village. L'heureux destinataire s'en repartait comme un gosse aux étrennes, du bonheur plein les lèvres.

Pendant une bonne heure, sans s'égratigner la patience une seule fois, il assuma son rôle de messager, distribuant à qui un peu de joie, à qui un peu de peine. Quand il en affligeait certains de la maladie ou du décès d'un proche, il ne manquait pas de lui tresser quelques paroles de réconfort.

Pour finir, il prit bien note des réponses qu'on lui donnait à rapporter, les engrangeant par là-dedans, dans sa réserve à nouvelles.

Enfin, il eut épuisé son fardeau de mots et de présents.

Il se tut un instant, poussa le vice jusqu'à se resservir une rasade du poison de la Martou, et, la gentiane à la main, se réchauffa un peu le cuir à la chaleur du feu.

L'assistance s'était déjà réduite, fondue comme neige au soleil. Chacun, ayant eu son dû de bon ou de mauvais, était rentré chez soi ruminer l'un ou l'autre.

Ne demeuraient plus, agglutinés autour du feu, que les irréductibles, ceux dont la curiosité portait un peu plus loin que le bout de la vallée.

Parmi eux, le Père Georges figurait en bonne place.

« Quelles nouvelles de La Ville, Thierry ? »

On sentait bien que la ville dont il parlait, ce n'était pas Aurillac. Celle dont il était avide de nouvelles, elle portait majuscule aux deux mots… La capitale d'Occitània, bien sûr, Tolosa.

Louis et Séverin tendirent tout ce qu'ils pouvaient d'oreilles, avides d'entendre un peu parler du monde, eux qui n'avaient jamais connu que ciel et montagnes.

Quand il répondit, Thierry le fit sur un autre ton, plus lointain, plus ample. On sentait poindre, sous le simple camelot qu'il se donnait à être, un autre individu, plus complexe, plus grave aussi.

« Les nouvelles ? Elles ne sont pas bonnes, mon Père, et je m'en veux presque de vous les rapporter. »

Le Père Georges, plus sombre tout soudain, lui répondit alors, écartant les bras.

« Vous n'êtes pas responsable de tous les malheurs du monde, Thierry. »

Le grand marchand, une vive et pénible émotion dans le regard, chuchota, mais pour ses seules oreilles :

« Pas de tous, non. » Déjà il poursuivait, plus audible : « À Tolosa, le Vicomte de Marsac assoit toujours plus son autorité. »

Ce nom, que Thierry avait craché comme mauvaise glaire, on aurait dit que le goût déplaisant lui en restait en bouche. Il dut se sentir forcé d'y remettre une bonne rasade de gentiane pour se désinfecter la langue.

Un concert de grognements navrés salua ses paroles, dominé par la voix tonitruante du Père Georges qui tempêta, à en réveiller tous les morts du cimetière.

« Ah le maudit ! Peste soit de cet usurpateur-là. Dieu le foudroie sur son trône mal acquis et l'envoie rôtir chez son maître qui doit l'attendre de pied ferme. »

Thierry temporisa l'ardeur du curé en crue de colère, de sa voix douce et égale.

« Parlez moins fort mon Père. Comme vous l'avez dit, le Vicomte a passé nombre de pactes, et certains sentent bien le soufre. N'oubliez pas qu'il a des yeux et des oreilles partout. Tout ce que ce pays compte de malfaisance lui jure allégeance… Aussi bien chez les hommes que chez les bêtes. »

Ses paroles roulèrent, sinistres, par la salle enfumée, coagulant les ombres, les rendant soudain plus consistantes, plus inquiétantes. Les regards se firent craintifs, fuyants, les oreilles se tendirent, aux aguets.

Le coassement d'un corbeau égaré sur l'aplomb d'une des fenêtres de la salle en fit sursauter plus d'un. On tourna vers le volatile malvenu une dizaine de paires d'yeux inquiets. L'oiseau de mauvais augure, se sentant sûrement de trop, s'envola sans demander son reste.

Thierry, qui avait suivi l'incident d'un regard perçant, sans paraître affecté outre mesure, continuait déjà.

« L'ombre s'étend sur Occitània mes amis. Dites-vous que vous avez bien de la chance d'habiter en ce lieu oublié de beaucoup, aux marches du royaume. Le mal y allonge moins ses doigts et n'y plonge pas encore trop racines. »

Il s'en trouva bien un, dans l'assemblée, pour grommeler, bougon :

« De la chance, de la chance… Facile à dire. Et les malebestes alors, c'est bien par chez nous qu'elles frappent le plus souvent ! »

À cela, Thierry répondit, les dévisageant tous avec un regard calme qui, pourtant, vous collait des frissons dans le dos :

« Il existe des choses bien pires que les malebestes, dans ce monde et dans l'autre. » Comme si ses propres paroles avaient soudain ouvert, dans sa gorge, une porte jusqu'alors fermée, il poursuivit, en veine de confidences. « À Tolosa, on n'ose plus sortir à la nuit faite. Les rues, à la minuit, appartiennent aux rats et aux malfaisants… Quant à ceux qui ont le malheur de contester l'autorité de Marsac… Mieux vaut ne plus jamais prononcer leurs noms si l'on veut faire vie qui dure. »

Une nouvelle rasade, peut-être pour donner un regain de courage à cette langue qui s'essoufflait. Pendant qu'il buvait, on entendit le cliquetis des bols que rangeait une Martou nerveuse.

« Son ombre s'étend chaque jour un peu plus. La nuit… La nuit est sienne, il y est comme chez lui. De partout, on rapporte de terribles nouvelles : de Camargue, des Cévennes, de Gascogne, du Limousin même. » À mesure que l'énumération se rapprochait de Mandailles, on sentait les mâchoires se serrer, les yeux devenir plus brillants… « Partout les mêmes mots : injustices, exécutions, terreurs, maléfices, perversité… Même à Aurillac, ses gardes se pavanent à présent dans les rues dans leur livrée détestable. »

Ce fut encore le Père Georges qui prit la parole au nom de son troupeau.

« Mais plus personne ne conteste donc son autorité ? Personne ne se lève pour lui barrer la route ? Il doit bien rester quelques barons encore fidèles au jeune Roy ? »

Une lueur d'espoir s'alluma dans tous les regards. L'auditoire tourna à nouveau les yeux sur le conteur, les oreilles se tendirent, avides d'un peu de réconfort.

Mais de réconfort, pour le coup, Thierry n'en avait plus à distribuer.

« Le Baron de Caussade s'est effectivement rebellé, il y a trois semaines. Il a levé des troupes loyales au jeune Roy et a publiquement rejeté la régence du Vicomte de Marsac… »

Il demeura un instant muet, les yeux perdus dans quelques souvenirs qu'on devinait pénibles. Tous avaient envie de le presser : « Et alors ? » Ces deux mots, ils leur démangeaient les lèvres, mais aucun ne voulait se risquer à troubler le conteur.

« … Ce qui reste de lui pend encore au mur de son château. Même les corbeaux ont fini par s'en dégoûter. »

La consternation fit masque sur chaque visage. Même Louis et Séverin, qui suivaient la conversation en silence, ne saisissant pas tous les pourquoi et les comment, en grimacèrent d'horreur.

Le Père Georges, lui, que la compagnie des trépassés et la fréquentation du cimetière attenant à l'église avaient rendu plus coriace, maugréa, scandalisé :

« Mais enfin, le seigneur de Caussade était un fier chevalier, et sa place forte réputée imprenable !

— C'est le Grand Veneur en personne qui a mené l'assaut, de nuit… Une nuit de pleine lune. »

Les ombres, qu'on surveillait à présent du coin de l'œil, méfiants, parurent soudain prendre griffes et crocs pour s'agiter sur les murs en mimiques agressives. Là-bas, derrière son comptoir de bois grossier, la Martou en ravala un hoquet et laissa choir une cruche de terre cuite qui se brisa net.

Et le Père Georges de murmurer, comme il aurait expectoré le nom du Malin en personne, la peur dans les syllabes, lui qui ne craignait rien :

« Le Baron de Malemort… Le maître… »

Ce fut Thierry qui acheva pour lui, en un souffle où se mariaient colère et tristesse :

« … Des galoups… Oui… Celui-là. »

Le silence qui suivit se peupla, dans l'esprit de chacun, de formes terribles, mi-pattes mi-bras, plantées de crocs et de griffes, qui promenaient des yeux luisants et sanguinaires à la fringale insatiable.

N'y tenant plus, un de ceux du dernier rang, le plus près de l'entrée, se leva d'un coup sec et referma la porte entrebâillée, prétextant le courant d'air. Personne ne fit de remarque. On sentait bien que tout un chacun vous aurait aussi fermé volets et cadenassé serrures, tout à coup.

Des bancs raclèrent. Mine de rien, on se rapprocha du feu.

Le Père Georges, qui n'avait pas bougé d'un pouce, défiant l'ombre de sa grande carcasse toute amidonnée d'indignation et de colère, s'exclama encore :

« Mais… Et les ordres combattants, les Templiers, les Hospitaliers… N'y en a-t-il aucun pour défier ce ribaud d'enfer ? Ils ont pourtant la force nécessaire pour… »

Thierry le faucha en plein élan, sans plaisir.

« Ils l'avaient, mon Père, voici quelques années encore… Mais ils ont été trop lents à comprendre qui était vraiment le Vicomte, comme beaucoup. Il est à présent trop tard. Ceux que Marsac n'a pas achetés se terrent dans leurs commanderies, tels des blaireaux aux abois. Ils font le dos rond en attendant que passe la tempête… Seuls, ils ne peuvent rien, si ce n'est donner à Malemort un prétexte pour faire ripaille de viande d'homme, et ils le savent. Il faudrait un miracle pour les faire sortir de leur réserve et les lancer contre l'usurpateur… »

La proximité des flammes, qui rongeaient à bonnes dents jaunes les grosses bûches, vous donnait du courage. Martin, le forgeron, qui n'en menait pas large, malgré ses épaules à en rendre un ours jaloux et ses bras à décorner un taureau, demanda :

« Mais… Et le jeune Roy… On le dit… »

Il ne finit pas sa phrase. Thierry, une fois encore, le fit pour lui.

« Mort ? Oui, on le dit. » Il laissa passer un temps. On n'entendit plus que le mâchouillis gourmand des braises. Alors, une étrange lueur dans le regard, un feu soudain dans la poitrine, il reprit, sans regarder personne. « Mais des rumeurs courent. Des rumeurs qui disent que des fidèles du vieux Roy ont enlevé le jeune Guilhem à sa naissance et l'ont caché aux yeux du Vicomte et de

Malemort. On dit aussi que, quand il sera l'heure et que le jeune Roy aura l'âge de régner, il fera connaître son nom et lèvera une armée pour reprendre ce qui lui appartient. Alors, mes amis, alors l'ombre qui recouvre Occitània se lèvera, et de Mandailles jusqu'à Montpellier montera une clameur de joie telle qu'on n'en a jamais entendue. »

Il se tut brusquement.

Car sa voix avait un instant enflé, avait pris du volume sur les dernières phrases, s'était gorgée d'une ardeur qu'on ne lui aurait pas soupçonnée. Le placide vendeur ambulant avait paru, quelques brèves secondes seulement, une autre personne.

Et il paraissait bien gêné par son éclat, Thierry, comme quelqu'un qui en a trop dit.

Il s'étira et se tourna vers Louis et Séverin.

Son visage s'illumina alors et il s'exclama, le sourire à nouveau aux lèvres, franc et généreux : « Hé ! Mais qu'est-ce que je vois là ? Mes deux petits amis, Louis et Séverin de Marfon ! »

Le changement de ton était si radical, après les noires paroles qu'il venait de distiller, que nombres de gens présents en sursautèrent presque.

Comprenant que c'en était fini des nouvelles néfastes du monde extérieur, on se dispersa.

Ici comme ailleurs, on savait quand le conteur a fini de conter… Et puis, on avait avalé son saoul de funestes nouvelles.

On se leva pesamment, les épaules un peu plus voûtées qu'en arrivant, et on s'en retourna chez soi broyer un peu de noir. Du souci, tous en avaient pris à moudre pour quelque temps.

Au final, seuls demeurèrent Thierry, le Père Georges, Séverin et Louis.

C'était toujours une joie, pour les deux garçons, que de retrouver le grand marchand. Ce dernier semblait s'être attaché aux deux jeunes garnements qu'il voyait une fois par mois depuis leur plus tendre enfance. Il ne manquait jamais une occasion de passer un moment en leur compagnie.

Il était un de ces trop rares adultes à qui leurs histoires ne semblaient pas peser. Bien au contraire, il leur posait chaque fois moult questions sur leur quotidien, leur vie au village, leurs aventures et leurs déboires.

Bref, tout ce dont ils étaient habituellement privés par l'indifférence familiale.

Enfin, Thierry avait une de ces façons de vous regarder qui n'appartenait qu'à lui. Contrairement à beaucoup, il écoutait… écoutait vraiment, tout yeux et oreilles à ce que vous racontiez. Il n'était point comme la plupart des gens, qui, vous prêtant une vague attention, préparent déjà leur réponse.

Cette fois ne fit pas exception à la règle.

Ils lui contèrent, bien sûr, leur récente mésaventure.

Quand ils parvinrent à l'épisode de la resserre, une ridule de contrariété vint zébrer le front de Thierry. Une once de colère assombrit son regard doux et grave.

Quand ils en arrivèrent à la malebeste, il les arrêta.

« Une malebeste ? Cette nuit ? »

Il se tourna à moitié vers le Père Georges, comme pour le prendre à témoin.

Ce dernier se contenta de hocher la tête.

Il demanda alors aux deux garçons de lui décrire attentivement ce qu'ils avaient entendu.

Ils s'exécutèrent, à grand renfort de détails. Dans l'ensemble, ils restèrent fidèles à la vérité, si on omettait une petite part d'exagération due à l'émotion.

Il suffisait, de toute manière, de regarder leurs figures auxquelles collait encore un reste de frayeur, pour constater qu'ils ne mentaient pas.

Thierry voulut savoir, quand ils lui eurent décrit le terrible sort du troupeau : « Qu'a décidé votre père ? »

Les deux garçons se lorgnèrent, hésitant quant à la manière de formuler la chose. On ne pouvait quand même pas accuser publiquement le Chevalier de pleutrerie, surtout devant témoins. Et puis, tout gras et gonflé de méchanceté qu'il soit, il demeurait avant tout leur père… Ou du moins ce qui, officiellement, en tenait lieu. Mais on sentait bien que ça leur démangeait la langue, de se retenir comme ils le faisaient.

Le Père Georges, devinant leur embarras, vint à leur rescousse.

« Notre bon seigneur a… hmm… décidé de poster des guetteurs. »

Thierry répéta, comme si le Père venait de lui sortir une bonne blague ou une énormité si grosse que même le dernier des nigauds ne l'aurait pas avalée :

« Des guetteurs ? Tiens donc ? Pas de battue ? » Il parut un instant s'absorber dans quelque réflexion. « Ma foi, il s'est peut-être, en la matière, montré plus sage qu'on ne pouvait l'espérer. »

Il n'en dit pas plus. C'était inutile. À s'imaginer le gros Chevalier et ses deux aînés, presque aussi gras à ventre, battre inutilement les bois, on ne savait plus s'il fallait rire ou pleurer.

Un éclat moqueur paressant encore dans son œil clair, le curieux colporteur s'enquit :

« Pourquoi ne pas avoir fait mander un chevalier de l'ordre des Traquebestes ?

— Et où donc mon ami ? » grommela le Père Georges avec dégoût. « Vous savez bien qu'ils se font rares, depuis l'avènement de ce démon de Marsac. L'Ordre a presque disparu. C'est à croire que ce bougre d'enfer qui règne à présent à Tolosa se complaît à voir les malebestes ravager le pays en toute impunité. Ou bien est-ce le désordre et la peur qui lui font ventre ?

— Il est vrai que je n'ai guère croisé de ces braves, ces dernier temps. » acquiesça Thierry, songeur. « J'ai ouï dire, pourtant, les exploits de l'un d'entre eux, peut être un des derniers, qu'on dit presque aussi talentueux que le légendaire Alban, en son temps... Un certain Bonaguil, je crois. »

Séverin intervint, péremptoire comme seuls savent l'être les adolescents.

« On ne peut pas attendre ! Fût-il le plus fameux de tous. Ce Bonaguil peut être à l'autre bout d'Occitània ! Le temps qu'on le trouve et qu'on le fasse venir, si jamais il y consent, le monstre aura dévoré tous nos troupeaux, et nous avec. Il va falloir s'occuper de cette malebeste nous même. On ne peut pas la laisser faire. »

Louis n'en fut pas sûr, mais il lui sembla un instant que le marchand et le curé échangeaient un bref regard de connivence. Sans qu'il sût pourquoi, il eut la soudaine certitude que ces deux-là, sans un mot, se livraient à quelques mystérieuses manigances.

Mais qu'est-ce que celui-là, à l'argent, et cet autre, au Bon Dieu, pouvaient bien tramer ensemble ?

Séverin, cependant, la langue échauffée par ce qu'il venait de conter, ne désirait pas s'arrêter en si bon chemin. Avec force détails, se grisant de ses propres mots, il entreprit de brosser une évocation brillante et colorée de leur bagarre matinale.

Et que je te mime et te joue l'empoignade. Il gesticula tant et si bien que Thierry et Louis en avaient presque les larmes aux yeux… Jusqu'à ce qu'il en arrive à l'altercation entre Louis et la Pustule.

Louis, soudain dégrisé, voulut l'arrêter.

« Séverin… Non… Je… »

Autant vouloir stopper une roue de moulin avec les bras. Séverin ne l'entendait pas de cette oreille.

« … Louis te l'a soulevé d'une main et l'a balancé dans la rivière, comme ça. Le Gontran, il gueulait, fallait voir comment… Il disait que Louis avait les yeux jaunes et que… »

Sa voix mourut soudain.

Son auditoire, d'enjoué et rieur, était devenu aussi grave et silencieux qu'à un enterrement.

Louis semblait se passionner à l'étude de ses croquenots, le Père Georges lui plantait dessus un regard réprobateur, et Thierry lui-même les dévisageait tous les deux avec une drôle d'expression, mi-inquiète mi-fiévreuse.

Il se sentit tout à coup très seul.

« J'ai dit quelque chose qu'il fallait pas ? »

Du côté de son frère, il ne reçut, pour tout salaire, qu'un haussement d'épaules maussade.

Thierry, par contre, comme une statue de cire s'animant à nouveau, lui répondit, conciliant :

« Non Séverin, non… Mais je crois que ton frère garde un mauvais souvenir de cette bagarre. À l'avenir, tu devrais peut-être la garder pour toi. »

Il souriait, mais Séverin sentait bien que ce sourire-là n'étirait que sa peau.

Tout gonflé de confusion, il allait s'excuser auprès de Louis qui ne le regardait toujours pas, mais Thierry ne lui en laissa pas le temps.

« Oh ! Mais j'allais oublier ! »

Et le voilà en train de plonger la main dans les replis de son manteau et d'y farfouiller, à croire que les poches n'en avaient pas de fond.

Alors même qu'il touillait par là-dedans, il continua, comme un pêcheur appâtant un poisson :

« Ça fait longtemps que je veux vous les donner, mais je les oublie à chaque fois que je viens et je repars avec. »

Et de tirer, de quelque poche secrète, un objet aussi inattendu que splendide.

C'était un bracelet de métal, large comme la main.

Même Louis, oubliant sa bouderie, ne put s'empêcher de le contempler, tant il n'avait jamais vu chose de si belle facture.

Pâle, il brillait tel un éclat de lune. Même les reflets roux qu'il arrachait aux braises du cantou ne parvenaient pas à lui prêter chaleur.

Sur toute sa surface, quelques mains expertes avaient ciselé de savantes arabesques entrelacées.

Elles étaient étonnantes, ces lignes, habiles à vous dérouter le regard, à le capturer. On aurait dit qu'elles vous tordaient la cornée pour vous faire deviner quelque dessin caché. Mais, sitôt que vous pensiez le discerner, elles vous le brouillaient à nouveau pour vous en présenter un autre.

C'était vraiment un bijou surprenant et superbe.

Thierry, au grand étonnement de Louis, le lui tendit soudain.

« Il est pour toi, Louis. »

Louis, qui n'en croyait pas ses oreilles, en resta un moment bouche bée.

Enfin, il secoua la tête.

« Non. Non, je ne peux pas, c'est trop… Enfin… Je… »

Il se tourna vers le Père Georges pour ne rencontrer, dans ses yeux et son visage austère, qu'un sourire d'encouragement.

Alors, fort de l'appui du Bon Dieu, le geste timide, il tendit la main vers le bracelet.

Mais Thierry, comme par jeu, recula la main au dernier moment.

« Je ne pose qu'une condition, Louis. »

La main arrêtée en plein vol, Louis dévisagea soudain le grand marchand avec suspicion.

Alors, le regard dans le sien, Thierry exigea :

« Tu dois mettre ce bracelet tout de suite… Et ne plus l'enlever jusqu'à tes dix-huit ans, quoi qu'il se produise, quoi que tu fasses, quoi qu'on te demande. »

Louis, totalement pris par surprise, ne put s'empêcher de demander.

« Mais pourquoi ?

— Pas de pourquoi, Louis. » Le ton de Thierry était sans appel. « Oui ou non. »

Louis faillit répondre « non » et refuser le cadeau, tant bizarre lui semblait ce chantage, et tant le regard du marchand brillait d'une étrange intensité. Si le Père Georges n'avait été témoin du troc, il eût cru à diablerie.

Mais les arabesques fuyantes lui charmaient la prunelle, lui capturaient l'envie, appelaient son poignet… lui rappelaient… lui rappelaient…

Il s'entendit prononcer :

« D'accord. »

Ses doigts se refermèrent, dans un geste de propriétaire, sur l'objet convoité.

Le contact en était froid mais curieusement rassurant. Un fermoir simple mais robuste en assurait l'ouverture. Il le fit jouer, souleva sa manche et passa le bracelet.

Alors, les yeux plantés dans ceux de Thierry, avec des lueurs de défi, il le referma d'un coup sec.

Était-ce du soulagement qu'il surprit dans le regard du curieux camelot ?

Il baissa les yeux sur sa conquête. L'objet avait décidément fière allure, un peu large, peut-être, pour son poignet, mais du plus bel effet. Il bougea le bras, fit jouer quelques reflets sur le métal et en admira le jeu hypnotique sur les arabesques.

S'était-il attendu à quelques magies qui lui auraient remonté le poignet pour venir l'endiabler ? Il en fut pour ses frais.

Alors, un peu déçu, finalement, de n'y trouver que ce qu'il voyait, un beau présent fait par un ami, il prononça, confus :

« Merci Thierry. »

Ce dernier, toute tension envolée, redevenu simple colporteur, répondit :

« De rien Louis. Cela faisait longtemps que je voulais t'en faire cadeau, mais l'occasion ne s'était jamais présentée. »

Comme s'il désirait couper court à toute question, gêné peut-être aussi, car on le sentait gars à craindre les effusions, il se tourna vers Séverin.

« À ton tour maintenant. »

Simple, comme à son habitude, ce dernier s'exclama :

« Ce n'est pas la peine, Thierry. Je n'ai pas besoin de… »

Mais déjà, la main du marchand s'en était repartie fourailler dans les profondeurs de son pardessus. Elle en revint, cette fois, avec une trouvaille autrement plus inquiétante.... Une dague.

Lame droite et acérée, à vous moissonner des vies comme faux moissonne blés, elle était simple et élégante, aussi dangereuse que mortelle.

Les deux garçons, surpris, demeurèrent un instant silencieux. Enfin, Séverin, qui avait remarqué l'éclat particulier de la lame, osa élever la voix.

« En quoi ?... En quoi est-elle faite ?

— En acier damassé d'argent. »

Séverin et Louis répétèrent, tels deux beaux benêts.

« De l'argent ?

— De l'argent, oui. » Sans leur laisser le temps d'élever de nouveau la voix, Thierry ajouta : « Le seul métal capable de blesser un galoup. »

Ce que sous-entendaient ces paroles ne souriait pas vraiment aux deux garçons. Louis, plus hardi, qui jouait machinalement avec son cadeau, demanda, de l'inquiétude plein la bouche :

« Parce que vous pensez que... ? »

Une fois encore, Thierry leva la main.

« Je ne pense rien mes jeunes amis... Mais vous avez tous les deux entendu ce que j'ai dit, tout à l'heure. Nous vivons des heures bien sombres, et je ne tiens pas à vous savoir sans défense. »

Séverin, après un instant de silence, acquiesça, la mine grave.

« Cela, je le comprends, mais c'est un présent bien trop précieux.

— Pas de cela entre nous. Un cadeau est un cadeau. Il me fait plaisir de te l'offrir Séverin, personne ne me force. »

Il tenait l'arme par la lame, tendant la poignée vers Séverin.

Ce dernier, cependant, ne tendait toujours pas la main.

« Pas de conditions ? »

La lueur revint dans l'œil de Thierry.

« La même que pour ton frère. Garde cette arme à portée de ta main, toujours. »

Séverin, immobile, parut peser le pour et le contre. Enfin, il tendit la main et s'empara de la garde de la dague.

Un instant, il la soupesa, la faisant tourner sur elle-même, puis la posa sur ses genoux.

Il remercia alors leur bienfaiteur, sans effusions excessives, mais avec franchise.

Enfin, il ouvrit sa petite bourse de ceinture et tendit un sou à Thierry. Ce dernier le prit en silence.

C'est que, dans le pays, on croyait qu'accepter une arme sans rien donner en retour était mère de maléfice. Il se trouvait toujours quelqu'un pour conter de ces histoires terribles de couteaux ainsi tombés en méchanceté qui auraient causé la mort de leurs propriétaires.

Alors, comme s'il venait de se libérer d'un lourd fardeau, l'œil rieur, à nouveau, Thierry lança :

« Hé ! c'est que mes affaires ne vont guère avancer, à l'allure où vont les choses, et mes marchandises ne se vendront pas toutes seules. »

Les deux garçons comprirent que c'était là manière élégante de leur donner congé. Chacun escamotant son cadeau, l'un sous sa manche, l'autre sous son pourpoint, ils se levèrent d'un même mouvement. Une fois encore, ils remercièrent l'étonnant colporteur.

Ce dernier, agitant une main en signe de dénégation, les coupa :

« Plus de mercis. Contentez-vous seulement de conserver ces objets sur vous, et ne les montrez à personne. Allez, filez, garnements que vous êtes ! »

Les deux frères, non sans avoir salué le Père Georges, se dirigèrent donc vers la porte.

Alors qu'ils allaient la franchir, Thierry les rappela, une dernière fois.

« Mes garçons ! » Ils se retournèrent, déjà sur le seuil. « Faites-moi plaisir, cette nuit. Restez chez vous. »

Il attendait une réponse. Alors, d'une seule voix, ils l'assurèrent qu'ils ne mettraient pas le nez dehors.

En cela, ils mentaient tous les deux, mais ne le savaient pas encore.

Ils s'éloignèrent et sortirent.

Alors, le Père Georges se tourna de nouveau vers Thierry. Les yeux dans les braises, le grand marchand, toute gaieté envolée, semblait ruminer quelques terribles soucis.

« Ça a commencé, n'est-ce pas ? »

Sans lâcher le cantou du regard, à croire qu'il trouvait, dans le patient travail des flammes, quelque réconfort, Thierry répondit, d'une voix lointaine :

« Oui. Les événements vont se précipiter maintenant, mon vieil ami, j'en ai bien peur. »

Cette tirade n'apporta pas grand réconfort au Père Georges. Il ne put s'empêcher de demander :

« Qu'allons-nous faire ? »

Une manière de rire échappa à Thierry.

« Ce que nous allons faire ? » Il se tut deux secondes, puis, plus bas, ajouta : « Nous avons semé les graines du vent, mon Père… Maintenant, il ne nous reste plus qu'à suivre la tempête qui va se lever, et espérer qu'elle souffle du bon côté. »

Chapitre 7

Une étrange conversation

Encore tout imprégnés de ce surprenant épisode, les deux garçons se retrouvèrent sur la place du village.

Ce fut pour constater que le temps avait bien changé, durant leur conversation avec Thierry.

Ils étaient sortis ce matin sous un soleil radieux autant qu'avare de chaleur, et ils se retrouvaient maintenant sous un troupeau de nuages serrés et en veine de pluie.

Du vilain se préparait. Quand tout ce qui s'agglutinait là-haut se déciderait à tomber, il ne ferait pas bon traîner dehors.

Ils échangèrent un regard, histoire de se convaincre qu'ils ne venaient pas de rêver la scène précédente.

La main de Séverin palpa, à travers son pourpoint, quelque chose de long et froid. Quant à Louis, il sentait toujours, autour de son poignet, le poids du métal blême.

Ils n'échangèrent pas un mot, mais il y avait, dans les prunelles de chacun, un zeste d'excitation et d'inquiétude mêlées.

Ils prirent, sans se consulter, le chemin du château.

C'est que l'heure avançait, et ils ne tenaient ni l'un ni l'autre à relancer la forge à méchanceté du père en arrivant en retard au repas de midi.

Ce dernier fut long et pénible. Non que la nourriture soit mauvaise, Mado cuisinait divinement, mais l'humeur du Chevalier, sombre à souhait, vous aurait gâté même le meilleur des plats.

Il en avait gros sur le cœur, le maître de maison, d'avoir à s'esquinter la santé à chasser cette bête d'enfer qui était venue bousculer son petit royaume.

Tout fanfaron qu'il était, et presque aussi bouffi d'orgueil que de nourriture, il ne se voyait guère en tueur de malebestes.

Et comme de coutume, quand le Chevalier digérait mal quelques contrariétés, tout son entourage profitait de ses aigreurs d'estomac.

Bien sûr, ce furent Louis et Séverin qui épongèrent son excédent de fiel. Mais, une fois n'est pas coutume, Geoffroy et Rolland en eurent aussi leur part. Et comme ça ne suffisait pas à calmer le maître, Dame Roberte écopa elle aussi d'un bon coup de gueule quand elle voulut prendre la défense de ses aînés.

Ce fut avec un vif soulagement que les garçons se levèrent de table pour déguerpir avant que ne viennent à l'idée du Chevalier quelques corvées déplaisantes à leur faire effectuer.

Comme ils n'avaient aucune envie de traîner au château que la présence de leurs frères rendait périlleux, ils s'en furent à travers champs.

Après quelques enjambées, cependant, Louis remarqua que Séverin, loin d'avancer au petit bonheur, semblait précisément savoir vers où il dirigeait ses pas.

Pressentant là matière à cachotterie, il demanda :

« Dis-moi un peu, c'est pas à la grange que tu nous conduirais, là ? »

Pour toute réponse, il n'eut qu'un vague grognement. Il sut qu'il avait vu juste.

« Et arrête-moi si je me trompe, mais je suis prêt à parier que quelqu'un t'attend. »

Les épaules de Séverin s'affaissèrent. Il avoua, vaincu :

« Bon, d'accord, j'ai rendez-vous avec Roseline. »

Un sourire triomphal étira les lèvres de Louis d'une oreille à l'autre.

« Et je suis censé faire quoi, moi, pendant que tu lui conteras des sornettes et que vous vous lécherez la figure de manière dégoûtante ? »

Ça, pour vous faire monter la grogne, il s'y connaissait Louis, quand il voulait, et Séverin marchait à tous les coups.

« Mais je sais pas moi ! Ce que tu peux être pénible par moments ! T'auras qu'à aller pêcher une truite ou deux, tiens, Mado nous les préparera ce soir. »

Louis devait reconnaître que l'idée lui souriait assez. Les truites au lard de Mado, croustillantes à souhait, rien que l'odeur vous en levait des montées de salive à en baver comme chien enragé.

Il râla tout de même, pour le principe :

« Ça sera tout ? Tu voudrais pas, non plus, que j'aille te trouver quelques girolles ? »

Séverin le prit au mot.

« Très bonne idée, les girolles, avec un peu de crème, ce sera parfait. Et si tu trouves des cèpes, te prive pas. »

Chemin faisant, ils arrivèrent sur la place. Sans s'arrêter, ils jetèrent un œil vers la roulotte de Thierry.

Il y avait foule, autour du caretou. Ça piaillait de belle manière en gesticulant comme poules en fureur.

C'est que, bien sûr, toutes les matrones du village s'étaient entichées des mêmes colifichets. Ça braillait, s'affairait, maugréait, demandait des prix, rechignait et brandissait des doigts sous le nez de la voisine à en fatiguer même les corneilles.

Indifférents à l'agitation, ils traversèrent le pont, puis le champ pelé, et parvinrent enfin à la grange.

Roseline était là, bien sûr, cachée derrière le mur qui tournait le dos au village, des fois que son père ait l'idée de la chercher par là.

Ah ça ! Elle savait rougir comme personne, Roseline, et vous décocher à Séverin de ces œillades par en-dessous à lui faire bouillir les sangs.

Si ça laissait Louis dans l'indifférence, ça avait l'air de lui plaire, à l'intéressé.

De conversation, par contre, il n'y en eut guère.

À peine arrivé, Séverin vous enveloppait déjà robe et drôlesse dans un bras conquérant et lui collait à pleine bouche une bise qu'on aurait presque crue cannibale.

Louis, gêné, n'ayant pas même eu le temps de dire bonjour à la jeune fille, préféra se détourner. Un peu morose, il s'éloigna.

La grange était bâtie en haut du champ. De là, le village et les montagnes s'offraient tout entiers à son regard.

Il s'en régala quelque temps, s'émerveillant encore une fois quand un doigt de lumière venait caresser quelque rocher ou taillis, tirant de l'ombre telle ou telle portion de pente avant de disparaître.

De temps à autre, avertissement à sec d'un déluge à venir, rebondissait d'un pic à l'autre un lointain roulement de tonnerre.

Les branches en calvitie de feuilles, derrière lui, s'agitèrent une fois ou deux, troussées par la main invisible du vent.

Sûr et certain, ça n'attendrait pas cette nuit.

Ce soudain friselis de feuillage lui rappela la présence toute proche des bois.

Ça le rendait nerveux, Louis, les bois, depuis la nuit dernière.

Décidant de mettre un peu de distance entre l'ombre frangée de fougères et lui, il dirigea ses pas vers la rivière.

Arrivé près de l'eau vive qui gazouillait entre quelques rochers gris habillés vert moussu, il se tâta pour savoir si, oui ou non, il avait assez faim de truites pour y tremper les jambes.

C'est qu'elle était froide, la garce, cascadant, jeunette et impétueuse, du ventre souterrain des montagnes et des champs alentour. C'est tout juste si le soleil l'avait effleurée.

Il fallait être natif de la vallée, et avoir cœur bien pendu dans la poitrine, pour aller s'y fourrer. C'est que cette sauvageonne de Jordanne, elle vous mordait le jarret comme un chien méchant, quand la jambe s'y aventurait.

Montagnard, Louis en était un. La rigueur du climat de par là lui avait tanné le cuir.

Il enleva ses chaussures, releva ses braies jusqu'à mi-cuisse, puis s'avança dans le courant.

Vous dire s'il craignait peu le froid : il y resta plus de deux heures, à touiller et retourner les cailloux, à épier du coin de l'œil quelques remous aux reflets d'argent.

Il faut croire que la chance n'était pas avec lui, cette fois, ou que les poissons étaient devenus bien plus malins qu'à l'accoutumée.

Il n'en attrapa pas un seul.

« Adieu truite au lard ! », se désola-t-il avec un bref regret.

Il finit par sortir du courant. Il était temps, il commençait à se demander si ses jambes ne s'arrêtaient pas aux genoux, tant ses mollets étaient engourdis par le froid.

Enfin, il s'assit sur l'herbe.

Alors que ses membres inférieurs se rappelaient à son bon souvenir, à coups de crampes en veux-tu en voilà, histoire de le punir un peu de ce bain prolongé, il contempla Mandailles.

À une portée de flèche, à peine, le village se recroquevillait dans sa litière d'herbe jaunie. Autour, empanachés de rouge et chevelus, les bois lui faisaient comme une couette.

Planté là-dessus, bougie sur un gâteau étriqué, le clocher gris de l'église défiait les nuages.

Et des nuages, pour le coup, il n'en manquait pas, à vous faire courber la nuque, tant le ciel paraissait bas, noir et solide.

Le sommet des montagnes avait complètement disparu, gobé par le troupeau noir et moutonneux qui n'allait pas tarder à leur dégringoler dessus.

Alors qu'il se tenait là, à donner de la tête en tous sens, ça le frappa soudain.

Il n'y avait pas âme qui vive aux alentours. Pour le compte, Séverin aurait pu compter fleurette à toutes les filles du village qu'il n'y aurait eu personne pour le surprendre ou lui faire concurrence.

Les champs, d'habitude en pleine effervescence, surtout en ces périodes de l'année, pleuraient le paysan. Pas un vilain à trimer, la faux à la main. Pas l'ombre d'un tâcheron en besogne pour le fourrage des bêtes.

Et en parlant de bêtes, songea-t-il, même pas une des ces montagnardes de Salers, toutes en poils bruns et épais, en muscles énormes et en cornes interminables, au caractère impossible, qui, d'habitude, broutaient les pentes.

Ça lui fit bizarre, un instant, de voir la campagne si vide. L'orage approchait, bien sûr, mais quand même.

L'évidence s'imposa soudain à lui.

La malebeste !

Alors même que cette pensée lui réveillait la frousse, Louis se rendit compte que la lumière avait brusquement baissé, comme si une main céleste avait tiré un rideau, là-haut.

Il leva à nouveau les yeux.

Pour un rideau, c'en était un, et épais de surcroît. Ça bouillonnait gras, au-dessus, à ras des montagnes. Ça charriait de ces nuages à déluge comme il en avait rarement vu.

Et ça grésillait déjà, du côté de la Roche noire, à croire que Dieu lui-même s'essuyait la colère sur les sommets.

Inquiet, tout à coup, il se fit la réflexion que deux heures, c'était bien suffisant pour que son frère ait usé jusqu'à l'os la figure de Roseline.

Il était temps de rentrer, et vite ! Tout gaillard qu'il était, pas peureux pour deux sous, il n'avait guère envie de finir caramélisé en plein milieu d'un pré par une boule de foudre.

Ce fut à peine s'il prit le temps de se chausser, sautant dans ses souliers de cuir plus que les enfilant.

Il courut à travers champs comme lapin talonné par un renard, les lacets à tout vent.

Arrivé à la grange, il tambourina sur la porte à en arracher les charnières et beugla à s'en faire éclater la gorge :

« Sortez vite, ça va barder ! »

Comme pour donner un peu plus de poids à ses paroles éclata à ce moment un roulement de tonnerre à remuer tripes et boyaux. On aurait dit que le ciel tout entier s'éclaircissait la gorge pour se mettre en voix.

L'effet fut immédiat.

Séverin et sa conquête jaillirent de leur cachette telles deux marionnettes fourrées de paille, si bien hérissées de brins jaunes qu'on les reconnaissait à peine.

Ils avaient la figure et le regard trouble de ceux qui reprennent pied trop tôt dans la réalité. Louis ne s'en souciait guère, qui hurla :

« Il faut rentrer au village ! »

Il n'en dit pas plus, le panorama lui volait les mots de la bouche.

Ça se déchaînait déjà, là-haut, à l'ouest, à coups de fourches étincelantes et hargneuses qui vous tisonnaient les sommets.

Ils se mirent tous trois à courir.

La trouille leur donnait du cœur aux jambes. Ils avalèrent les champs comme si le Diable lui-même leur mordillait le derrière. Même Roseline, toute empêtrée de lourdes jupes, ne s'en laissa pas remontrer.

Elle les abandonna aux premières maisons. Chanceuse qu'elle était, celle de ses parents se trouvait de ce côté du pont, elle y serait bientôt à l'abri.

Mais pas eux.

Pour retrouver la sécurité du château, il leur fallait traverser tout le village, et, d'ici là, ça pouvait bien dégringoler assez dru pour vous enfoncer dans la terre et vous y noyer vif.

Pour le coup, Séverin se dispensa même du baiser d'au revoir, au grand soulagement de Louis.

Ils traversèrent le pont à toutes jambes, passèrent devant la cariotte de Thierry, bâches rabattues, en mal de client comme de cheval et de propriétaire. Tous avaient filé à l'abri, et tant pis pour la camelote. De toute manière, personne ne se serait risqué à y voler quoi que ce fût. Il aurait fallu être bien fol pour s'en aller fourailler sur ce piège à foudre bourré de ferraille par un temps pareil.

S'engouffrant entre les façades comme en terrain conquis, le vent froid et humide leur lançait au visage quelques brassées de feuilles rousses. Il frappait, rageur, un coup par-ci, un coup par-là, les ballottant, rendant leur course zigzagante, tel un chien secouant un lapin.

De temps à autre, un volet qu'on avait oublié de fermer écornait les mugissements des bourrasques à grands « clac » sinistres.

Les quelques personnes qu'ils croisèrent, courbées, l'habit et le cheveu en bataille, forçaient pour avancer ou trottinaient pour suivre la main invisible qui les poussait au derrière.

Les portes et les fenêtres s'étaient barricadées. Les façades se faisaient aveugles.

Dans chaque demeure, on avait dû enfourner quelques bûches de plus dans le cantou et calfeutrer les ouvertures. On était allé s'enterrer au plus profond des lits-clos en attendant que Dame Nature ait terminé son caprice.

Ils étaient presque arrivés au château quand les premières gouttes commencèrent à tomber, grasses à souhait et drues comme des hallebardes.

Ils étaient parvenus juste à côté du puits, qui, comme un champignon mal poussé, offrait son toit bossu aux intempéries, quand ils s'arrêtèrent, surpris.

Il y avait du monde, devant l'entrée. Deux silhouettes se tenaient là, dont une qui braillait de belle manière, rouge tachée et soufflée, celle de leur père.

Il s'en époumonait tant qu'ils l'entendaient haut et fort, malgré les grondements de l'orage qui n'en finissait plus d'aiguiser ses crocs de foudre.

« Je vous ai déjà dit que c'est trop peu. Ils mangent comme quatre, vos deux bâtards ! Ça fait douze ans que je les supporte. Ils me coûtent de plus en plus cher et ne me rapportent que des ennuis ! C'est le double que je veux, ou vous pouvez les reprendre sur-le-champ ! »

Et de gesticuler tout ce qu'il savait.

Pétrifiés, muets, les deux garçons échangèrent un regard où se mêlaient une douloureuse compréhension et une curiosité fébrile.

De la cervelle, ce n'était pas la peine d'en avoir beaucoup pour comprendre de qui parlait le Chevalier de si jolie manière.

Sans échanger un mot, les deux frères, que ni le seigneur de Marfon ni son énigmatique interlocuteur, tout à leur affaire, n'avaient remarqués, s'approchèrent du puits à pas de loup et s'accroupirent derrière la margelle, hors de vue du château et de ceux qui s'y rudoyaient de la gueule.

Là, collés à la pierre en exubérance de mousse, leurs yeux dépassant à peine du rebord, pour encore suivre la chamaille, ils se firent tout yeux et oreilles, une sourde angoisse au fond de la poitrine.

Déjà, le visiteur, enveloppé dans un manteau où s'engouffrait la bise, raide et droit à en faire concurrence à un peuplier, répondait, haut et fort, autant pour se faire entendre qu'en usure de patience :

« Avec ce que je vous donne chaque mois, vous avez de quoi nourrir et habiller toute votre misérable famille, et en garder pour vous. Ne vous faites pas plus coquin que vous ne l'êtes déjà ! »

Cette voix, cette voix… Ils la connaissaient… Mais, mâchouillée par le tonnerre comme elle l'était, ni Louis ni Séverin ne parvenaient à l'identifier.

Abasourdis par ce que leur révélait cette conversation, ils attendaient autant la suite qu'ils la redoutaient.

Ils n'eurent guère longtemps à patienter.

Gonflé de colère comme un putois enragé, celui qu'hier encore ils appelaient « père » éclata, la moustache en bataille et la langue en furie.

« C'est moi que vous traitez de coquin, espèce de colporteur pouilleux ? Moi, un noble Chevalier, qui ai supporté vos sales moutards pendant toutes ces années ? Ah foutre Dieu, c'en est trop. Je vais vous apprendre, moi, à tenir votre rang, maraud ! »

Et là-dessus, de tirer sa grande épée qu'il avait, oh miracle ! décrochée de son reposoir, au-dessus du cantou, pour la brandir bien haut.

C'est que, pour le coup, il aurait presque paru effrayant, le Chevalier, l'acier au poing et le meurtre dans le regard. Malgré son ventre débordant et ses habits crottés, il en imposait.

Mais pas assez pour impressionner son visiteur.

L'épée siffla et s'abattit vers l'inconnu, en un coup rageur.

Savoir comment s'y prit l'homme au manteau, les deux garçons en auraient été incapables, tout se passa trop vite pour eux.

Le coup du Chevalier, en tout cas, ne rencontra que le vide.

Ça tourbillonna, là-bas, en une suite de gestes et d'envols de cape à vous donner le tournis. De la ferraille sonna contre le mur, un « ouf ! » assourdi et profond, comme celui d'un soufflet qui se vide d'un coup, retentit, et ce fut fini.

L'épée gisait au sol, à mi-chemin de la bâtisse et du puits. Le visiteur, dont la capuche avait glissé, tenait le Chevalier par la gorge, le soulevant d'une seule main au-dessus du sol.

Les deux garçons, agrippés à leur margelle de puits tels deux naufragés à une planche de salut, alors que leur monde, leurs certitudes, leurs repères les plus essentiels, finissaient en capilotade, reconnurent le mystérieux inconnu… Thierry !

Thierry qui articula, devant la face congestionnée du Chevalier, cramoisie à vous rendre jalouses toutes les pivoines du monde :

« Vous ne savez pas à qui vous avez à faire, petit homme, et il vaut mieux pour vous et votre petite vie minable que vous l'ignoriez. » Sa voix n'avait plus rien d'aimable, à cet instant. Si un loup avait pu parler à l'agneau qu'il va croquer, il aurait certainement eu ce ton-là. « Vous allez prendre cet argent et vous occuper de ces garçons jusqu'à ce que je vous ordonne de ne plus le faire. C'est bien compris ? »

Ça, pour comprendre, les yeux en passe de lui abandonner la tête, au bord de l'estouffade, il avait compris, le Chevalier.

Mais celui qui le tenait avec une force qu'on eût prêtée à Diable poursuivit, impitoyable :

« Si, lors de mon prochain passage, j'apprends que vous avez encore maltraité ces enfants, je vous jure que je viendrai vous chercher… Et je serai beaucoup moins conciliant, cette fois. »

Alors, seulement, il desserra sa prise.

C'est en tas rouge, de peau comme de pourpoint, que le Chevalier s'effondra au sol, toussant et râlant à s'en régurgiter les bronches.

Alors, Louis et Séverin, toujours incapables de faire un geste, virent Thierry jeter au sol une pesante bourse, puis, sans un mot de plus, se détourner et traverser la cour avec une démarche de grand seigneur.

Il disparut dans la première rue du village.

Et l'orage éclata…

Chapitre 8

La danse des monstres

Depuis deux jours que l'orage préparait ses tombereaux de pluie, ils avaient été avertis, mais un déluge comme ça, tout montagnard et habitué au climat du pays qu'il était, Louis n'en avait jamais vu.

C'en était à croire que Dieu pleurait sur ce pauvre coin de terre toute la méchanceté du monde… Et il devait en avoir gros sur le cœur.

Les gouttes, teigneuses, fouettées par le vent, grosses et lourdes, vous martelaient le crâne et vous giflaient la figure comme mille verges déchaînées.

Et par là-dessus, comme si ça ne suffisait pas, de ces grondements à vous en déchausser les dents de la mâchoire, à en secouer les montagnes jusqu'à leurs racines.

On les aurait jetés dans un cul de basse-fosse, lui et Séverin, qu'ils y auraient probablement vu plus clair, tant la noirceur trempée qui les enveloppait était opaque.

C'en était presque un soulagement, que les éclairs vous tannent les champs et la forêt comme des langues de vipères hystériques. Au moins, quand ça claquait, y voyait-on un peu.

Paniqués, assommés, tant par la scène qu'ils venaient de surprendre que par la fureur des éléments, ils n'osaient bouger muscle. Les trombes, froides à vous geler, avaient beau les noyer tout debout, ils ne réagissaient toujours pas.

Alors, à la faveur d'un embrasement fugace, ils virent soudain le paquet de linge rouge qui avait été leur père se redresser pesamment, tel un crapaud empêtré dans des défroques humaines.

Ils le virent se palper la gorge. On aurait dit qu'il voulait s'assurer de la trouver encore là. Thierry avait dû serrer fort.

Il dut la juger en bon état, car il se mit debout, avec quelques difficultés, et se dressa de toute sa taille, débraillé, le poil hirsute et trempé, l'œil mauvais.

Tout redevint noir.

Puis éclata une nouvelle pétarade céleste, assortie de lumière à vous cuire la rétine.

Il fallait croire qu'il n'avait pas eu son compte, ce bougre de Chevalier, car il se mit en marche à travers la cour. Plus ridicule soudain, mais ogre jusqu'au bout des doigts, il montrait une figure laide à faire peur, poinçonnée d'une méchanceté mesquine et venimeuse.

Et il avançait vers son épée.

Pas bien difficile de comprendre à qui il voulait faire mauvais parti. Un instant, les deux gamins hésitèrent entre rester cachés et courir prévenir leur mystérieux bienfaiteur.

Ils n'eurent l'occasion de faire ni l'un ni l'autre.

Un crépitement méchant, quelque nouvelle explosion de clarté éblouissante, et ils découvrirent le sire de Marfon arrêté en pleine cour, à mi-chemin de son arme, planté là comme un épouvantail obèse, les yeux agrandis de peur.

La trouille, elle lui liquéfiait presque la figure, tellement intense qu'elle en devenait contagieuse. Les garçons sentirent soudain se hérisser les poils de leur nuque… Même un millier de Thierry revenant sur leurs pas n'eût pas flanqué une telle frayeur au Chevalier.

Celui-ci, une seconde avant prêt à braver la tempête pour une vengeance mesquine, vous montrait soudain le regard d'un damné invité à la table du Diable et qui se découvre plat de résistance.

Et ce qu'il fixait de si belle manière, et qui lui tenaillait ainsi les tripes et le cerveau à l'en faire trembler sur ses grosses jambes torses… se trouvait juste derrière eux.

Louis, comme Séverin, sentit la terreur du Chevalier leur ramper dans le dos, à son aise, et y allumer quelques foyers de panique.

Ça les picota soudain, entre les omoplates, comme aurait pu le faire le poids d'un regard mauvais et impatient à leur croquer le râble.

Alors, par-dessus les hululements du vent et la toux colossale du ciel, ils entendirent soudain un autre son.

Ça soufflait là, derrière, à grandes goulées nerveuses et profondes, comme dix taureaux en colère, suffisamment fort pour couvrir même les frasques de l'orage.

Ce fut presque comme des somnambules égarés au croisement de deux cauchemars qu'ils se retournèrent lentement, déjà sûrs de ce qu'ils allaient trouver.

La malebeste était là.

À travers les lances de pluie, comme si l'orage lui-même se faisait le théâtre de leurs angoisses, elle leur fut dévoilée, à la faveur d'un coup de foudre qui ravagea la forêt, là-haut, sur les pentes.

C'était bien un sanglier. Voilà la seule pensée qui vint à Louis, dans son cerveau abruti de frousse.

Du moins… Ça avait probablement été un sanglier… Avant.

Le Père Georges avait eu bien raison, affreusement raison. La Brèche changeait les hommes, les plantes et les bêtes.

Celle-là, elle vous écorchait le regard, vous retroussait l'estomac, vous pinçait les plus belles cordes de la peur.

Énorme, oui, colossale, la malebeste piétinait et grondait par les naseaux des panaches de vapeur blanche tel un soufflet d'enfer.

Elle labourait le sol de ses pattes puissantes, larges tels des troncs de jeunes arbres, aux sabots démesurés qui vous emportaient, comme bêche, d'entières mottes de terre.

Blême de peau, en souffrance de poil, on l'aurait dit atteinte d'une pelade hideuse. Sous ce cuir blafard et malsain, on devinait le jeu des muscles, difformes de grosseur, nerveux et frémissants.

Elle avait un râble à vous en faire pâlir trois ours, une échine osseuse qui se bombait à plus de trois mètres du sol, et une gueule…

Louis, horrifié, n'avait aucun mal à imaginer comment ce piège à viande, planté à la diable de dents démesurées aussi pointues que des poignards, avait pu croquer les vaches du troupeau comme simples biscuits.

Elle tenait du loup autant que du sanglier, cette gueule allongée, large à engloutir un mouton d'une seule cisaillée, plantée de deux défenses vicieuses recourbées et interminables.

Enfin, enfoncés de part et d'autre de ce gouffre rose et baveux, luisaient de vilaine manière deux yeux porcins, minuscules et haineux, hantés d'une lueur de démence.

La bête, toute monstrueuse et énorme qu'elle fût, avait peur.

C'était une évidence, même pour les deux garçons. Pour diabolique qu'elle soit, l'orage l'avait effrayée, tirée de la forêt et rendue à moitié folle.

C'était loin d'être une constatation rassurante... Une bête terrorisée est toujours dangereuse, et celle-là devait bien peser ses trois tonnes de muscles.

Séverin réagit le premier.

Pivotant vers Louis, il lui cria, avec un sang-froid admirable :

« Cours Louis ! Cours ! »

Louis demeura immobile, et Séverin dut lui frapper l'épaule pour le tirer de sa fascination épouvantée.

« Mais cours ! Bougre d'imbécile ! »

Alors, les jambes plus vives à présent que la tête, Louis se retourna et se mit à courir. Il courut comme jamais il ne l'avait fait, à s'en faire sauter les rotules, vers le salut que représentait la porte de la demeure détestée.

Mais cette idée, un autre l'avait eue avant lui.

Le Chevalier, en effet, toute fierté ravalée en même temps que ses idées de vengeance, l'avait devancé. C'est que, tout colérique qu'il fût jusqu'à la bêtise, il avait tout de même du bon sens. La vengeance est un plat qu'on peut manger froid, l'enfer, lui, reste bien chaud, et toujours ouvert.

Et il fallait croire qu'il s'y sentait déjà rôtir, le maître de Mandailles... Malgré son ventre à en concurrencer un verrat, il tricota si bien des jambes qu'il atteignit la porte en quelques secondes et la claqua au nez de Louis.

Ce dernier s'écrasa contre le battant de chêne, tenta de faire jouer le pêne, en vain. Dans sa frousse égoïste, ou pour se venger de Thierry, le Chevalier avait claquemuré l'entrée.

S'écorchant les ongles sur le bois, songeant qu'il était bien vain de frapper ainsi qu'il le faisait, Louis se retourna.

Ce fut pour découvrir Séverin, qui, comprenant la situation, stoppait sa course à mi-chemin du puits.

Il enveloppa Louis d'un regard triste et déterminé, un regard sans âge, tout à coup, comme ceux des soldats avant une bataille perdue d'avance.

Il se baissa et ramassa l'épée abandonnée.

Séverin, quand le Chevalier, qui n'y brillait déjà guère, leur prodiguait, de mauvaise grâce, quelques leçons d'escrime, avait toujours été doué à l'épée. Alors que Geoffroy et Rolland, au grand désespoir de leur père, se servaient de leur lame avec toute l'élégance de bœufs patraques, Séverin, lui, enchaînait feintes, parades et ripostes avec un talent d'épéiste né. C'en était à croire que ça lui chantait dans le sang, à se demander de qui il tenait ça.

Mais devant un tel adversaire, la lame pourtant grande et mauvaise paraissait soudain aussi menaçante qu'un cure-dent.

Pourtant, sans une once d'hésitation, Séverin se retourna pour faire face à la créature.

S'il y avait eu quelque barde ou quelque troubadour, en ce lieu, en cet instant, il aurait bien trouvé une poignée de vers à chanter sur la bravoure de ce bout de garçon, brandissant une arme trop lourde pour lui, afin de sauver son frère d'une mort atroce.

Louis aurait voulu hurler, lui dire de s'en aller, mais il n'en eut pas le temps.

La malebeste chargea, alors qu'un nouvel éclair se régalait d'un chêne, là-bas, dans la forêt.

Louis vit cette masse de viande, de muscles et de malfaisance déchaînée se lancer à travers le champ. La terre trembla de sa cavalcade. On aurait dit que le sol lui-même frissonnait de terreur.

La terreur, Louis en avait bu et en buvait encore plus que son saoul, alors que le monstre chargeait, mufle dans l'herbe, vers son frère, son unique ami.

Depuis le début de l'orage, tenaillé qu'il était d'une trouille première, réveillé par la tempête, il sentait quelque chose s'ébrouer en lui… Quelque chose qui n'était pas tout à fait Louis… Ou alors un autre Louis… Un Louis plus dur, plus simple, plus sauvage. Un Louis qui était resté caché jusqu'alors, enfermé tout au fond de son être, assagi mais vigilant, attendant patiemment son heure… Un Louis qu'il ne connaissait pas, qui lui faisait peur, celui qui s'était déjà réveillé, ce matin-même, et avait envoyé Gontran dans la rivière comme simple ballot.

Qui était le Louis qui vit Séverin lever sa lame pour l'abattre sur le groin tout en dents et en défenses meurtrières, en un coup aussi vain que splendide ? Il n'en savait rien.

Vous dire s'il était doué, Séverin, il esquiva même la première charge, se jetant sur le côté avec une grâce de danseuse.

Le monstre, enragé, blessé, grogna, dérapa dans l'herbe, y creusant des sillons. Il revint pour une nouvelle attaque, encore plus déchaîné qu'avant, la douleur le fouettant juste assez pour le rendre furieux.

Pour n'y récolter qu'une nouvelle entaille sur le museau… Séverin s'était encore écarté.

S'il n'avait pas tant craint pour la vie de son frère, Louis en aurait eu le cœur gonflé de fierté. Mais il était clair que Séverin ne pourrait pas esquiver les assauts du monstre indéfiniment… Et un seul coup des défenses de la bête suffirait à le désentripailler.

La troisième charge fut la bonne.

Alors que le monstre était presque sur lui, Séverin lui porta un dernier coup, pile au milieu du groin et ça couina d'horrible manière à en tirer à Louis un cri de joie.

Mais au moment où Séverin, matador fantastique, allait esquiver une fois encore, son pied dérapa sur le sol mouillé, le déséquilibrant.

Le cri de victoire de Louis se mua en hurlement de désespoir et d'horreur.

L'instant suivant, la silhouette dérisoire de Séverin s'envolait dans les trombes d'eau, projetée à plus de trois mètres de haut telle une poupée de chiffon par un enfant colérique.

Il vint s'abattre à même l'herbe détrempée dans un geyser de boue et d'eau sale. Il y demeura immobile, mort, peut-être.

Alors la malebeste arrêta sa course et secoua sa gueule de gauche à droite en mouvements brutaux et contrariés. Du sang lui dégouttait par quelques entailles mauvaises ouvertes à pleines narines. Les coups de Séverin avaient porté… Mais combien peu.

Pivotant sur ses pattes arrière, les sabots plantés en terre, elle se tourna vers la forme prostrée et gisante de son petit adversaire.

Énorme, elle était vraiment énorme, aussi pâle et grosse que laide et déformée. Dégoulinante de pluie, les yeux luisants de haine gourmande, elle aurait découragé une pleine compagnie de chevaliers en mal d'aventure.

Mais pas ce Louis qui, à cet instant, se libérait de sa prison intérieure. Celui que le sort de Séverin, la peur, la colère et la frustration accumulées depuis tant d'années venaient de déchaîner.

Ce Louis-là, il lui monta du tréfonds des tripes pour lui exploser dans les muscles, la peau, les os…

Ce Louis-là, il voulait un corps plus fort, plus rapide, plus carnivore… Un corps pour mordre… Un corps pour griffer, chasser et tuer.

Il n'avait que celui de Louis, et il ne lui convenait pas… Alors il le changea.

Pendant quelques secondes, mais quelles secondes ! Louis ne fut plus que douleur et plaisir mêlés.

Douleur, quand, comme une pâte qu'on pétrit, tous ses membres, ses muscles, tirés à hue, tirés à dia, pour satisfaire l'autre, se mirent à changer pour se faire plus longs, plus gros, plus puissants.

Plaisir aussi, à en défaillir, de sentir la force monter en lui, l'envahir… De se savoir vif et puissant, libre et dangereux… D'être enfin en accord avec ce qui grondait au plus profond de lui.

Plaisir d'être bien plus qu'un homme et bien plus qu'un loup.

Ce fut à peine s'il se rendit compte que ses vêtements, écartelés par ces tombereaux de muscles qui lui poussaient de partout, avaient expiré de toutes leurs coutures.

De toute manière, un poil brun et hirsute en diable lui couvrait maintenant les membres. D'oripeaux pour singe dépilé, il n'en avait nul besoin.

Il n'était plus un pauvre humain, lui, à claquer sa frousse de toutes ses dents devant la bête.

En fait de dents, lui avait des crocs, et des beaux, encore, faits pour couper, arracher et déchirer. Il savait sa longue gueule capable de vous broyer os comme brindilles, de percer le crâne de la malebeste pour y chercher la viande.

Cette gueule, il l'ouvrit pour y fabriquer un hurlement de défi, un hurlement qui vint se mêler à celui du vent, long, lugubre, plein de faim et de joie carnassière… celui d'un loup… d'un galoup.

Il ne savait plus très bien, tout à coup, pourquoi l'autre Louis, le Louis sans poil, le Louis faible, l'avait libéré.

Peu lui importait. Ça grondait, au fond de lui, ça voulait mordre et mastiquer, griffer… Ça avait faim.

Aucun éclair ne daignait plus se fendre d'un peu de lumière, comme si la nuit, effrayée, voulait se cacher de lui dans sa noirceur.

Hé ! Elle avait bien raison, la nuit !

Il était le chasseur, le veneur enfin lâché… Il lui fallait une proie à croquer pour se calmer la gueule et étancher sa soif rouge.

La lumière ? Peuh ! C'était là chose bonne pour les hommes qui tremblaient tout ce qu'ils avaient de membres à l'écoute de son cri. Ils se claquemuraient dans leurs terriers de pierre comme vulgaires lapins effrayés par le chasseur. Ils espéraient que quelques planches le tiendraient loin de leur carne.

Pitoyable gibier.

Lui, il n'en avait pas besoin, de lumière… Lui il sentait.

L'obscurité lui était fresque, une fresque peinte de mille odeurs qu'il se régalait de humer : le vert acide et dilué de l'herbe trempée, le brun musqué des arbres et du sous-bois, le piquant insipide de la roche. Et là, devant lui, à quelques enjambées à peine, la fade saveur de l'humain échoué qui respirait encore.

Oh ! Il en eût bien croqué un peu, pour goûter, curieux qu'il était, mais il n'était pas le seul chasseur sur ce mets… Et l'autre, l'autre Louis, le faible, protestait à cette idée. Il l'ennuyait, celui-là, à lui refuser sa bouchée d'homme, à lui gâter la chasse. Mais il ne parvenait pas à l'ignorer.

Et en manière de proie, il en avait une autre bien plus alléchante.

Énorme, elle embaumait le sous-bois et les relents de viande mal digérée, le musc et la terre. Elle lui enflammait les naseaux.

À cet instant, elle se penchait sur l'humain blessé, ouvrait grandes ses mâchoires pour le saisir, l'embrocher de ses défenses, le broyer et le mastiquer de ses dents.

NON !

L'autre Louis, encore.

Ce fut d'un seul bond prodigieux qu'il traversa les dix mètres le séparant de la malebeste, pour venir se ventouser à son râble.

Il s'y planta, tel un rapace sur une proie. Il y crocha ses griffes, ses mains énormes, aux doigts puissants écartés, labourant la couenne épaisse pour y trouver la chair.

Ni une ni deux, avant que la bête, surprise, ne réagisse, il lui dédia un coup de dents à égorger un taureau, lui embarquant un morceau d'omoplate qu'il engloutit aussitôt.

Le sang lui rua dans la gorge, épais, chaud, capiteux et lui monta au cerveau.

Il était ivre, déjà, ivre de violence et de joie sauvage.

Son adversaire se cabra, rua, sauta comme sur lit de braise, se tortilla dans un concert de grognements à faire fuir tous les démons de l'enfer.

Trop lent !

Ça, pour être secoué, il l'était, et pas qu'un peu, mais rien n'y faisait. Plus l'autre s'agitait, plus lui le labourait de ses griffes.

Et que je te lacère, un coup avec les pattes, un coup avec les mains. Que je te grignote le dos, encore et encore, que je lape le sang à m'en noyer la tête.

Il y avait cependant bien un peu de malice, dans ce crâne épais et laid aux yeux enragés et aux défenses terribles, car la malebeste comprit qu'elle ne pourrait se débarrasser de Louis de cette manière.

La vie, elle l'avait chevillée au corps, habituée qu'elle était à tuer et pas à mourir.

D'un coup, elle se laissa tomber sur le côté, pattes battantes, pour tenter de l'écraser sous son poids.

Elle faillit bien réussir. Saoulé de sang comme il l'était, il réagit presque trop tard.

Il n'eut que le temps de se décrocher d'elle et de bondir précipitamment sur le sol de la cour.

C'était sans compter sur la terre trempée à soupe qui le trahit sans vergogne. Il glissa et vint embrasser l'herbe en un baiser douloureux.

À peine s'il eut le temps de se redresser que la malebeste était sur lui.

Un point de feu éclata dans son flanc droit. Une des défenses, aussi longue, tranchante et mauvaise qu'une faucille, venait d'y creuser un sillon, rendant mal pour mal.

Sous la violence du choc, il fut projeté en arrière avec une force incroyable et ne dut qu'à ses réflexes de fauve de se remettre sur ses pattes dans l'instant.

Il souffrait, mais la douleur, cuisante à lui mordre le côté, n'en excitait que plus sa fureur sanguinaire. Elle s'estompait déjà.

Il tendit tous ses sens vers sa proie géante, pour mieux y trouver le point faible où il pourrait plonger ses crocs.

Elle se tenait là, à cinq mètres de lui à peine, branlant de la gueule une manière de défi. Elle roulait dans son énorme gosier des gargouillements railleurs.

Il sentait ses yeux fixés sur lui, son groin qui le devinait à l'odeur et qui l'identifiait comme ce qu'il était… Un galoup.

Il la fixa, lui aussi, de son regard jaune et luisant, trop malin et hanté d'intelligence pour être celui d'une bête.

Ils se goûtaient, se pesaient l'un l'autre, évaluant leurs chances, se disputant leur territoire.

Il aurait dû avoir peur. Même un galoup aurait dû craindre un tel morceau de bestialité vorace… Mais la crainte, il l'avait abandonnée à l'autre Louis… Lui n'était que faim et violence.

La malebeste le chargea.

Il se ramassa pour bondir, de la hargne plein les muscles, la gueule en peine de viande.

Alors que le gouffre rose, hérissé de dents à ne savoir qu'en faire, s'ouvrait pour lui cracher à plein museau son haleine d'abattoir, il se jeta en avant.

Ses pattes le propulsèrent sur le crâne de la malebeste. Il y planta une nouvelle fois tout ce qu'il pouvait de griffes et de crocs.

Mais la Brèche du Diable avait bien pétri son monstre. En plus de vigueur et puissance, elle lui avait donné de quoi se défendre.

Il eut beau griffer, rogner, mâcher tout ce qu'il savait, ses attaques n'éraflèrent que couenne et cuir. Dessous, dur à cœur comme pierre, l'os résistait.

C'était un véritable casque que cette tête-là. Ses coups y ripaient comme bois sur ferraille.

Et le monstre ruait tant et plus, secouant son mufle épais avec tous les muscles de son énorme cou.

Rien n'y faisait. Autant essayer de rogner un rocher à s'en user les canines.

Alors, cherchant le défaut de la cuirasse, il visa l'œil, le droit, brillant, méchant, qui le guignait de son regard furieux sous ses orbites épaisses et cuirassées.

Il lui décrocha un coup et l'éborgna pour le compte.

La malebeste poussa un cri terrible, glaireux, à lui en faire coucher ses oreilles sensibles de galoup.

Mais, tout à sa victoire, Louis ne lâcha pas prise. Bien au contraire. Un sourire féroce lui retroussa les babines et lui fendit la gueule… jusqu'à ce que le sanglier infernal baisse la tête et accélère brusquement sa course.

Louis ne comprit que trop tard le stratagème retors germé sous ce crâne qu'il s'esbignait en vain à croquer.

Le choc le prit totalement par surprise… Une bien douloureuse surprise.

Une souffrance effroyable lui explosa dans le dos quand il vint heurter la pierre. Il sentit ses côtes se briser, ses chairs s'écraser.

Comme masse sur l'enclume, le monstre venait de le clouer au mur du château.

La maçonnerie elle-même en fut enfoncée, dans un grondement sourd, mais c'est à peine s'il en eut conscience.

Alors que les débris de pierre et de mortier pulvérisé pleuvaient autour de lui, ses bras, sans force soudain, lâchèrent son ennemi.

Ce fut d'un coup de museau presque dédaigneux que la malebeste l'envoya valser au sol.

Il y roula en paquet désarticulé de poils et de chair meurtrie. La gueule dans le trèfle mouillé, il tremblait sa souffrance par tous ses membres abîmés, persuadé que plus un os ne lui restait intact.

Dans sa presque agonie, il eut juste assez de force pour relever la gueule et voir la malebeste s'avancer lentement vers lui.

Elle n'était déjà pas belle à voir auparavant, cette tête de cauchemar, mais ses coups acharnés n'avaient rien fait pour l'arranger.

Louis en eût bien rajouté un peu, si seulement son dos brisé ne l'avait pas trahi.

Impuissant, et enrageant de l'être, il vit les défenses s'abaisser, une fois encore, à moins d'un mètre de lui.

La malebeste lui présentait sa mort comme à un condamné on fait miroiter la hache du bourreau, précise, sans sursis.

Elle ne pouvait sourire, cette gueule énorme qui allait l'enfourner d'un seul coup et l'engloutir tout rond, elle n'était pas faite pour ça, mais il y avait une joie venimeuse dans le seul œil qui le fixait.

Cette lueur narquoise, elle attisa le peu qui lui restait de colère, assez pour… pour qu'il sente, un à un, en de petits éclats de douleur barbelés, ses os cassés se déplacer, se rassembler, se remettre en place, se ressouder.

Était-ce possible ?

Même à son flanc, il sentait sa profonde blessure se combler, ses chairs lacérées s'embrasser à nouveau, se fondre l'une dans l'autre.

Il guérissait, à une vitesse extraordinaire… Mais pas encore assez vite.

Peut-être la malebeste comprit-elle qu'il se passait, sous son naseau, quelque chose d'anormal. Peut-être sentit-elle que cette proie était décidément bien gaillarde, pour un cadavre en devenir.

Elle ouvrit grand son four à carne et s'avança pour le gober une bonne fois pour toutes.

Alors, un éclair blanc, un projectile de muscles, de chair furieuse, de poils et de colère vint la percuter.

La malebeste se cabra de toute sa hauteur, et hurla son dépit, quand la chose qui venait de la frapper s'attaqua à son râble, juste derrière sa tête cuirassée, trimant comme scie entamant une bûche.

Et Louis, qui reprenait rapidement ses forces, n'en crut pas ses sens.

La forme, l'odeur…

Un autre galoup venait de sauter sur la malebeste pour lui porter secours… Un galoup énorme, bien plus gros et large que lui, mais blanc de poil, immaculé comme neige.

Et celui-là, contrairement à lui, n'attaquait pas au hasard, ne se laissait pas aveugler par sa fringale ni sa fureur.

Celui-là savait où frapper, il cherchait la faille, cisaillant là-dedans à belles dents.

Louis vit les deux adversaires tourner, virevolter dans tout le champ tels diables en farandole. La terre en tressautait tout autour de lui, de la danse furieuse de la malebeste.

Alors même qu'il suivait le combat, ses blessures achevaient de disparaître, son corps de se régénérer… C'était à la fois douloureux et grisant.

Il était donc immortel ? Ou peu s'en fallait.

Et il n'allait certainement pas laisser un autre lui voler sa proie.

Il se ramassa à nouveau, boule de poils et de fureur sanguinaire, et se lança. En trois bonds, il avait rejoint les combattants.

Mais il était déjà presque trop tard.

Quand il sauta à nouveau sur le monstre, au côté du galoup blanc, c'en était fini.

Perdant la vie par cent entailles, croquée au défaut du râble par son nouvel adversaire, la malebeste trébuchait déjà, les pattes en trahison.

Ce fut presque de dépit qu'il la laboura encore un peu pour hâter sa fin. Le morceau qu'il lui emporta, à tire-la-barbaque, ne lui souleva aucune joie.

À côté de lui, l'autre galoup, relevant sa gueule blanche aux poils trempés de rouge, le fixa de son regard jaune, acide et perçant, puis se laissa tomber au sol.

Un tressaillement parcourut la grande carcasse agonisante.

Ça tremblait, là-dessous, alors que le cœur pompait à vide, à en faire tressauter toute la bête.

Louis imita son sauveur, se recevant cette fois à terre sans un bruit, avec grâce, sur ses coussinets cornés qui amortirent le choc.

Un dernier éclat de gorge, un gargouillis noyé, la malebeste leva la tête pour clamer sa défaite.

Ça dut trembler, à ce moment-là, dans les lits clos de Mandailles, à s'en coincer les muscles. On ne devait plus avoir assez de bonnet de nuit pour y enfouir tout ce qu'on pouvait de tête, jusqu'aux épaules.

La malebeste fit encore deux pas hésitants, ivre… Puis s'effondra enfin.

Plus de deux tonnes de chair, de muscles et d'os heurtant la terre, ça fait du bruit, et pas qu'un peu.

La chute de la bête, on dut en entendre l'écho haut et fort jusqu'à Saint-Julien, à une lieue de là.

Mais personne n'ouvrit sa porte pour en découvrir la source.

Cette nuit-là, toutes les sorcières auraient pu donner sabbat à Mandailles et y mener sarabande d'enfer que personne ne les aurait dérangées.

Les sorcières, Louis, il n'y pensait guère. Il avait des préoccupations plus immédiates.

Dressé à côté de la carcasse en bout d'agonie, il lorgnait son sauveur des yeux et de la truffe, pas rassuré, méfiant.

C'est qu'un loup, ça n'est pas prêteur. Sa chasse, ça aime se la garder, et son territoire, encore moins le partager.

Et, à cet instant, il était pour trois quarts loup.

Seulement, celui-là, le blanc, il ne le tordrait pas. Tout loup qu'il fut, il gardait bien encore assez de jugeote pour sentir son maître.

Blanc de poil comme lune, l'autre offrait au regard une masse énorme et noueuse, tout en nerfs à fleur de peau et en muscles nerveux. Il vous montrait des bras aussi larges que des troncs, des pattes fines et longues, faites pour la course, une gueule à vous trancher la cuisse d'une seule cisaillée de crocs.

Et on sentait bien, dans son regard de fauve mais pas de bête pour autant, qu'il avait parfaitement conscience de sa supériorité.

Était-ce un sourire qui lui étirait les babines, lui dévoilant un râtelier à en faire couiner une meute entière de simples loups ?

Ça n'avait, en tout cas, pas grand-chose de rassurant.

Louis n'eut pas le temps de s'interroger plus avant.

« Tu es bien imprudent, louveteau, de t'attaquer seul à si forte partie. Si je n'étais pas venu t'aider, tu finissais gibier. »

Ça lui sortait bizarrement de la gueule, ces paroles, langue d'homme causée en loup. Poussé par une gorge faite pour hurler à la lune, à travers des dents prévues pour mâcher et déchirer, ça vous tordait les mots, roulait les « R » à n'en plus finir. Ça tenait autant du grognement que du langage.

Louis comprit pourtant, et ça lui fit une drôle d'impression d'entendre ces phrases, le ramena vers une humanité qu'il croyait avoir abandonnée.

Mais l'autre poursuivait déjà.

« Maintenant suis-moi, si tu veux voir se lever une autre lune ! »

Et sur ce de bondir, traversant le champ vers la forme de l'humain toujours prostrée à terre.

Sans s'arrêter, il le souleva d'une seule main, le posa doucement en travers de ses épaules, tel un sac de farine, puis reprit sa course vers la lisière des bois.

Trois battements de cœur plus tard, les taillis avaient digéré sa forme pâle, hirsute et véloce.

Louis demeura un instant immobile, partagé entre deux désirs, deux lui-même.

L'un d'eux voulait demeurer ici et festoyer de sa chasse maintenant toute à lui, régaler son ventre en famine de cette montagne de viande encore chaude.

L'autre, catastrophé, voulait suivre le blanc et son fardeau, ne pas laisser l'humain disparaître… Voulait le sauver, encore.

Et malgré tous ses efforts, le loup ne parvenait pas à faire taire l'humain.

Sur un grognement de déception et de frustration, il se lança sur la trace odorante encore fraîche de son rival.

Dans le champ retourné ne demeura bientôt plus que la masse macabre et énorme de la malebeste écharpée.

Celle-ci, jouant de malchance, avait eu le malheur de croiser plus redoutable qu'elle…

Chapitre 9

La course des loups

Louis courait.

Avec la vivacité du loup et la force de dix hommes, il courait.

Autour de lui, les bois défilaient, tronc après tronc, alors qu'il éventrait la nuit, forme grise et hirsute.

La forêt se calfeutrait de noir. Même une chouette aurait renoncé à y battre des ailes. Pourtant, il courait…

Car lui sentait, et filait là-dedans tel un vent de tempête.

Les rochers chevelus de mousse, il bondissait au-dessus. Les troncs pourris à cœur et renversés, il se glissait dessous sans ralentir.

Partout, aux alentours, il sentait se terrer les habitants du lieu : fouines, renards, blaireaux, hérissons, belettes, oui, même loups, ses parents pauvres et craintifs, il les flairait.

Tous détalaient ou se cachaient en geignant leur terreur, le poil en peur, l'œil craintif.

Le mot circulait, dans les mille langues des bêtes : « Le galoup est là ! »

Hé ! Ils avaient bien raison de le craindre !

Il était fort et invincible. Il était libre, libre comme il ne l'avait jamais été. Il se grisait de l'air froid qui soulevait son pelage, s'enivrait de l'odeur puissante de l'humus et de mille autres senteurs.

La nuit était à lui. Enfin… Presque à lui.

Car là-bas, loin devant, il reniflait l'autre, le blanc, avec son fardeau d'homme.

De temps à autre, il percevait sa voix, répercutée d'un tronc à l'autre, en échos fantasques.

« Cours louveteau ! Cours ! »

Puis un long hurlement moqueur venait lui agacer les oreilles.

L'autre se jouait de lui, le raillait.

Pourquoi le suivait-il ? Orgueil ? Curiosité ? Ou bien parce que cet autre Louis, le Louis faible, le forçait à avancer ? Il ne savait trop.

Lui aurait voulu chasser, moissonner bêtes et hommes, c'était tout un, se régaler à mordre et à traquer.

Pourtant il suivait.

À un moment, il faillit tomber dans un puits à sec, un piège à loup. La fosse circulaire et traîtresse en était cachée sous un treillis de feuilles. Quelque loubotier avait dû creuser là pour attraper dans ce trou ses cousins à quatre pattes. Stratagème de lâche… Il devait ensuite venir avec une corde pour garrotter la bête depuis la sécurité de la margelle.

Louis l'y aurait bien attendu, à côté de son trou maudit, ce loubotier, pour lui faire tâter de ses crocs. Il lui aurait appris, et de quelle manière, ce qu'il en coûte de s'enrichir à vendre la peau des loups.

Mais il n'en avait pas le temps.

D'une détente, il s'envola au-dessus de l'obstacle.

Pauvres humains, qu'espéraient-ils donc ? Étaient-ils assez naïfs pour croire qu'une ruse si grossière suffirait à le perdre ? Pas demain qu'on se servirait de son poil pour faire col à quelques princes !

Et la voix du blanc, encore, dans la brise nocturne :

« Attention louveteau ! Attention, tu aurais pu tomber ! »

Il l'agaçait, celui-là. Il usait sa patience déjà volatile. Il lui aurait bien croqué le jarret, à lui aussi, tiens, pour lui passer l'envie de rire, mais encore fallait-il le rattraper.

Il accéléra, avala une pente en deux bonds, dévala dans une sente cachée. Une petite meute de loups, tapie là, en glapit de terreur d'une seule voix, quand il déboula en trombe griffue au beau milieu d'eux. Mâles et femelles se recroquevillèrent en tas poilus, gris et tremblants.

Il ne leur accorda pas même un regard.

En coup de colère, il gravit une autre montée tapissée de feuilles mortes, escalada un haut mur croûté de mousse et de lichen, vestige de quelque construction oubliée, franchit un porche à moitié effondré… Et s'arrêta.

L'autre était là, au centre de ce qui avait dû être une demeure d'hommes, mais que la forêt avait reprise et digérée.

À ses pattes, le blanc avait déposé l'humain inconscient, immobile, sans défense, mais encore vivant. Louis, par ses oreilles sensibles à la moindre brise, percevait d'ici son souffle.

Méfiant, il observa.

L'autre le suivait, de ses yeux luisants, tantôt jaunes et tantôt verts, moqueurs.

Ça le démangeait, Louis, de lui sauter à la gorge, à celui-là qui le narguait, mais il se retenait.

Il reniflait l'entourloupe.

Et puis le blanc était fort, énorme, même pour un galoup, et sûr de lui, avec ça.

Un éclair, attardé mais désireux de donner de la langue, frappa non loin, mais sans conviction. Ça craqua, dans le bois, quand un arbre s'embrasa comme torche.

L'autre ne bougea pas, son pelage immaculé resplendissant sur son corps puissant. Quand le fracas du tonnerre eut donné un peu de voix, il parla enfin :

« Tu as bien couru louveteau. Je suppose que tu as faim à présent ? »

Louis ne répondit rien. Il se balançait d'une patte sur l'autre, tâtant la mousse, griffant nerveusement la pierre.

La gueule fendue sur un cauchemar de dents, le blanc le relança :

« J'ai là une proie qui appelle tes crocs. Qu'est-ce que tu attends galoup ? Je te la laisse. »

Comme pour prouver sa bonne foi, il s'écarta de deux pas du corps prostré et pitoyable de l'humain.

Ça le tentait, Louis. Il en salivait d'envie, les crocs en manque de carne. Il aurait bien sauté dans l'instant sur ce morceau savoureux, mais une voix, au fond de lui, hurlait et criait, lui gâchait la fringale.

L'autre Louis, bien sûr, le faible.

Il le sentait là, cognant au seuil de son esprit. Il cherchait à reprendre son corps. Il bataillait ferme, ce gêneur. Il voulait le frustrer de sa récompense, le priver de son plaisir.

Il allait voir, celui-là aussi.

Avec un long frisson qui lui hérissa l'échine, il le repoussa.

Alors, lentement, la tête basse et les oreilles dressées, vigilant, il s'approcha pas à pas de la proie sans défense.

L'autre Louis, le sans poil, hurlait et tambourinait, au fond de son crâne. Il lui en aurait presque troublé les sens et coupé l'appétit.

Il tentait de le retenir.

Mais il était trop faible.

Il était au-dessus de l'humain, à présent, gueule ouverte. Par tous ses sens, il le dégustait déjà.

Il lança tout de même un regard en coin au blanc, pas totalement rassuré sur les intentions de celui-là.

L'autre l'observait, le regard fixe et intéressé.

Louis, au moindre geste de sa part, était prêt à l'attaquer, à viser la gorge, vaille que vaille.

Mais le blanc se contenta de le tisonner encore un peu.

« Eh bien, qu'est-ce que tu attends louveteau, que je te mâche la viande avant de te la donner ? »

Fouetté par ces paroles, il écarta les bras et tendit vers sa proie ses longs doigts puissants, tout en os et en griffes, prêts à couper, à trancher.

Sa douleur redoubla, alors que l'autre Louis ruait, frappait tout ce qu'il savait à l'intérieur de son crâne, tentait de s'emparer de ses membres.

Ses mains en vibraient, de la lutte que menaient les deux Louis, alors qu'elles s'approchaient de la gorge offerte. Ça lui tiraillait chaque nerf, de les porter en avant.

Un coup, un seul coup de crocs et c'en était fini. L'autre Louis serait bien alors obligé de se taire. S'il fallait, il l'étoufferait à grandes bouchées de viande humaine.

Il se baissa un peu plus, ouvrit lentement la gueule, l'approcha de la gorge à la peau fine.

Ça palpitait, là-dessous. Le cœur de l'humain, battant sourdement, lui chantait aux oreilles. Le goût du sang, qu'il devinait sous la peau tel un trésor liquide et épais, lui excitait les papilles.

« Allez louveteau, mords ! »

Il voulut projeter la tête en avant, attaquer son repas à belles dents…

Ses muscles refusèrent de lui obéir, au contraire, il se redressa, comme si quelqu'un d'autre s'était emparé de son propre corps.

Louis le faible… Ce maudit Louis… Encore lui… Il le tenait, le bougre, s'acharnait, lui reprenait nerf après nerf, muscle après muscle.

Il en hurla de dépit, alors que se livrait en lui une bataille terrible.

Il s'entendit articuler, sa langue le trahissant à son tour :

« Non… Jamais… je ne… ferai du mal… à Séverin. »

Et il sauta sur le blanc.

C'était sans compter sur les réflexes foudroyants de ce dernier.

Son attaque aurait pris par surprise n'importe quel humain et pas mal de loups. Les uns comme les autres, il les eût croqués avant même qu'ils ne puissent réagir.

Mais ce galoup…

Ses mâchoires claquèrent dans le vide avec un bruit sonore et hargneux. Pour toute peine, il reçut dans le dos une belle estafilade, juste un coup du bout des griffes, dédaigneux, presque. Une manière de lui faire comprendre combien ses efforts étaient dérisoires.

Ça le rendit furieux.

Il se reçut à terre, se ramassa et, dans le même mouvement, bondit à nouveau, le sang lui battant aux tempes sa propre colère.

Un coup en plein vol l'envoya heurter une pierre.

Un humain s'y serait concassé en pulpe brisée… Mais pas lui. C'est à peine s'il se sentait contusionné.

Il voulait se battre. Pas pour son territoire, même pas pour ce festin qui lui échappait, mais pour sauver Séverin.

Le blanc fut sur lui avant qu'il n'ait pu agiter un muscle et lui colla sa gueule à quelques centimètres de la truffe.

Ils échangèrent leurs souffles, lourds, carnés, encore chargés des relents du sang de la malebeste.

Louis leva un bras pour frapper.

L'autre le bloqua, enserrant son poignet dans un étau irrésistible.

Alors il s'adressa à lui, et sa voix n'avait plus rien de railleur.

« Bravo Louis ! Tu as réussi ! Tu n'as pas cédé, tu m'entends ? Tu as surmonté le Louvoir… Tu l'as dompté. »

Louis, qui se débattait encore en vain, cloué au sol comme papillon sur une planche, ne comprenait pas. Qu'est-ce qu'il racontait, le blanc ? Qu'est-ce qu'il voulait, à la fin ? Un instant il le poussait à dévorer l'humain, l'instant suivant il le félicitait de ne pas l'avoir fait ?

Et il reprenait déjà, dans son sabir mi-homme mi-loup.

« Reviens Louis ! Reviens ! Repousse ta fourrure… Renonce à tes crocs… Reviens… Tu peux y arriver. Allez ! Allez ! »

Revenir ? Renoncer à ses crocs ? Être faible, à nouveau, sans arme ni force, à la merci des bêtes et des hommes… Devoir de nouveau se plier à leurs règles stupides ? Jamais !

Quelque Louis qu'il fût, il ne le désirait pas… ou pas assez.

Alors, le blanc lui tira le bras pour lui brandir son propre poignet devant les yeux, un poignet tout en muscle, en nerfs et en fourrure, un poignet cerclé d'un large morceau de métal.

« Regarde, Louis ! Regarde ! Qu'est-ce que tu vois ? »

En Louis, le loup sentait là matière à perfidie, flairait le piège et tirait à brise-muscle pour l'empêcher d'obéir.

Mais l'homme tint bon, cette fois, concentrant sa volonté sur son corps, sur ses yeux. Il les força à fixer le bracelet.

Même là, dans ce sous-bois en deuil de lumière, le métal semblait briller de sa lueur propre.

Et ces lignes, ces courbes, elles lui passaient leur feu froid sur la rétine. Elles se tortillaient comme nœud de vipères…

Ce fut comme si une partie de lui se bousculait toute entière dans ses yeux, aspirée là-dedans de toute sa carcasse jusqu'à sa cornée, pour y observer le spectacle que lui donnait le bracelet.

Le loup.

Fascinée, la bête se perdait, se diluait dans les arabesques emberlificotées jusqu'à en oublier ce corps qu'elle avait investi.

Ce corps, elle le laissa à Louis, un Louis brisé, essoré de toute force… Un Louis à qui le galoup blanc hurla pourtant de sa voix rocailleuse :

« Maintenant Louis ! Retourne ta peau ! Change-toi ! Change-toi ! »

Alors, dans un dernier sursaut, las de tout, Louis poussa… Poussa à travers ses chairs pour y ravaler et piéger le loup.

Et alors que son corps commençait à craquer, ses os et ses muscles retrouvant taille et forme originelles, la douleur lui explosa une fois encore dans chaque membre. Il avait l'impression qu'un rebouteux sadique le manipulait sans précaution pour le faire rentrer tout entier dans une boîte trop petite.

Il hurla, à nouveau, un long cri qui n'était pas tout à fait celui d'un homme, mais de moins en moins celui d'un loup.

Il entendit encore, alors que des bras fermes au pelage blanc le soutenaient :

« Bravo, Louis. Bravo mon garçon. Je suis fier de toi. »

Et malgré ces « R » qui roulaient en trop grand nombre en s'échappant d'entre des crocs trop longs, il trouva dans ses mots un soulagement et une tendresse sincères et inattendus.

Il sombra dans l'inconscience.

Chapitre 10

Chez la maldiseuse

On chantait.

Ce fut la première pensée que formula Louis quand il put rassembler suffisamment de lui-même pour se remettre à réfléchir et à sentir.

Ça lui caressait joliment les oreilles, cette chanson. Ce n'était pas vraiment une chanson, d'ailleurs, juste un méli-mélo de syllabes douces, à mi-voix, comme on peut en pousser sans y penser. Le genre de ritournelle qu'on tresse à un enfant.

Mais la voix qui fredonnait ainsi, claire et douce, lui coulait dans les tympans comme miel sur la langue. Une voix de femme, ou de jeune fille.

Un peu de fraîcheur sur le front, juste ce qu'il fallait pour le réveiller, pas assez pour en devenir déplaisant… Des doigts inconnus mais attentionnés, aussi légers que des pattes d'oiseau, lui passaient un linge humide et tiède sur la peau.

Il serait bien resté là mille ans, les yeux fermés, à se gaver de douceur féminine, lui qui, aussi loin que remontait sa mémoire, ne se souvenait pas de telles attentions.

C'est que Dame Roberte n'avait jamais eu pour lui, non plus que pour Séverin, de ces gestes que les mères réservent à leurs petits. Ceux-là, elle les gardait pour Rolland ou Geoffroy. Avec lui, elle n'était que froideur et indifférence.

Il fallait qu'il sache à qui appartenait cette main qui le comblait ainsi de cette douceur dont on l'avait si longtemps privé.

Il ouvrit les yeux.

Le visage qu'il découvrit, il le crut un instant à un ange.

C'était une frimousse toute en courbes, ovale et lisse à souhait, à la peau dorée, que le Bon Dieu avait embellie d'une constellation légère de tâches de rousseur.

De longs cheveux auburn et épais, aux reflets fauves, cascadaient en écume de mèches rebelles autour de ce petit prodige. Deux yeux qu'on aurait presque dit bridés, acajou comme lune rousse, le fixaient, un rire muet dans la prunelle.

Ce visage, il le connaissait pour l'avoir vu il y avait peu.

Il lui fallut rassembler ses souvenirs éparpillés pour pouvoir y mettre un nom dessus.

« La Roussotte ? »

Aussitôt, le rire qui illuminait les prunelles boisées s'évanouit, poussé par une brusque flambée de colère.

« Je t'ai déjà dit de pas m'appeler comme ça ! Et si tu continues, moi aussi je vais t'en coller un, de surnom, et qui te plaira pas beaucoup ! »

Totalement réveillé, à présent, Louis réalisa qu'il était allongé sur un simple lit au matelas de paille. Sa tête reposait sur le giron de la Roussotte. Tout à coup, il s'en sentit gêné.

Il se redressa d'un coup.

Ce faisant, il put jeter un coup d'œil sur ce qui l'entourait.

Ça, pour sûr, il ne se trouvait pas dans sa chambre, ni même dans le château de Marfon.

Mais quant au reste…

La pièce qu'il découvrit aurait pu appartenir à n'importe quelle demeure de la vallée : murs de pierres grises arrachées aux montagnes et taillées comme ça pouvait, à grands coups de burin ; longue table de bois qu'on aurait dite poussée plus que fabriquée, flanquée de deux bancs de la même espèce.

Dans une des parois s'ouvrait une souillarde encombrée d'ustensiles de cuisine et de l'autre un grand cantou où se blottissaient deux bancs frileux.

Un feu crépitait, là-dedans, léchant le cul noirci d'une marmite de cuivre fossilisée de suie, de celles dans lesquelles on préparait les meilleurs plats.

Il ne savait pas ce qui y mijotait, d'ailleurs, là-dedans, mais l'odeur qui s'en échappait lui flattait les narines et aiguisait son appétit.

Près de la cheminée, un petit fénestrou surmontait un évier de pierre et laissait filtrer la lumière pâle du jour, froide mais rassurante.

Non, décidément, il ne voyait vraiment pas où il se trouvait.

Se sentant bien benêt de poser pareille question, il demanda, après une hésitation :

« Où sommes-nous ? »

Il lui fut répondu, avec une pincée de moquerie :

« Et où veux-tu qu'on soit, grand nigaud ? Tu crois que je me promène dans toutes les maisons de la vallée ? Nous sommes chez moi, pardi ! Enfin, je veux dire, chez ma gr… Gisèle. »

Gisèle… Gisèle… Il avait bien entendu parler d'une Gisèle mais…

« Gisèle ! Gisèle la noiraude ! La sorcière ? »

Il jeta sur la pièce un nouveau regard, persuadé que ce nid à maléfices, sous ses airs de petite chaumière accueillante, était un piège qui allait se refermer sur lui.

Se tournant en tous sens, il chercha une sortie du regard, prêt, pour l'heure, à se lever et décamper sans demander son reste.

La porte se trouvait à l'autre bout de la pièce, derrière la table. Il y serait en trois enjambées, quatre, peut-être.

Mais comment était-il arrivé ici ? Comment était-il venu se fourrer dans cette fabrique à sortilèges ?

Il se rappelait l'orage, l'altercation entre Thierry et le Chevalier, puis la malebeste… Séverin qui prenait l'épée pour le défendre, pour le sauver, qui se faisait faucher par le monstre, puis…

Ça lui remonta des profondeurs du cerveau comme une crue de boue noire et bouillonnante… La transformation, le combat avec la malebeste… Puis tout le reste, jusqu'aux ruines, dans la forêt, là où il avait failli…

Il hurla, se prenant la tête à deux mains :

« Non ! Non ce n'est pas possible ! C'était un cauchemar, juste un cauchemar. »

La Roussotte en fut toute retournée.

« Mais qu'est-ce qui te prend ? Tu es fou ? Tais-toi donc un peu, on va t'entendre jusqu'au village. »

Elle avait raison, bien sûr, mais il s'en moquait bien, qu'on l'entende jusqu'à Saint-Julien ou même Aurillac, s'il le fallait.

Un monstre. Il était un monstre ! Un maudit… Un galoup.

Il fallait qu'il parte, qu'il sorte d'ici, qu'il retourne à Mandailles, qu'il aille se réfugier dans les bois… Non ! À l'église !

Il demanderait au Père Georges de l'aider. Dieu devait bien pouvoir le guérir. Il se sentait prêt, du fond de sa terreur, s'il le fallait, à ingurgiter trois tonneaux d'eau bénite, et, lesté de dix bibles pour faire bonne mesure, à se noyer dans un quatrième.

Il allait se ruer vers la porte, vaille que vaille, quand cette dernière s'ouvrit en grand pour laisser entrer Séverin.

Louis en fut tellement soulagé, de le voir entrer là, vivant et en bonne santé, qu'il en aurait pleuré de joie.

Mais alors même que Séverin, le découvrant éveillé, s'approchait de lui, Louis vit s'encadrer dans le carré de clarté diurne une nouvelle silhouette… Celle de Thierry.

Alors il sut.

Qu'est-ce qui, dans l'allure du colporteur souriant, lui révéla la terrible vérité ? Il n'en avait aucune idée, mais aucun doute non plus.

L'autre, le galoup blanc, celui qui avait tué la malebeste, avait emporté Séverin et voulu le forcer à le dévorer, c'était lui.

Était-ce sa façon de bouger, trop souple, trop rapide pour n'être qu'humaine, ou un reste de sauvagerie, le brandon de louverie qui lui traînait au fond des yeux ?… Peut-être un peu de tout ça à la fois.

Il bafouilla, éperdu :

« C'est lui… C'est lui le galoup ! »

Séverin, qui arrivait à son côté, lui saisit vigoureusement le bras, le serrant presque à faire mal. Il lui adressa son regard franc, grave et raisonnable et lui ordonna calmement :

« Calme-toi Louis. Calme-toi. Thierry est notre ami. »

Mais alors que le marchand approchait, Louis tremblant tout ce qu'il avait de muscles de la tête aux pieds, hoqueta :

« Non… Non… C'est faux… C'est un monstre ! Il a voulu que je te tue… Que je te mange. » Sa voix monta dans les aigus quand il cria, plein de dégoût et d'horreur. « Et j'ai failli le faire, tu m'entends ! J'ai failli le faire ! »

Séverin, épongeant la panique de son cadet avec un aplomb remarquable, lui répondit d'une voix douce :

« Mais tu ne l'as pas fait Louis. Tu ne l'as pas fait. »

Alors que Thierry approchait encore, avec une assurance tranquille, celle du fauve, Louis se redressa comme un ressort et déserta le lit.

Il se sentait pris au piège en compagnie de deux monstres. L'un se trouvait face à lui, le regard placide, la mine aimable, mais Louis le savait cacher poils et gueule de loup.

L'autre, il le portait en lui.

Il hurla à Séverin :

« Va-t'en Séverin ! Va-t'en vite ! » Alors que son frère ne bougeait toujours pas, il reprit, dos au mur, sur le même ton. « Tu ne comprends pas. Nous sommes des monstres, lui et moi ! C'est nous qui avons tué la malebeste… Nous sommes… »

Séverin ne le laissa pas finir, son regard clair planté dans celui de Louis, lui disant tout l'amour et la confiance du monde :

« Des galoups ? Je sais Louis, Thierry m'a tout raconté. »

Celle-là, Louis, il ne s'y attendait pas. Ça lui scia les jambes, d'entendre son frère énoncer si simplement l'atroce vérité, sans s'émouvoir outre mesure.

Il dut s'ancrer à la pierre du mur pour ne pas tomber.

« Mais… Mais qu'est-ce que tu fais là ? Tu es inconscient ? Il… Il m'a dit de te mordre… Il a voulu que je te tue… Que je te dévore ! »

Cette fois ce fut Thierry qui répondit, posé, rassurant, mais pas pour Louis qui voyait toujours, dans le grand et imposant marchand, la forme hirsute et pâle du galoup blanc.

« Je ne t'aurais jamais laissé faire, Louis. Tu peux me croire. Tu n'aurais pas pu toucher à un cheveu de Séverin. »

Louis, sidéré, hésitait entre rire et larmes. Ça, pour une réponse cousue de menteries, c'en était une belle.

« Et c'est pour ça que vous m'avez poussé à le tuer ? Pour le sauver ? Vous mentez comme vous respirez ! »

Un soupir d'impatience échappa à Thierry, mais ce fut néanmoins d'une voix égale qu'il le corrigea :

« Tu n'es pas obligé de me croire, Louis, mais, non, je te le dis, je ne voulais pas que tu le tues, et encore moins que tu le manges. Je voulais juste savoir. »

Jetant des regards à droite et à gauche, la tête en pleine confusion, Louis s'écria :

« Et savoir quoi ?

— Si tu avais la force de résister.

— À quoi ?

— Au Louvoir. »

Il n'y avait pas d'issue. La seule porte se trouvait derrière le galoup, et la fenêtre, si tant est qu'il puisse s'y faufiler, à portée de sa main.

Il n'aurait jamais le temps, et, de toute manière, il ne pouvait abandonner Séverin ici, dans cet antre à Diable.

Alors, la fatigue, le désespoir lui rampant dans chaque membre, il se sentit soudain très jeune et très faible…

Perdu… Tout ce qu'il croyait, tout ce qu'il était, le fuyait, comme rat dans une grange en flammes.

Il s'affaissa contre le mur, en un tas frissonnant de misère et de souffrance.

Immédiatement, Séverin vint se porter à son côté et lui enserra les épaules d'un bras protecteur. Ça lui fit du bien, un peu. Du fond de son cauchemar, il tendit une main pour serrer celle de son frère.

La Roussotte, elle, qui n'avait pas bougé muscle depuis le début de l'échange, s'adressa à Thierry. Elle exigea, du haut de ses treize ans bouclés :

« Vous voyez bien qu'il ne peut pas comprendre. Il faut lui expliquer ! »

Thierry considéra un instant le petit bout de diablesse rouquine et enjuponnée qui lui donnait des ordres. Son regard était surpris et amusé à la fois. Il sourit, et à voir le grand visage noble du colporteur, même Louis lui eût presque donné le Bon Dieu sans confession.

« Tu as raison, petite tisseuse de sortilèges, il faut qu'il sache… Mais par où commencer ? »

Louis, qui n'en finissait plus de se racornir, perdu pour perdu, interrogea :

« Que je sache quoi ?

— Ce qu'est le Louvoir. » Un bref silence. On sentait bien que ça s'activait dur, derrière ces yeux-là. Que lui raconter ? Par où commencer pour ne pas l'effrayer ? « Tu as un pouvoir, Louis, tu le sais à présent… Il s'est… réveillé. Et tu dois maintenant apprendre à le maîtriser, à vivre avec. »

À cela, Louis répliqua, toute hargne et colère sorties :

« Qu'est-ce que j'ai fait, moi, pour être comme ça ? Je leur ai jamais rien fait, à Jésus ou à l'autre, en bas. Pourquoi je ne peux pas être comme tout le monde, hein ? Pourquoi je suis un monstre ? »

Cette dernière phrase, elle lui venait des tripes, et, en sortant, elle embarqua avec elle quelques larmes que Louis essuya d'un revers honteux et rageur.

Thierry, qui sentait sûrement venir les difficultés, tira un des bancs et s'y assit à califourchon.

Heureusement, la patience était une denrée dont il ne manquait pas.

« Tout d'abord, tu n'es pas un monstre, Louis, pas plus que moi.

— Ah oui ? Et que sommes-nous alors, selon vous ? »

Il en tremblait de partout, Louis, à s'en ébrécher les dents, tant ça le remuait de se savoir endiablé.

Et ce Thierry qui répondait, si calme que vous l'auriez étranglé :

« Des galoups… Seulement des galoups. » Voyant que Louis allait à nouveau ouvrir la bouche, il lui faucha la réplique, sans attendre : « Un loup qui mange un agneau, Louis, est-ce que c'est un monstre ? »

Louis, qui ne voyait pas où les menait cette discussion, objecta :

« Ca n'a rien à voir ! »

Il devait en avaler, Thierry, des litres de patience, pour ne pas s'énerver, mais il haussa simplement un peu le ton.

« Réponds ! Est-ce que c'est un monstre ?

— Non… C'est juste un animal. »

Thierry hocha gravement la tête, comme à une vérité profonde.

« Et un homme qui en tue un autre pour le plaisir, sans nécessité, est-ce que ce n'est pas un monstre ? »

Louis, qui commençait à deviner où Thierry voulait en venir, secoua la tête, têtu comme une bourrique.

« Ce n'est pas la m…

— Réponds Louis. Est-ce que c'est un monstre ?

— Oui, c'est un monstre.

— Eh bien tu as raison dans les deux cas. Mais tu vois, Louis, un galoup, c'est un peu un mélange des deux. Galoup, ça vient de "gars" et "loup", deux mots pas faits pour se coller ensemble. » Il se tut quelques secondes avant de reprendre. « Il existe des loups enragés, Louis, comme il existe des hommes mauvais… Pour nous, c'est la même chose. Certains galoups sont des monstres, et d'autres non. Le Louvoir n'est qu'un talent, Louis, un talent particulier, il n'est pas moins ou plus mauvais qu'une hache, il est ce que tu en fais. »

Louis, à qui ces paroles rappelaient celles du Père Georges parlant de la Roussotte, il n'y avait pas si longtemps, gémit tout de même, au désespoir :

« Mais je ne veux pas être un galoup, moi, bon ou mauvais. Il doit bien y avoir un moyen d'être à nouveau normal. » Il en suppliait presque, tant il avait envie qu'on lui donne une chance de sortir de ce cauchemar. « Si c'est le Diable qui nous a fait ça, alors Dieu doit bien pouvoir… »

Mais rien qu'à voir le regard navré que lui lançait Thierry, Louis comprit qu'il ne fallait pas compter sur l'aide d'en haut.

« Louis… Ni Dieu ni Diable ne peuvent rien pour toi. Tu pourrais bien assécher les bénitiers de toutes les églises de la vallée à t'en faire péter la panse, t'user la langue en prière, que rien n'y ferait.

— Pourquoi ?

— Parce que ni le ciel ni l'enfer n'y sont pour rien. Tu n'es pas maudit, Louis. »

Ça lui faisait une belle jambe, à Louis, de ne pas se savoir maudit, surtout quand il venait de passer la nuit sous la forme d'une créature terrifiante à mi-chemin entre l'homme et le loup.

« Si ce n'est pas une malédiction, c'est quoi alors ?

— Un héritage. »

Louis répéta, la peur en manque, soudain, tant ces mots le prirent au dépourvu :

« Un héritage ? » Remarquant alors certains détails, dans le visage de Thierry, qui lui avaient échappé, et se souvenant de l'échange d'hier soir entre le marchand et le Chevalier, il s'écria. « Vous êtes… Vous êtes mon… »

Thierry le coupa, peut-être pour éviter tout malentendu et de cruelles désillusions. On sentait bien, pourtant, dans ces mots, à ce grand gaillard raide, que ça lui coûtait de lui faucher l'espoir à peine germé.

« Non, Louis, je ne suis pas ton père. » Devant le regard du garçon à l'espérance retombée comme soufflé percé, il ajouta tout de suite. « … Je suis ton oncle. »

Son oncle ?

Il mit du temps à la digérer, cette nouvelle. Croyant un instant retrouver son père inconnu, et ne sachant s'il devait s'en réjouir ou en pleurer, il se trouvait brusquement pourvu d'un oncle… Et quel oncle !

Les idées se bousculaient, dans sa pauvre cervelle trop gavée de faits incroyables depuis la nuit dernière. Il sentait ses pensées se télescoper pour se faire une place, s'emberlificoter si bien qu'il ne savait plus ce qu'il voulait dire et faire.

Ce fut en pleine conscience de proférer une énormité qu'il demanda :

« Vous êtes le frère du Chevalier de Marfon ? »

Ça le prit tellement au dépourvu, Thierry, qu'il en demeura un instant en panne de mots. Enfin, Louis vit son visage s'illuminer d'un sourire, et on sentait qu'il se retenait pour ne pas éclater, tant l'idée devait lui paraître désopilante.

« Frère de Gaston de Marfon ! Dieu m'en préserve ! » Avec un peu plus de calme, mais du rire encore coincé dans la gorge, il demanda : « Sérieusement, mon garçon, tu me vois quelque ressemblance avec ce crapaud à moustache ? »

C'était dit avec un tel naturel, et l'image était tellement parfaite, que Louis ne put s'empêcher de sourire, lui aussi. Pour un peu, il en aurait presque oublié qui, ou quoi, se trouvait en face de lui.

Mais ces mots, pour drôles qu'ils fussent, ne lui firent pas perdre le fil de ses pensées, et la question qui lui brûlait la gorge.

« Alors qui est mon père ? »

À l'expression soudain plus sombre de Thierry, Louis comprit que ce qu'il allait entendre ne lui plairait pas.

« Ton père était le Baron de Castelroc, mon frère.

— Était ?

— Il est mort, Louis, il y a bien longtemps. »

Soudain chargé du deuil d'un père qu'il n'avait pas connu, et dont il ignorait hier encore jusqu'à l'existence, Louis se sentit un instant pris de vertige. Ça lui monta du ventre, noir et amer, lui déborda par les yeux pour lui dévaler sur les joues.

Séverin le serra aussitôt contre lui, très fort. Même la Roussotte, pourtant sauvage et pas câline, l'œil humide tout à coup, se coula au bas de son lit pour venir lui serrer la main.

Il en oublia presque qu'elle était à Diable, cette drôlesse, et trouva même réconfort à la vue de son petit visage en veine de compassion.

Quand enfin il reporta son regard brouillé vers Thierry, ce fut pour voir que ce dernier s'était levé et se tenait au-dessus de lui, la main tendue.

« Ton père était un homme droit et bon, Louis, et je l'aimais. » Les mots lui sortaient difficilement de la gorge, à Thierry, et ça devait drôlement le mordre, derrière ses yeux clairs, le chagrin qu'il taisait. « Tu lui ressembles beaucoup… Et je le retrouve à travers toi. »

Il ne fallait pas être devin pour comprendre que ces paroles, elles lui venaient du cœur, au grand bonhomme à l'air digne. Ça éclatait sur son visage et lui brillait sur la paupière.

Louis, incapable de résister plus longtemps, se dégagea de la poigne de Séverin et de la main de la Roussotte. Timidement, comme il se serait approché d'un feu, il tendit la main vers celle que lui offrait le galoup.

Ce dernier la prit fermement, puis, le tirant avec vigueur, le releva et l'attira contre lui pour le serrer dans ses bras.

Et Louis se laissa aller, enfouissant son visage contre la poitrine nerveuse du galoup, lui rendant son étreinte, s'accrochant à ce reste de famille qui lui était offert, même s'il sentait le loup.

Un instant, il laissa libre cours à ses larmes, et avec elles, il se purgea de toutes ces années de brimade, de solitude et de manque paternel qui avaient été les siennes.

Ça devait bien lui faire quelque chose aussi, à Thierry, de retrouver ce neveu à qui il n'avait jamais parlé à cœur ouvert, car il en tremblait un peu, même si son visage demeurait impassible.

Enfin, Louis murmura, et il y avait, dans sa voix, une telle flambée de détresse que le grand galoup en prit presque peur :

« Je ne veux pas devenir un monstre… Ne me laissez pas devenir un monstre. »

Thierry le serra un peu plus fort, posa sa tête contre la sienne et l'assura, comme il aurait prêté serment à Dieu en personne.

« Tu ne deviendras pas un monstre, Louis… Je te l'ai déjà dit, il en est des galoups comme des hommes. Ce que nous sommes, c'est nous seuls qui en décidons. Ni Dieu ni Diable n'y peuvent rien changer. »

Louis, rassuré malgré lui par cette conviction qui gonflait les mots de Thierry, allait poser la seconde question qui, depuis quelques instants, lui mordait la langue, mais il n'en eut pas le temps.

La porte de la petite maison s'ouvrit en grinçant à perce-oreilles sur la rouille qui lui alourdissait les gonds… Et celle qu'on appelait « la Sorcière », « la Noiraude », « la Maldiseuse », entra dans la pièce.

Chapitre 11

Une étonnante sorcière

Sous le coup de l'émotion de se savoir ainsi surpris en pleine demeure de diablesse par la maîtresse des lieux, Louis s'écarta de Thierry. Par-dessus son épaule, il lorgna avec crainte celle que tous redoutaient.

Et faillit bien en mourir de suffocation.

À quoi s'était-il attendu ? Il n'en savait rien. À quelque espèce de fagot sec et tordu à forme humaine, enfilé à la diable dans une robe assez noire pour donner le cafard à toute une volée de corbeaux. Par là-dessus, il eût planté une figure plus rapace qu'humaine, affublée d'un nez crochu et riche en verrues de toutes sortes. Peut-être, pour peaufiner un peu, l'eût-il gratifiée d'une affreuse loucherie et de cheveux qu'on aurait dit tissés par des araignées, le tout sous un chapeau pointu à vous écorner le ciel.

Il fut bien détrompé.

Certes elle était âgée, la maîtresse de maison, mais c'était bien là tout ce qui pouvait la rapprocher de l'image qu'il s'en faisait.

Celle qui se tenait devant le seuil et les regardait avec un sourire qu'on pouvait dire chargé de toute la gentillesse du monde, était bien tout le contraire de ce que nous venons d'évoquer.

Petite, elle ne devait pas mesurer plus d'un mètre soixante. Il lui gagnait facilement une tête.

Quant au reste de sa personne…

En fait de maigreur, elle affichait une silhouette toute en rondeurs, généreuse et gourmande à souhait. Elle n'était pourtant pas grosse ou obèse, comme le Chevalier de Marfon, mais de cette opulence bon enfant qui marque les amoureux de la vie et des plaisirs de la table.

De noir à vous déprimer les yeux, point non plus, mais une robe de tissu vert et frais, pimpante autant que simple qui lui allait comme un gant.

Pas de nez crochu, encore moins de verrues.

Ridée, elle l'était, assurément, mais comme un beau fruit qu'on a laissé mûrir dans le bonheur. Sous chacune de ces marques du temps, elle cachait un sourire.

C'était la plus charmante, la plus souriante des grand-mères que Louis eût jamais rencontrée, et il avait beau chercher, jusque dans ces yeux verts où pétillait encore une malice de petite fille, il n'y trouvait pas trace de méchanceté.

Quand enfin elle parla, Louis crut entendre gazouiller un pinson.

« Eh bien, je vois que les présentations sont faites. » Posant un instant les yeux sur Louis, elle ajouta, chaleureuse : « Notre petit malade a l'air de s'être bien remis. Tu ne l'as pas dérangé, Margot ? »

Cette dernière se défendit, nez mutin en avant :

« Non grand-mère, je te jure. »

Et de jeter à Louis un regard le mettant au défi de la contredire, lui promettant mille tracas s'il osait le faire.

Mais Louis n'avait d'yeux que pour la grand-mère en question.

Cette dernière, remarquant l'insistance de son regard, et bien assez maligne pour en comprendre l'origine, l'apostropha :

« Eh bien jeune homme, on dirait que tu as perdu ta langue en venant ici. C'est moi qui te mets dans des états pareils ? Tu n'avais jamais vu de sorcière ? »

Louis, qui en aurait presque ri, répondit :

« Non madame.

— Il faut un début à tout. J'espère ne pas trop te décevoir. » Elle ajouta, malicieuse : « Et si tu cherches mon balai, il est là-bas, dans le coin. Je ne m'en sers pas souvent, alors, si l'envie t'en prend, va le chercher et passes-en donc un petit coup partout, tu seras gentil. »

Louis, qui se piquait au jeu, heureux de se décharger un peu de tous ses tracas, demanda :

« Je croyais que les sorcières s'en servaient pour aller au sabbat voir le Diable. »

Le petit rire qui échappa à la vieille dame, alors qu'elle refermait la porte, était tout sauf maléfique.

« Chacun fait ce qu'il veut de son balai, mon garçon. Si certains veulent essayer de voler avec, libre à eux, je leur souhaite bien du plaisir. Si tu veux mon avis, ça ne doit pas être bien confortable mais sûrement très risqué. Moi en tout cas, si je devais voler, je le ferais plutôt avec une bonne chaise. En tout cas, je ne me sers de ce balai que pour nettoyer ma maison… Mais je suis un peu bizarre, peut-être. »

Cette fois, Louis, pas plus que Séverin, ne put se retenir de rire. Même Thierry se joignit à eux.

Les derniers échos de leur hilarité s'éteignaient à peine que la maîtresse des lieux, courbée dans l'ombre du cantou, lançait par-dessus son épaule, espiègle :

« Les vêtements que nous t'avons trouvés, Margot et moi, semblent t'aller comme un gant. Ce n'est pas trop distingué, bien sûr, mais c'est toujours mieux que l'appareil dans lequel Maistre Galoup t'a amené ici. »

Louis demeura un instant interdit, avant de se rappeler ce qu'il était advenu de ses chausses et de son pourpoint, quand il s'était métamorphosé… Ce qui signifiait que…

Il hoqueta, les joues soudain rouges à concurrencer tous les coquelicots du monde, palpant inconsciemment les rudes braies de lin qui couvraient ses jambes.

« J'étais… J'étais…

— Aussi nu qu'un ver, mon jeune ami. » Alors que Louis n'en finissait plus de virer à l'écarlate, et que Séverin étouffait tant bien que mal un nouveau rire, la diablesse ajouta, avec un sourire désarmant. « Et fort bien bâti, pour ton âge, si je peux me permettre, une chance que j'aie gardé ces vieilles chausses… N'est-ce pas ma filloute ? »

Ce disant, elle coula un regard vers sa petite fille. La jolie rouquine, prise au dépourvu, enfouit tout aussitôt une rougeur d'émoi dans ses boucles aux reflets feu.

À la pensée que la Roussotte l'avait vu tantôt dans le plus simple appareil, alors qu'il était inconscient, Louis faillit en défaillir de honte… et d'un autre sentiment, aussi, encore diffus, mais bien présent, à imaginer ce joli brin de goupille, toute soufrée qu'elle était, le détaillant de la tête aux pieds…

Non ! Il refusait d'y penser…

Renonçant à prolonger le calvaire de Louis et de sa petite fille, aussi empourprés l'un que l'autre, leur hôtesse se dirigea vers la marmite qui glougloutait doucement au-dessus du feu. Attrapant un crochet, elle en souleva le couvercle.

L'odeur qui s'échappa de là-dedans, sur un panache de fumée blanche, vous aurait fait saliver même un ermite. Elle vous rentrait par les sinus pour vous aller droit au ventre, sans passer par la tête.

Louis se rendit alors compte qu'il était affamé. S'il ne s'était retenu, il eût plongé la tête dans le grand récipient pour en engloutir sur-le-champ une bonne partie du contenu, quitte à s'en roussir la langue et le palais.

Devançant son désir, la maîtresse de maison lança, touillant ce qui mijotait là à grands coups de cuillère en bois, soulevant quelques fils de fromage fondu à souhait.

« Vous partagerez bien une bonne portion de patranque avec nous, je l'ai faite exprès pour votre arrivée. »

Louis, oubliant de s'en étonner, aurait sauté sur le banc et mis les pieds sous la table séance tenante. Et dire que quelques secondes auparavant, il ne rêvait que de déguerpir au plus vite avant qu'on ne s'avise de le changer en batracien.

Mais Thierry, avec des manières de grand seigneur, répondit :

« Madame, nous n'avons que trop abusé de votre hospitalité. Je m'en voudrais de vous imposer plus longtemps notre présence. »

Un dernier coup de cuillère engluée de fromage, que Louis lorgnait avidement, et la vieille dame s'exclama :

« Ah misère ! J'avais oublié combien les chevaliers peuvent être guindés, tout galoups qu'ils soient. » Avec un faux air de reproche, elle menaça : « Vous n'abusez de rien du tout. Quand je ne veux pas voir quelqu'un, je le fiche dehors, qu'il soit homme, bête ou Diable. Et maintenant, asseyez-vous donc tous sur ces bancs avant que je ne me fâche et vous métamorphose en choux pour ma potée du soir. Margot, viens donc m'aider à mettre le couvert je te prie ma filloute. »

Ainsi fut fait.

De mémoire de Louis, comme de Séverin, ils n'avaient jamais fait de repas plus agréable.

Ce qui chauffait dans la marmite, c'était bien de la patranque… Et quelle patranque !

Le pain en avait été doré à souhait, la tomme filait à en faire des nœuds et fondait sous la langue comme miel. Là-dessus, une petite pointe d'ail, juste ce qu'il fallait, venait vous titiller le palais et vous exploser en bouche… C'était un régal.

Une patranque, tout le monde peut en faire, mais la réussir comme ça, ça tenait bien de la magie.

Elle n'était pas avare dans ses portions, grand-mère Gisèle, et resservait aussitôt, avec un sourire, ceux qui avaient le malheur d'avoir assiette vide.

Puis vint le fromage et enfin le dessert, une tarte à l'encalat si bien dorée qu'elle vous ravissait d'abord les yeux avant de vous charmer la langue.

Quand enfin la Roussotte et sa grand-mère desservirent, aidées par Louis et Séverin, reconnaissants du ventre, Thierry interrogea, curieux :

« Comment saviez-vous que j'étais un galoup, Madame ? Je vous sais sorcière, mais à ce point-là… Auriez-vous donc l'oreille du Diable ? »

La maîtresse de maison se mit à rire, et toutes ses rides avec elle.

« Oui, j'ai l'oreille du Diable… Et peut-être bien ses cornes, si vous cherchez dans mon chignon. »

Louis, qui depuis la nuit dernière ne s'étonnait plus de grand-chose, en était presque à lui en chercher, des cornes, quand elle reprit :

« Enfin Chevalier, vous êtes bien naïf, pour un galoup. Du Diable, je n'en sais pas grand chose. À tout vous dire, celui-là, moins j'en connais, mieux je me porte. Mais par bonheur j'ai encore toute ma tête. J'ai bien vu, cette nuit, que vous n'étiez pas un visiteur ordinaire, quand vous avez frappé à ma porte avec ces deux gosses sous les bras. » Elle désigna la Roussotte de la tête. « Et ce matin Margot est descendue au village. On y parlait que d'une chose, et bien fort, encore : la malebeste morte qu'on avait retrouvée dans le champ, devant le château. »

Louis se raidit un peu, au souvenir de son combat contre la malebeste, de la fureur sanguinaire qui avait été la sienne.

Mais leur hôtesse continuait déjà, accrochant une petite marmite pleine d'eau dans le cantou :

« Le Chevalier de Marfon a beau claironner partout que c'est lui qui l'a occise, celle-là, il y en a beaucoup pour dire que “ce” qui l'a abattue avait crocs et griffes, et non épée. » Elle ajouta, moqueuse : « Et puis on le connaît, le Chevalier. Il serait pas foutu de chasser un goret dans un enclos, alors une malbeste, pensez ! » Elle partit d'un nouveau rire flûté. « Enfin bref. Je ne sais pas grand-chose des armes, mais je sais bien qu'il n'existe pas beaucoup de créatures pour tuer une malebeste à coups de crocs ou de griffes… À part une autre malebeste… Ou des galoups. »

Thierry, impressionné par la perspicacité de la vieille sachante, la questionna encore :

« Vous le saviez et vous m'avez ouvert votre porte et proposé de manger chez vous ? »

La grand-mère, qui remplissait plusieurs bols d'eau chaude pour l'infusion, leva un sourcil et lui lança, par-dessus son épaule :

« Et quoi ? Je ne vois pas ce que j'aurais à craindre d'un galoup blanc. Vous êtes encore protecteur du royaume que je sache, si votre pelage n'a pas noirci ? »

Le sens de ces mots, Louis le sentait lui glisser entre les oreilles. Il se doutait bien, pourtant, qu'il y avait là quelque mystère à creuser, et se concentra de nouveau sur la conversation.

« Et comment pouviez-vous être sûre que j'étais un galoup blanc ? »

Thierry dut attendre que leur hôtesse se soit redressée, avec quelques raideurs de dos, pour avoir sa réponse.

« Parce que, mon bon Chevalier… Margot, ma filloute, sois gentille et sers-nous les infusions, veux-tu ? Mes courbatures me reprennent, la neige n'est pas loin… Où en étais-je ? Ah oui ! Un galoup noir, mon ami, ne m'aurait pas amené deux gamins inconscients en pleine nuit pour leur trouver refuge. Il les aurait croqués tous les deux et aurait bien essayé de nous grignoter en dessert, Margot et moi. »

Ça lui tirait le sourire, à Thierry, les paroles de cette étonnante sorcière. On sentait bien qu'il n'avait pas dû s'amuser autant depuis belle lurette, tant et si bien qu'il en rajouta un peu :

« Vous êtes décidément une personne étonnante, Madame. » Passant d'un sujet à l'autre, il continua, un ton plus grave : « Vous pensez sincèrement être en mesure de lui résister, si un galoup noir vient ici ? »

Alors que la Roussotte, que Louis suivait du regard depuis un moment, en coin, sans se faire voir, servait les bols, la vieille et sympathique ensorceleuse rétorqua, bravache :

« Toutes les femmes sont étonnantes, Chevalier, si on prend le temps de les connaître… Et moi, je suis sorcière, ne l'oubliez pas. » Elle ajouta, avec un coup de menton vers l'entrée : « Mon balai n'est peut-être pas magique, mais c'est du bon chêne, et dur, vous pouvez m'en croire… Quant à une cruque, c'est une cruque, qu'elle appartienne à un homme ou à un galoup. Quand on tape assez fort dessus, on estourbit son gêneur, même velu. »

À imaginer cette grand-mère, toute en rondeurs et jovialité, fracasser son balai sur la tête d'un galoup, Louis en eut presque envie de rire. Ses deux compagnons ne s'en privèrent pas.

Et pourtant, quelque part au fond de ce visage sculpté par la gentillesse et le rire, il y avait bien quelque chose de dur et puissant.

Après tout, un galoup n'aurait peut-être pas eu si bonne partie, ici.

Le bol, il allait le porter à ses lèvres, l'odeur de l'infusion, poivrée et un peu sucrée, lui en caressait agréablement les narines, quand la maîtresse de maison intervint :

« Margot ! Tu t'es trompée d'infusion pour notre jeune ami Louis. Je te l'ai déjà dit cent fois, tête en l'air que tu es, fais attention ! »

Louis, à deux doigts de prendre sa première gorgée, considéra soudain son bol comme une coupe emplie de poison virulent.

Quant à la Roussotte, qui allait s'asseoir, elle se raidit soudain et en devint aussi rouge de joue que si un garçon l'avait surprise au bain.

Mais déjà, la grand-mère, qui s'était levée, ramassait la tasse de Louis et la vidait dans l'évier de pierre, sous la fenêtre, en ajoutant :

« Je t'ai déjà dit de ne pas les confondre, ces deux-là, et si tu hésites, de me demander. »

Sur ce, elle versa une nouvelle louche d'eau et y laissa tomber une pincée de feuilles avant de rendre son bol à Louis.

Ce dernier, qui guignait du coin de l'œil une Roussotte qui n'en finissait plus de rougir, sous ses boucles en désordre, à croire qu'elle allait se transformer en pivoine d'une seconde à l'autre, interrogea du bout des lèvres :

« Qu'est-ce qu'elle m'avait servi ?

— Oh rien de grave. Un remède contre la fièvre des vaches. C'est sans danger, mais tu en aurais été quitte pour un bon mal de ventre, mon jeune ami. »

Il y eut un silence. Thierry les observait, lui et la Roussotte, avec un curieux sourire. Séverin lorgnait son propre bol d'un regard soudain soupçonneux. La coupable piquait du nez dans sa propre infusion, et Louis avait la vague mais persistante impression que quelque chose lui passait au-dessus de la tête.

Ça l'aurait bien contrarié, Louis, de se sentir le dindon de quelque farce qu'il ne comprenait pas, mais le vide dans la conversation lui ramena soudain sur la langue cette question qui le tenaillait depuis le début du repas.

Il ne savait pas si c'était bien le moment, et après tout, il s'en fichait éperdument.

Se tournant vers Thierry, qui les dévisageait toujours avec une tendresse un peu mélancolique, lui et l'empoisonneuse en herbe, il lui demanda :

« Et ma mère… Ce n'est pas Dame Roberte n'est-ce pas ? »

Comprenant que la trêve était finie, et pleine de tact comme elle l'était, la maîtresse de maison se leva, attrapa la Roussotte par l'épaule et lui glissa :

« Viens, Margot. Nous avons quelques simples à ramasser et du linge à rentrer avant que l'après-midi ne soit trop avancée. Et ces messieurs ont besoin de rester un peu seuls.

Ça la contrariait, la Roussotte, de devoir éloigner ses oreilles en soif d'indiscrétions de la table, mais celle qu'elle appelait « grand-mère » se montra intraitable :

« Allez, dépêche-toi ! »

À regret, l'apprentie sorcière au panache rouquin se leva et suivit son aïeule en traînant les pieds.

Si Louis avait tendu l'oreille, à cet instant, il eût entendu la maîtresse du logis chuchoter à sa protégée, sur un ton de tendre reproche :

« Petite idiote. De cette tisane-là, tu n'en auras nul besoin. »

Mais Louis n'avait d'yeux et d'oreilles que pour Thierry, un Thierry qui se retenait de rire.

Louis, qui ne voyait pas ce qu'une question aussi grave pouvait bien avoir de drôle, lui en fit la remarque, réprobateur :

« Ça vous amuse que je veuille savoir qui est ma mère ? »

Le galoup secoua la tête.

« Non. Mais imaginer ton père avec Dame Roberte… » Sentant, dans le regard de Louis, que son éclat de joie était malvenu, il reprit, plus sérieux : « Ta mère, Louis, est Dame Stéphanie de Castelroc. »

Jamais un simple nom n'avait paru à Louis si précieux. Celui-là, il l'accueillit en son cœur comme une perle sans prix. Presque timidement, en silence, il en fit rouler les syllabes sur la langue… Sté-pha-nie. Elles lui parurent douces comme du miel. C'était un beau nom, un nom plein de grâce et de tendre noblesse, il l'aima tout de suite, de toute son âme.

Ce ne fut qu'après quelques secondes qu'il réalisa vraiment ce que Thierry venait de dire.

« Est… Vous avez dit "est" ? » Ce qu'un simple verbe, un simple temps, pouvait changer, lui tournait la tête, tout à coup.

La question lui avait échappé, comme un chien qu'on lâche, et il avait peur, soudain, de ce que ce chien-là allait lui rapporter.

Thierry, le prenant en pitié, et visiblement heureux de lui donner à moudre un peu de bonheur, hocha la tête.

« Elle est, Louis… "Elle" est vivante. »

Sa mère ! Sa vraie mère… Vivante ! Louis dut se retenir pour que de nouvelles larmes ne viennent pas mouiller ses joues.

Séverin s'en racla la gorge, et, pour se donner une contenance, finit même par boire une gorgée de sa tisane.

Au bout de quelques instants, Louis finit par demander :

« Comment …? Comment est-elle ? »

Cette question, Thierry avait dû l'attendre, pourtant ce fut un peu gêné, hésitant, qu'il répondit. On sentait bien qu'il ne savait pas par où commencer.

« Elle est… C'est une femme extraordinaire, Louis. Elle est aussi belle qu'intelligente, et de grand pouvoir. » Il eut un sourire un peu triste, comme seul peut en causer un bon souvenir à jamais perdu. « Tous les grands seigneurs du royaume en ont fait une maladie, quand elle s'est mariée avec ton père… Elle l'aimait, tu sais… Comme elle pouvait l'aimer ! Et elle l'aime encore… comme lui l'aimait. »

C'était bien là les mots les plus doux qu'un enfant puisse entendre. Mais il y avait autre chose, dans la voix de Thierry, un sentiment caché qui lui gonflait la poitrine et lui débordait un peu dans les syllabes, quand il parlait d'«Elle ».

Louis, ému, l'interrogea :

« Vous l'aimez, vous aussi, n'est-ce pas ?

— L'aimer elle, c'est l'aimer lui, Louis… Ils ne faisaient qu'un. Mais oui, je l'aime, comment ne pas l'aimer ? Elle est… » Il haussa les épaules, en misère de mots pour traduire ce qu'il ressentait. « Je l'aime comme on peut aimer sa sœur… ou la femme de son meilleur ami. »

Louis, pour qui ces paroles sonnaient avec l'accent de la vérité, ressentit pour le grand galoup un élan d'affection, mais pas au point d'en oublier le principal.

« Où se trouve-t-elle ? »

Thierry, la tête et le cœur ailleurs, mit deux secondes pour lui répondre :

« À Rocamadour. »

Ni une ni deux, maintenant que Louis avait le nom, il trouverait bien la route. Ses pieds l'en démangeaient déjà. Pour un peu, il se serait levé, aurait ouvert la porte et serait parti là, dans l'instant. Sa mère, pensez ! Sa vraie mère !

La voix de Séverin, pleine de bon sens, vint crever sa bulle d'allégresse.

« Pourquoi…? Pourquoi la mère de Louis l'a laissé chez le Chevalier de Marfon ? Elle ne voulait pas le voir ? »

Pas le voir ? La belle affaire ! Et pourquoi donc aurait-elle refusé de le voir ? Et enfin, pourquoi Séverin disait-il « la mère de Louis » ?

Thierry ne lui laissa pas le temps de s'interroger plus avant.

« Parce qu'elle voulait protéger Louis… Le protéger de ceux qui le recherchent. »

Ces mots tombèrent dans la soupe de bonheur de Louis comme mouche dans un verre de lait, lui gâtant sa joie, tout soudain.

Recherché, lui ? Il avait beau se remuer la cervelle à s'en échauffer les méninges, il ne voyait pas pourquoi, ni par qui.

Séverin le devança.

« Mais que lui veut-on ? Et qui ça ? Il n'a jamais rien fait, Louis, à part balancer le Gontran dans la rivière, hier, et celui-là, il l'avait pas volé.

— On ne le recherche pas pour ce qu'il a fait, Séverin, mais pour ce qu'il pourrait faire. » Une brève grimace de contrariété crocha les traits de Thierry, à croire que cette conversation lui peinait, tout d'un coup. Il marmonna : « Il y a tant à dire, et nous n'en avons pas le temps. »

Louis, pendu aux lèvres du galoup, craignit un instant qu'il ne décide de se taire. Il se préparait déjà à batailler ferme, vaille que vaille, et à vous lancer des cohortes entières de suppliques, s'il le fallait, mais ce ne fut pas nécessaire.

Thierry avait déjà pris sa décision.

Se doutait-il que Louis ne l'aurait pas laissé s'en tirer à si bon compte ? Voulait-il épargner à ses oreilles les chapelets de curiosité frustrée qui n'aurait pas manqué de l'assaillir ? Ou jugeait-il simplement qu'il leur devait la vérité ?

Pour le coup, les prenant à trousse-poil, ce fut lui qui les interrogea :

« Que savez-vous des galoups ? »

Les deux garçons, qui, hier encore, auraient à peine osé remuer de la langue pour prononcer ce mot, hésitèrent.

Séverin, le premier, osa desserrer les mâchoires.

« On dit que ce sont des monstres. On dit qu'ils ne sont hommes que pendant le jour, et deviennent loups la nuit. Ils sont forts comme trois ours, et leur… leur pelage est noir comme poix. On raconte des choses terribles… Des histoires affreuses sur ce qu'ils font dans les villes ou les villages qui ont résisté au Vicomte de Marsac… J'ai même entendu dire que celui-là, il les avait fait venir de la Brèche de l'enfer pour le servir. » Il se tut un instant, rassemblant ses souvenirs, et, s'enhardissant, continua, mais toujours à voix basse, et en surveillant les ombres : « On dit que leur chef, le Baron de Malemort, est un véritable démon moitié homme moitié bête, et qu'il est immortel. On dit qu'il a un jour tué et dévoré seul vingt-trois cavaliers en armure, mais je ne sais pas si c'est exagéré. »

Ça lui sortait de la gorge comme de la bile, maintenant, lui roussissait le gosier.

Car c'était bien vrai que ce genre d'histoires, à la veillée, dans la vallée, on n'en causait pas. On aimait bien se faire peur, les longs soirs d'hiver, au village, on invitait en parole Drac, sorcières, fées et Diable… Mais des galoups, on n'en remuait pas le début d'une syllabe. Sur le sujet, on demeurait curieusement taiseux comme tombe.

C'est que ce mal-là, on le savait bien réel et agissant. Même si de galoup, avant Thierry, on n'avait jamais vu le museau d'un, on préférait ne pas leur tenter l'appétit à trop leur agacer l'oreille.

Mais Thierry le coupait déjà, avec un filet de voix, mais puissante et hypnotique, celle de quelqu'un qui va livrer connaissances rares et précieuses :

« Si c'est là tout ce que vous savez, alors vous ne savez rien, et ce n'est guère étonnant. »

Il soupira, prenant à pleins poumons une bonne goulée d'air. On aurait dit qu'il faisait des réserves à la pensée de tout ce qu'il allait devoir raconter.

« Ce que je vais vous dire, bien peu le savent encore. »

Alors qu'il parlait, on le sentait s'éloigner, Thierry. Sa voix tissait ses mots de très loin, les remontant des quelques anciens champs de souvenirs depuis longtemps en friche.

Alors ils l'écoutèrent tous deux, ensorcelés d'oreilles et découvrant ensemble le secret des galoups.

Chapitre 12

Le secret des galoups

« Comme vous le savez déjà tous les deux, la Grande Brèche, la Brèche du Diable, s'ouvrit quand le poing du Malin s'abattit sur notre pays. Le Père Georges vous a sûrement appris ce qui s'en est suivi. »

Les deux garçons acquiescèrent, à grandes branlées de tête, et Louis assura :

« Oui. Les Maljours… Le froid… Le long hiver. »

Mais Thierry n'écoutait pas. Son histoire l'avait déjà embarqué, loin, très loin dans le temps. À le regarder, les yeux perdus, on aurait presque cru qu'il s'y trouvait encore, dans les ténèbres et la froidure des Maljours.

« Le froid, oui… L'obscurité, quand le jour se changea en nuit et que la nuit n'eut plus de fin. Il était terrible, ce froid, à vous tuer presque toutes les bêtes, et les hommes encore mieux… Et la peur enfin, quand les premières ombres hideuses des malebestes commencèrent à se répandre dans Occitània… Ces monstres, ils venaient de l'autre côté des montagnes, de la Brèche. »

Il marqua un temps, reprit son souffle. Les deux garçons retinrent le leur.

« Ce furent des temps terribles, des temps de peur. La plupart des hommes se cachèrent, se fortifièrent dans les grandes villes ou les bastides munies de remparts, d'autres se réfugièrent dans des grottes ou des villes troglodytes, comme la Roque Saint-Christophe, près de Sarlat… Il y eut famine et moult morts. »

Il parlait simple, Thierry. On sentait bien qu'il n'avait pas la langue des conteurs, mais ses mots y gagnaient en force et en vérité ce qu'ils perdaient en emphase. Le froid, les deux garçons le sentaient presque dans leur chair.

« La plupart de ceux qui ne purent se réfugier dans les cités ou les abris, livrés à l'hiver sans fin ou aux malebestes, périrent en quelques mois. » Il se tut, peut-être pour vérifier l'attention de son auditoire. C'était inutile, Louis et Séverin n'étaient qu'impatience et regard fixe, captivés. « Mais il y eut un village, un village dont plus personne ne se souvient du nom, un village dont les habitants ne périrent pas… Ce village, il se trouvait là-bas, de l'autre côté. »

Sa main se tendit vers le nord, les montagnes et ce qu'il y avait au-delà… Ce qui brillait, là-bas, de sa lumière froide et surnaturelle.

« Ces gens survécurent, même quand les malebestes commencèrent à apparaître. Mais il leur fallait être forts, pour résister, dans l'obscurité… Et ils le devinrent. »

Ce n'était pas la peine d'être sorcier, à cet instant, pour deviner que Thierry était là-bas, en pensée, que son âme accompagnait ces gens disparus depuis longtemps.

« Est-ce la Brèche qui les changea ?... Peut-être. Mais à eux, elle ne fit pas la même chose qu'aux autres créatures... Elle ne les transforma pas en monstres, du moins pas à tout à fait, mais leur donna de bien étonnants pouvoirs. Aux femmes, elle apporta un don extraordinaire : le Telloir. Alors, les femmes du peuple surent entendre, parler et comprendre les langues de la terre, des plantes et des bêtes. Elles apprirent à utiliser des forces dont nous ne savons rien, à faire naître chaleur et feu où il n'y avait que glace, rétablir la vie où il n'y avait que graine, mille choses dont les hommes ne pouvaient que s'émerveiller. On dit même que certaines pouvaient faire croître un champ de blé où il n'y avait que rocaille, faire jaillir l'eau de la pierre, soumettre les bêtes à leur volonté et voir par leurs yeux, sentir par leur nez, entendre par leurs oreilles... »

Ces choses-là, on sentait que lui-même avait du mal à y croire, mais que, fidèle, il rapportait ce qu'il avait appris voici longtemps.

« Aux hommes, elle donna le Louvoir. Un pouvoir tout aussi puissant, mais bien plus terrible. » Il fit silence, puis ajouta, pour lui-même plus que pour les deux garçons. « Il est dans la nature de la femme de donner vie et réconfort... Mais l'homme, lui, s'il aime bâtir et créer, désire aussi chasser, tuer, détruire et briser. Le Louvoir nous donna la force et la puissance de faire tout cela. Il fit de nous les galoups. Grâce à nos crocs et nos griffes, nous pouvions chasser et nous nourrir, nous défendre contre les malebestes et survivre aux Maljours dans les ténèbres et le froid. »

Il les considéra gravement, eux qui buvaient ses paroles, accrochés à sa langue comme mouches sur glue.

« Mais il vint un temps où même les deux pouvoirs furent insuffisants pour survivre au souffle de la Brèche. Les plantes, les bêtes, tout, là-bas, devenait trop gonflé de maléfice. La moindre fleur était un chasseur et vous croquait un homme comme friandise… Quant aux animaux, dites-vous que la malebeste que vous avez vu hier n'est rien en comparaison de ce qui hante l'autre côté des montagnes. »

Pour voir, ils avaient vu, et leur trouille était encore bien neuve. Louis, de plus, savait bien, lui, et d'expérience, que même un galoup pouvait succomber à l'assaut d'une malebeste.

« Alors ils décidèrent de franchir les montagnes, pour trouver une nouvelle terre, une terre d'asile… celle des autres hommes. À cette époque, le ciel s'était déjà éclairci. Alban avait vaincu la Tarasque et sa progéniture maudite. Guilhem Ier avait battu les seigneurs félons et rallié le pays. La paix régnait à nouveau en Occitània, quand les galoups arrivèrent. »

Il y avait de la douleur, dans sa voix, quand il poursuivit :

« Bien sûr, ils trouvèrent vite quelques villages, et là, rencontrèrent ceux qui avaient été leurs frères… »

Un arrêt, à vous tisonner la curiosité déjà si bien allumée. Louis, n'y tenant plus, le pressa :

« Et que s'est-il passé ?

— Ce qui se passe malheureusement toujours quand deux peuples devenus étrangers se rencontrent : la violence, la guerre. » Il ferma un instant les yeux, y enfermant, peut-être, quelques cendres de regret. « Qui commença ? Personne, aujourd'hui, ne s'en souvient. Une bagarre éclata peut-être entre un galoup et un humain. Certains galoups disent que des hommes ivres voulurent s'emparer d'une fille du peuple… Certains historiens humains prétendent que des galoups auraient dévoré le bétail des villageois… Qui sait… Et quelle importance maintenant… Ce qui aurait dû être des retrouvailles devint un odieux massacre. »

Les mots qui vinrent alors, les deux garçons voyaient bien qu'ils lui navraient la bouche comme viande pourrie.

« Les villageois prirent bêches et faux et attaquèrent les galoups… Alors, les galoups se transformèrent, massacrèrent les villageois et leur seigneur puis les dévorèrent… Leur colère allumée, ils firent de même avec le second village, puis le troisième… Le Roy en fut averti, et réunit son armée pour marcher contre les galoups. »

Sa voix enfla. On aurait dit que son souffle trimbalait des rumeurs de guerre. Les deux garçons sentaient presque, autour d'eux, l'air frissonner d'échos de batailles fantômes.

« Pendant dix ans, les hommes et les galoups s'entretuèrent. Les galoups avaient pour eux leur force et leur puissance, leur incroyable sauvagerie. Ils moissonnaient hommes par centaines. Mais ces derniers avaient l'avantage du nombre. Personne ne pouvait sortir vainqueur d'un tel combat… Il n'y eut que des victimes. Des milliers d'innocents tués dans les deux camps… Et Occitània à feu et à sang. Il y eut tant d'horreurs et de morts que les corbeaux eux-mêmes n'en savaient plus que faire. »

Sur ces paroles funestes, il reprit son souffle, mais, autour des deux garçons, les terribles images continuaient de tourner.

Quand il reprit, pourtant, il y avait dans sa voix comme un brandon d'espoir.

« Mais il advint un fait qui devait changer le cours des choses. Un fait inattendu. Les galoups avaient deux chefs, des frères, Thibaut et Louis. » Il allongea un regard vers son neveu. « Oui, Louis, c'est en sa mémoire que tu portes ce nom, et tu peux en être fier. » Reprenant le fil de son récit, il continua : « Or il arriva que Louis tomba en amour auprès de Christine, la sœur cadette de Guilhem. Comment ces deux se rencontrèrent-ils et en vinrent-ils à s'aimer ? C'est une longue histoire, mais ils convinrent de mettre un terme à cette folie et de réconcilier les deux peuples. Un jour qu'une grande bataille se préparait entre Thibaut et Guilhem, peut-être la plus grande depuis le début de la guerre, aux portes de Brive, Louis vint trouver Thibaut et Christine Guilhem. Toute la nuit, les deux amants supplièrent leurs frères de renoncer à la violence et de faire la paix, mais on refusa de les entendre. »

Une bûche pétarada un instant, dans le cantou, et ce fut tout juste si Louis et Séverin l'entendirent, tant ils avaient oublié l'endroit où ils se trouvaient. Dans leur poitrine, leur cœur tambourinait à s'y forcer les côtes pour les deux amants malheureux, priait pour leur réussite.

Thierry les prit en pitié.

« Aussi, à l'aube, alors que l'armée des galoups se mettait en marche vers les murs de Brive, Louis quitta les rangs des siens et s'avança seul, sous sa forme humaine, pour venir appeler Christine, sa belle, sous les murailles de la ville. »

Les remparts, Louis et Séverin les voyaient presque, et la silhouette éplorée aussi. Ils criaient avec elle, en silence.

« … Des soldats lui percèrent la tête et le cœur de carreaux d'arbalètes. Ce fut avec le nom de celle qu'il aimait encore sur les lèvres qu'il expira. »

Les deux adolescents se racornirent soudain, tant c'était presque à eux, tout à coup, qu'on avait ôté vie, espoir et amour.

« La belle aux cheveux noirs comme nuit, qu'on disait éclatante et jolie comme une fleur de garrigue, et qui venait d'assister à la mort de son aimé, se jeta des remparts pour le rejoindre dans l'autre monde. Certains affirment même que brisée, déjà presque morte, elle rampa sur le sol cruel pour rejoindre le corps sans vie de Louis. »

Louis et Séverin ne voulaient le montrer ni l'un ni l'autre, mais ils avaient soudain du sable sous les paupières. Ça les picotait, par là-dessous, tout fiers et durs qu'ils voulaient paraître.

Thierry s'en aperçut peut-être, car il sourit avec tendresse.

« Un grand silence se fit dans les armées. Et soudain, on vit Thibaut avancer, tout hirsute et galoup jusqu'aux griffes, vers les deux amants réunis dans la mort… À ce moment-là, les portes de la ville s'ouvrirent et Guilhem, seul, lui aussi, et sans arme, s'avança à son tour. Thibaut et Guilhem se rejoignirent devant les deux corps sans vie et se tinrent là, immobiles. On dit que des larmes brillaient, sous le heaume de Guilhem, et dévalaient la fourrure de Thibaut. Longtemps ils se firent face, quand, soudainement, on vit le galoup mettre genou à terre, et lui, deux fois plus grand que l'humain, s'incliner, tête et queue basses, en geste de soumission. Alors, Guilhem étendit sa main et la posa sur la crinière du chef galoup. On dit que le pelage de Thibaut en devint à cet instant blanc comme neige. »

L'émotion qui lui faisait trembler la voix, tandis qu'il prononçait ces mots, se coula dans les membres de Louis et de Séverin. On sentait bien que Thierry ne faisait pas que conter son histoire, mais qu'il la vivait. Elle respirait par ses poumons, battait dans son sang au rythme de son cœur, vivait à travers lui… et maintenant à travers Louis.

Des questions, Louis en avait tellement, dans la tête et sur la langue, coincées contre ses dents à se pousser les unes les autres, qu'il n'aurait pas su par laquelle commencer.

Mais Thierry n'avait pas fini.

Louis ravala donc sa meute d'interrogations. Elles reculèrent, armée en désordre, et s'embusquèrent dans sa gorge.

« Guilhem proposa la paix à Thibaut, ainsi que des terres pour tous les galoups, des titres pour leurs chefs… À seule condition qu'ils jurent allégeance, vivent en paix, protègent le royaume et jamais, jamais plus, ne se nourrissent de chair humaine. Alors Thibaut retourna parmi les siens et leur proposa le marché du Roy… Quelques-uns refusèrent, mais la plupart, las de la guerre et dégoûtés des tueries, comme loups ayant trop fait orgie de carne, acceptèrent. »

Thierry marqua un temps, prêta l'oreille aux craquements des bûches, dans le cantou. Peut-être lui soufflèrent-elles quelques mots, car il reprit bientôt :

« Pendant deux cents ans, humains et galoups vécurent en paix. Nous apprîmes à contrôler le Louvoir, à le domestiquer. Nos provinces prospérèrent. Bien mieux que tout cela, les galoups blancs devinrent les plus impétueux et respectés des protecteurs du royaume… L'élite des armées d'Occitània. Nous défendions ce pays, sans coup férir, dans l'honneur et la grandeur. »

Il s'enflammait, gagné par la gourmandise fiévreuse du feu :

« Quand l'Anglois, nous croyant proie facile, vint attaquer Bordeaux, ce furent les galoups, aux premières lignes, qui le boutèrent hors du royaume… Ah ça, on n'avait jamais vu soldats déguerpir si vite, ni matelots si motivés à ramer. Nous sommes devenus la garde personnelle du

Roy. Pendant deux cents ans nous nous sommes acquittés de notre tâche, et nous n'avons jamais trahi notre serment, jamais failli à Occitània… Jusqu'à il y a dix ans… »

Tout feu avait déserté Thierry. Son regard s'était éteint, sa bouche paraissait soudain mâcher de la cendre au goût répugnant, celle d'un espoir assassiné.

« Ce fut un humain qui causa notre chute. Quand le Roy Guilhem le IVème tomba malade, voici quinze ans, et que la régence vint au Vicomte de Marsac, son cousin, nous étions encore un ordre fier, respecté et respectable, aimé et admiré de tous. Nous avions un chef sage et juste qui servait le royaume de tout son cœur. » Sa voix baissa d'un ton, se muant en un murmure aux relents d'amertume. « Mais Marsac, ce démon, ce sorcier au cœur noir, le remplaça par un autre, un galoup fort, puissant, mais dont le Vicomte avait corrompu l'esprit. Ce galoup, c'était… » Il fallut qu'il insiste, pour forcer sa langue à le cracher, ce nom, et encore paraissait-elle rétive : « Le Baron de Malemort. »

Il avait baissé la tête, honteux que les siens aient compté dans leurs rangs un tel individu.

« Malemort et son maître commencèrent alors à répandre leur poison dans les cœurs des autres galoups, flattant en eux ce qu'il y avait de plus bas, encourageant la bête et rendant l'homme mauvais. »

Les deux garçons le virent serrer les poings, sous le poids de ce fardeau. Ça l'écrasait, Thierry, le voûtait, lui, si droit et fier, le racornissait comme une feuille jetée au feu.

C'était de la honte qu'il broyait de ses mâchoires soudain lourdes, et Louis, un instant plus tôt plein de fougue et d'entrain, fier enfin, lui aussi, d'être ce qu'il était, plongeait avec lui.

« Alors les galoups de blancs devinrent gris, et de gris devinrent noirs… De partout, dans le royaume, on rapporta des "incidents", des histoires affreuses qui ramenèrent les hommes trois cents ans en arrière. À nouveau, on eut peur de nous, et on nous détesta, on prononça le nom de notre race comme une malédiction ou pour faire peur aux enfants… » Il acheva, enfin, de l'amertume et de la haine plein la langue : « Maintenant… Maintenant le Roy est mort, son héritier perdu. Marsac étend son règne de terreur et Malemort le sert dans son infamie. On n'ose même plus prononcer le mot de "galoup"… Le rêve est brisé… Le cauchemar recommence. »

Il releva la tête, et son regard clair se planta à nouveau dans celui de Louis, lui passant à travers les yeux, allant lui chercher ce qui se trouvait derrière, pour ne plus le lâcher.

« Voilà, Louis… Voilà ton héritage. »

Louis ne s'attendait pas à ça. Ces mots lui déboulèrent dans la tête comme vent en furie, bousculant tout sur leur passage, éveillant en lui une peur soudaine.

« Mon héritage ?

— Je t'ai dit, tout à l'heure, que ta mère t'avait caché, et c'est la pure vérité. Jamais femme n'a autant souffert de se séparer de son enfant, tu peux me croire. Si elle a accepté cette épreuve, c'est que Marsac et Malemort te recherchaient. Depuis treize ans, les galoups noirs remuent ciel et terre pour te retrouver. »

C'était un cauchemar, que Thierry lui versait maintenant dans l'oreille, et Louis sentait un frisson lui parcourir l'échine. Il avait soudain l'impression d'entendre, sur le crépitement des bûches, les échos terrifiants du cri des galoups. Et par là-dessus, il voyait une larme rouler sur une joue hirsute.

« Mais je n'ai rien fait, moi ! Je ne suis important pour rien ni personne ! Pourquoi voudrait-on me…

— Parce que tu es le fils de Jehan de Castelroc, le descendant direct de Thibaut le galoup. Parce que ta mère est bien la plus puissante des femmes de notre peuple depuis trois cents ans… Parce que tu es, potentiellement, le plus fort des galoups qui ait jamais existé. » La cendre redevenait braise, dans sa voix, rendue au feu. « Tu es celui qui, seul, peut vaincre Malemort et son maître, ce diable de Marsac, qu'ils rôtissent en enfer ! »

Louis, qui aurait voulu protester, s'en mordit les lèvres. Ça le comprimait, soudain, ce poids qu'il sentait lui peser sur les épaules. L'air lui en manquait. Cet héritage, il n'en voulait pas.

Il réagit comme un animal piégé, désespéré et agressif.

« Mais… Mais je n'ai rien demandé, moi ! Je veux juste être un homme comme les autres… Je n'ai rien fait pour avoir ce maudit pouvoir… Je n'en veux pas ! » Il sentait que ça lui montait aux yeux, à nouveau, et c'est avec colère qu'il refoula ses larmes de dépit et de peur. « Jamais plus je ne veux m'en servir… »

La main de Thierry s'abattit sur son poignet et le serra soudain avec une force douloureuse, lui renfonçant la suite dans la gorge.

Le galoup blanc siffla, et ce qui luisait jaune, dans ses yeux, aurait forcé au silence une pleine charretée de Ferluc enragés.

« Ne redis jamais ça, tu entends ! » Il parut un peu se reprendre, alors que les deux garçons le fixaient, billes ouvertes et pleines de frousse. « N'as-tu pas entendu ce que j'ai dit ? Ton pelage n'est pas blanc, Louis… même s'il n'est pas noir. »

Séverin les considérait tout à coup tous les deux avec quelque frayeur, comprenant que la légende prenait corps dans sa petite réalité.

Louis, par contre, savait, et le souvenir de la nuit dernière le faisait trembler. Il avait peur… peur de lui-même.

Cette peur, Thierry comprit qu'il ne fallait pas la laisser mijoter pour lui prêter force. Pour cautériser une plaie, on y porte le feu. C'est ce qu'il fit.

« Tu ne peux pas refuser le Louvoir, Louis, d'autres ont déjà essayé… Le monde en pleure encore. »

Ces paroles lui avaient échappé, caillots de mots sortis d'une ancienne blessure toujours vivace. Il se dépêcha de poursuivre :

« Le Louvoir s'est réveillé, en toi, et il ne se rendormira pas. Tu peux le refuser, le combattre de toutes tes forces, l'ignorer, mais il sera toujours là. Un jour, un jour où tu seras faible, lentement, sans que tu t'en rendes compte, il se libérera, plus fort, plus puissant que jamais… Il t'envahira… Te prendra tout entier, et fera de toi le plus terrible des galoups qui ait jamais foulé ce monde. »

Louis tremblait à présent. Son bras en tressautait à grands coups de nerfs dans la main de Thierry. Ça devait lui faire mal, au galoup, de martyriser ainsi cet enfant qui lui était presque un fils, mais il termina quand même, tant il est vrai qu'on doit achever la bête blessée.

« Ou tu peux l'accepter, le comprendre, et l'apprivoiser… Faire de lui ce que tu veux, le diriger, le transformer en un instrument de bien, de paix. » Il se tut, un instant, relâchant sa prise, et termina, avec un regard d'encouragement qui lui venait comme une éclaircie après l'orage : « Oui, nous sommes des fauves, Louis, des prédateurs. Tout au fond de nous, nous sommes violents, sauvages, égoïstes, méchants et sanguinaires.

On n'y peut rien changer, les hommes sont ainsi. La seule chose que nous pouvons faire, c'est accepter cette vérité et la dompter. Ainsi, nous pouvons devenir des êtres de bien et non de mal. Notre pelage reflète notre allégeance, Louis, puisses-tu choisir la sagesse plutôt que le chaos. »

Thierry fit silence, attendant une réponse.

Louis les aurait bien envoyés au Diable, tiens, lui et toutes ses paroles, ces devoirs, ces responsabilités qu'il lui cousait sur le dos et qui l'écrasaient comme pomme sous la presse.

L'injustice de tout cela lui soulevait des bouffées de colère aussi vives que vaines. Qu'est-ce qu'il y pouvait, lui, à la misère du monde ? Il n'avait pas demandé à naître, et encore moins à hériter de ce maudit Louvoir et de ce qui s'y rapportait.

Il aurait tout donné, à cet instant, pour retrousser un peu le temps et redevenir le Louis d'avant, ce simple garçon qui avait trimé aux foins avec les autres jeunes du village.

Il en venait presque à regretter les mauvais coups de Rolland et de Geoffroy… Oui, même les coups de gueule ou de verges du Chevalier. Il en eût bien repris mille fois, si ç'avait été le prix à payer pour se débarrasser de sa louverie.

Mais même mille ans à supporter la malveillance crasseuse de ces trois-là n'y auraient rien changé.

Il maugréa, triste, vaincu et amer :

« Je n'ai pas le choix, hein ? »

Thierry répondit, sans détour :

« Nous avons tous le choix, Louis, toujours. Mais du tien dépendent la vie et l'espoir de beaucoup. »

Il avait de ces manières élégantes, cet oncle qui venait de lui échoir, de vous enfoncer le clou des responsabilités dans le cœur. Louis le détesta, un instant.

Cherchant un réconfort, il se tourna vers Séverin qui l'observait en silence. Et il le trouva changé, lui aussi. Ce n'était pas grand-chose, un pli de plus au front, une nouvelle ombre dans le regard. Séverin semblait avoir mûri, plus tout à fait un garçon mais déjà presque un homme.

Il affichait l'air grave et réfléchi de ceux sur qui pèsent une lourde charge.

Et Louis sut qu'il allait accepter avant même d'ouvrir la bouche.

Le sort et l'espoir de beaucoup, c'étaient aussi ceux de Séverin, de Mado, du Père Georges, ou même celui de la Roussotte et de sa grand-mère adoptive qui les avait si bien reçus.

Alors il prononça, sans fixer Thierry, mais en gardant les yeux sur le visage de son frère :

« Bien, j'accepte… » Il devina que Thierry allait parler, le féliciter peut-être… Il ne lui en laissa pas le loisir. « À une condition ! »

Thierry, qui s'était peut-être attendu à ce que son neveu lui marchande son aide, prit la chose sans surprise.

« Je t'écoute, Louis, et si je peux accepter, je le ferai.

— Je veux voir ma mère. Et je veux y aller maintenant. »

Sur ce, il se tourna de nouveau vers son oncle, pour mieux lui faire sentir sa détermination. Il était temps, un peu, qu'on tienne compte de ses désirs.

Comme il le prévoyait, le galoup avait une objection.

« Je t'amènerai la voir Louis, j'en fais serment, mais… »

Louis explosa, toute retenue envolée :

« J'ai dit maintenant ! C'est bien clair ? Vous voulez que je sauve votre royaume ? Eh bien d'accord ! Mais d'abord, il faudra en passer par ma volonté. Je ne demande qu'une chose, c'est celle-là ! Faites ce que vous voulez, comme vous voulez, mais amenez-moi à elle ! »

Si Louis avait espéré que son éclat impressionnerait le galoup, il eut une nouvelle déception.

Ce dernier se leva et tonna, la voix en tempête :

« Ce royaume est aussi le tien, Louis, et ton premier, ton plus grand devoir, est de le servir et de le protéger ! » Ce genre d'arguments, ça l'égratignait peu, Louis, dans sa décision, mais Thierry ne s'en arrêta pas là. « Ce n'est cependant pas la question. »

Un rire grinçant filtra des lèvres de Louis.

« Alors où est le problème ?

— Le problème ? » Thierry en riait presque, mais ce rire-là, il vous taillait dans la cervelle comme une lancette. « Le problème, c'est que tu n'es qu'un louveteau, Louis… Le problème est que tout ce qu'Occitània compte de galoups va être à tes trousses. Le problème, jeune fou, est que même le dernier d'entre eux peut t'écorcher comme simple volaille. Tu es peut-être, et je dis bien "peut-être", le plus puissant des galoups, mais il te faut apprendre à accepter le Louvoir et à le dompter… sinon… » Sa voix retomba jusqu'à ne plus être qu'un souffle. « Le plus faible des noirs ne fera de toi qu'une bouchée.

— Et je suppose que vous m'apprendrez ? »

Louis croyait bien lui river son clou une fois pour toutes, au galoup blanc, et s'en tirer à bon compte. Il déchanta vite.

« Je peux t'apprendre quelques bases, oui, comme hier, mais pour devenir ce que tu peux devenir, il te faut un vrai professeur. »

Un professeur en louverie ? Voilà bien ce dont il avait besoin.

S'il lui était resté un peu de salive et d'humour, Louis en aurait bien ri, mais l'humour, il s'usait un peu, en ce moment, mis à rude épreuve, et sa bouche, il la sentait sèche.

Il se contenta de demander, tâchant de prendre le ton détaché de celui que la réponse intéresse à peine. C'était là une petite vengeance mesquine et une attitude un peu infantile, mais après tout, il n'avait que treize ans, Louis.

« Et ce "professeur", qui est-il donc, pour être plus fort que vous ? »

Soit qu'il ait décidé de l'ignorer, soit qu'il n'ait pas remarqué son expression de gosse en veine de bouderie, Thierry répondit :

« Je n'ai pas dit plus fort, Louis, quoi que nous n'ayons jamais eu à nous battre, et c'est heureux. Par contre, il est certainement plus capable que moi de t'enseigner ce que tu dois apprendre. »

Une nouvelle phrase, un nouveau mystère, c'en était à croire que Thierry n'avait que ça en bouche, des secrets, des énigmes. Et Louis de suivre, bien sûr, que pouvait-il faire d'autre, au point où il en était ?

La passion, cependant, était retombée, les mystères, il en avait été gavé à rendre gorge.

« Et qu'est-ce que je dois apprendre ?

— À t'accepter tel que tu es… Et à devenir ce que tu peux être. »

Devenir ce qu'il pouvait être ? Il ne savait pas trop, Louis, ce que Thierry entendait par là, et il n'était pas très sûr de désirer l'apprendre. Être Louis lui suffisait déjà bien assez et se révélait bien plus difficile qu'il ne le pensait.

Il répéta seulement, en peine de sarcasmes, fatigué et usé d'émotion comme de colère :

« La seule chose que je désire, c'est voir ma mère. » Il leva les yeux vers son frère, qui l'observait, de l'autre côté de la table, plein de sérieux et d'amour. « Et ne pas être séparé de Séverin. Pour le reste… Faites ce que bon vous semble. »

Un sourire tendre, pimenté d'un peu de fierté, illumina le visage de Thierry qui hocha gravement la tête, à croire qu'il le saluait.

« Je n'ai pas de plus grand désir que de te ramener à ta mère, Louis. Mais je ne peux supporter l'idée de me présenter devant elle pour lui annoncer ta mort, et ceci par ma négligence. » Il marqua une pause, puis acheva, alors que Louis l'observait, pistant la vérité sur son visage ouvert : « Quant à vous séparer tous les deux, je ne m'y aviserai jamais. »

C'était déjà ça de pris. Le cœur de Louis en pompa plus vaillamment.

Il échangea un nouveau regard avec Séverin. Leurs mains se levèrent et vinrent se trouver au-dessus de la table.

De paroles, ils s'en passaient. Tout ce qu'ils avaient à se dire, ils l'avaient déjà dit. Ils étaient jeunes encore, mais savaient que les mots, à trop s'en servir, on finit par les user et les vider de leur sens.

D'un même élan, ils se tournèrent vers Thierry. Le grand galoup, sec et raide, avec ses allures de seigneur en exil, les couvait du regard. Il y avait de la buée, dans son œil, on le sentait ému. Était-ce de les voir si proches ? Ou bien goûtait-il la nostalgie de quelque ancien serment que lui-même avait prêté avec son frère, le père de Louis ? Il leur parut triste soudain, et très seul.

Ils lui tendirent leurs mains libres.

Un instant, il demeura immobile, surpris par leur geste... Puis, lentement, un sourire lui retroussa la commissure des lèvres, un sourire radieux, comme celui d'un père retrouvant ses enfants.

Il prit leurs mains offertes.

Ça leur fit tout drôle, de se retrouver à trois où ils n'étaient toujours que deux, liés par le destin autant que par le cœur... Ils n'étaient pas tout à fait une famille, non, mais ce qui s'en approchait le plus.

Ils échangèrent un sourire.

Ils demeurèrent ainsi, enfin réunis par une complicité qui se passait de mot, jusqu'à ce qu'un pli soucieux barre le front de Louis.

S'adressant au grand galoup tout pétri de noblesse, il osa enfin, du bout des lèvres :

« Séverin n'est pas mon frère, n'est-ce pas ? »

C'était plus une constatation qu'une question, et elle ne lui apportait aucun plaisir.

Thierry ne chercha pas à nier, mais un rien, une brusque tension, se glissa dans sa grande carcasse.

« Non, Séverin n'est pas ton frère... » Il ajouta, après un instant de silence : « ... Pas par le sang en tout cas. »

Alors que les deux garçons échangeaient un de ces regards qui rendent les mots inutiles, il questionna :

« Est-ce vraiment important pour toi ? »

Les yeux plongés dans ceux de Séverin, qui attendaient, espéraient sa réponse, Louis affirma, sans l'ombre d'une hésitation :

« Non. » Il serra un peu plus vigoureusement la main de son aîné. « Peu m'importe, Séverin est mon frère, par le cœur. »

Le soulagement et le bonheur sans partage qui illuminèrent les traits francs de Séverin valaient tous les mots.

Thierry se détendait à peine quand Louis, suivant le fil de ses pensées, le relança :

« S'il n'est pas mon frère, ni le fils du seigneur de Marfon, qui sont ses parents ? »

Il s'adressait autant à son oncle qu'à Séverin, qu'il soupçonnait maintenant de connaître la vérité. Le silence gêné de ses deux compagnons le prit au dépourvu.

Séverin paraissait chercher le soutien d'un Thierry soudain grave et contrarié.

Thierry qui finit par concéder, à contrecœur :

« Les parents de Séverin… sont… des gens importants… Des gens dont il vaut mieux ne pas répéter le nom à tort et à travers… Des Grands de ce royaume… Des gens dont Marsac serait trop heureux de récupérer l'enfant… s'il venait à savoir où il se trouvait. Pour cette raison, et pour la sécurité de Séverin, je ne peux te répondre… »

Il fallait bien mal connaître Louis pour espérer qu'il se contenterait de si peu, surtout en ce qui concernait Séverin, mais le grand galoup reçut une aide providentielle…

Le battant de la porte fut poussé sans manière. Alors, la jeune précédant l'ancienne, toutes deux chargées comme mules de pleines panières de linge, la Roussotte et sa grand-mère les libérèrent d'un silence devenu pesant… et coupèrent Louis dans son élan.

« Ah, je vois que ça va mieux… On laisse trois chats sauvages sur le point de se tanner le cuir et on retrouve trois larrons copains comme cochons. C'est bien les hommes ça. »

Les mains nouées se séparèrent, retournant se tapir dans quelques poches, telles des araignées fautives.

Seul Thierry, soulagé, pour le compte, d'échapper aux interrogations de son neveu, ne montra aucune gêne et se contenta de rire :

« Madame a la langue redoutable, bien des vipères pourraient en prendre des leçons. »

Ce fut au tour de la vieille femme d'éclater de son gazouillement flûté.

Elles peinaient cependant toutes deux, pour transporter leur fardeau. C'est que l'une était encore bien jeune et l'autre déjà un peu usée.

Louis et Séverin se levèrent pour leur porter assistance et les aidèrent à amener les grands paniers d'osier dans un coin de la pièce.

Quand ce fut fait, la maîtresse de maison déclara :

« Excusez-nous cette entrée un peu cavalière, mais le vent commence à devenir froid, et mes vieux os sont un peu capricieux. »

Et c'était bien vrai qu'un air vif entrait par la porte et la fenêtre ouverte. Il s'invitait dans la douce chaleur de la pièce et vous remontait le long des chausses, mordillant mollets et cuisses au-dessous des braies.

Séverin se chargea de refermer la porte au nez du visiteur hivernal qui n'eut plus que la petite fenêtre pour venir se réchauffer au cantou.

Bien chanceux s'ils ne trouvaient pas la neige, sur le chemin du retour.

Peut-être la même pensée effleura-t-elle Thierry qui se leva de son banc.

« Nous n'avons que trop abusé de votre hospitalité, madame. Nous allons vous quitter. Il est plus que temps de nous remettre en route. »

Louis savait bien qu'il leur faudrait partir à un moment ou l'autre, mais, là, d'un coup, il sentit retomber sur lui toute la réalité de ce qu'il venait de vivre. Ça lui scia les jambes, un instant, lui enfourna au cœur une pleine pelletée d'inquiétude.

Il se rendait compte, tout à coup, de ce que le séjour dans la petite chaumière avait eu de précieux. Durant quelques heures, il s'était senti protégé, à l'écart du monde et de ses dangers, de ces terreurs dont le grand galoup l'avait trop bien régalé.

Ces terreurs, elles l'attendaient là, dehors, dans ce monde qui n'était plus du tout celui qu'il avait connu.

Il avait grandi dans une bulle protégée, un coin de nulle part où ses seuls sujets d'inquiétude avaient été les tracasseries de ses frères et les humeurs de celui qu'il croyait son père.

Combien tout ça lui paraissait dérisoire, à présent.

Sa réaction, cependant, ne fut rien comparée à celle de la Roussotte et de sa grand-mère.

La maîtresse de maison en avait oublié sa bonne humeur.

« Et jusqu'où va vous mener cette route, Chevalier ? »

Ce n'était plus la grand-mère débonnaire, maintenant. On sentait, pointant sous la douceur et les sourires, une autre personne. Celle-là, si elle n'était pas maléfique, on l'imaginait bien capable de vous faire mauvais parti, si vous lui cherchiez noise.

Elle en devinait long, cette Gisèle, et ce qu'elle ne devinait pas, elle le flairait, comme la renarde renifle la trace du lièvre, fût-il bien caché.

Thierry se contenta de répondre :

« Jusqu'à la liberté, madame. »

La sorcière haussa un sourcil qu'elle avait blond et léger.

« C'est une route bien périlleuse que celle-là, par les temps qui courent, Maistre Galoup.

— Mais la seule qui vaille d'être empruntée. »

Louis, qui suivait l'échange comme il aurait assisté à quelque tournoi de quilles, sentait que des choses lui passaient au-dessus de la tête. Ces deux-là croisaient les mots comme gens d'épée en joute, et en taisaient autant qu'ils en ferraillaient. Ça l'agaçait, Louis, de se sentir ainsi tenu à l'écart, mais il avait beau tendre autant d'oreilles et de cervelle qu'il pouvait, il n'en récoltait que frustration.

Déjà, la vieille femme reprenait :

« En cela vous avez bien raison, Maistre Galoup, mais puissiez-vous ne pas présumer de vos forces. Vous êtes puissant, c'est vrai, mais votre cœur est vulnérable, et “lui” le sait… Il connaît votre blessure, votre faille. »

Louis ne savait pas de quoi pouvait bien parler la vieille Gisèle, mais Thierry lui, oui. Ce coup-là porta juste, et il fit mal. Pour la première fois, Louis vit le doute dans les yeux bleus pâles de son oncle.

« Les blessures guérissent, madame. Les failles se comblent. Le temps les y aide. »

La vieille femme eut un sourire triste qui lui pinça les rides en un masque de douceur compatissante. On voyait bien qu'elle aussi avait eu à rogner son compte de peur, d'inquiétude et de souffrance.

« Pas toutes, Chevalier… Et pas forcément bien… Nous le savons tous les deux. » Elle hocha lentement la tête, appréciant ainsi la justesse de ses paroles.

Dehors, un coup de vent, déçu de s'être vu fermé la porte au nez, vint jouer à claque-volets et brisa le silence qui s'éternisait, devenait pesant.

Revenant soudain à la vie, la maîtresse de maison, à nouveau enjouée, lança :

« Profitez au moins de mon logis pour cette nuit. Soupez avec nous et dormez ici, partez demain matin. Il fera bientôt nuit et je ne veux pas vous voir geler sur pieds. »

Mais Thierry avait déjà pris sa décision. Têtu en diable, il n'en démordait pas.

« Mille fois merci madame, pour toutes vos bontés, mais nous sommes obligés de refuser. Nous n'avons que trop retardé l'échéance, et le temps joue contre nous. »

Ce fut à cet instant que Louis, se tournant vers la Roussotte, la remarqua soudain toute pâle, l'œil en luisance de larmes, elle qui, pourtant, avait supporté sans broncher les maltraitances du Firmin.

On l'aurait dite en deuil.

Il s'en passait décidément de drôles, ici. À la voir ainsi grignotée de malheur, la goupille, ça ne lui plut pas. Son minois d'écureuil, pour insupportable qu'il puisse être, quand elle se faisait moqueuse, il le préférait à rire.

S'il en avait eu le courage, il lui aurait bien adressé un mot gentil, mais, sauvageonne qu'elle était, il la croyait bien capable de lui retourner un coup de gueule pour toute peine.

Il préféra se taire.

D'autant que la vieille maldiseuse en rajoutait encore un peu :

« Faites comme bon vous semble, Maistre Galoup, mais prenez garde. » Elle continua, et ça vibrait de manière peu

rassurante, dans sa gorge, à vous en flanquer des frissons.
« Le vent est mauvais ce soir, il porte violence et malheur. Méfiez-vous et soyez vigilant. »

Louis et Séverin échangèrent un regard qu'ils auraient voulu bravache. Mais là, soudain, ils ne se sentaient pas d'humeur à jouer les matamores. La sorcière leur avait décapé la vantardise en trois fournées de mots.

Thierry répondait déjà, lui aussi un peu plus soucieux qu'il ne voulait bien le montrer :

« Je vous remercie pour votre avertissement, madame, et j'en tiendrai compte, soyez-en sûre. »

Les paroles de la sorcière l'avaient quand même rendu nerveux. Et pour que même un galoup s'en esquinte la vésicule, il fallait vraiment qu'il y ait matière à tracas.

Pressé, tout à coup, il ordonna :

« Louis, Séverin, préparez-vous, nous partons. »

Chacun d'eux aurait bien demandé pour quelle destination, mais il ne fallait pas être très malin pour comprendre que le moment était mal choisi. Ils obéirent sans discuter.

Ce fut pour découvrir la Roussotte en train de fourrer quelques menues bricoles dans un sac grossier : pots d'herbes séchées et boîtes aux contenus mystérieux. Ils la virent même y enfourner quelques-unes des fameuses tisanes alignées sur une étagère de bois.

Ils n'eurent cependant pas le temps de s'interroger plus avant. L'ancienne apostrophait Thierry. Toujours immobile, droit et amidonné comme un I, ce dernier trahissait tout à coup sa qualité de guerrier.

« J'ai une faveur à vous demander, Maistre Galoup.

— Nous vous devons beaucoup, madame. Si je puis vous rendre un peu de vos bontés, je le ferai avec plaisir.

— Oh n'allez pas vous mettre martel en tête, Maistre Galoup. Il s'agit juste d'accompagner ma petite fille au village. Nous avons besoin de quelques denrées, et je préfère qu'on la voit là-bas en votre compagnie, après ce qui s'est passé hier. »

Accompagnée par deux galoups ! songea Louis. On pouvait rêver mieux, comme chaperon, pour une jeune fille. En toute autre circonstance, il en eût presque souri.

Il ne savait pas à quoi s'était attendu Thierry, mais en tout cas pas à ça. On le sentait en belle contrariété. Mais il était de ces hommes qui n'ont qu'une parole et ne la reprennent pas.

Il acquiesça donc, mais du bout des lèvres :

« Bien, madame, mais je tiens quand même à vous dire qu'elle devra rentrer seule. Ce n'est pas très prudent, la nuit tombera bientôt et…

— Et vous oubliez ce que nous sommes, Maistre Galoup. Une sorcière ne craint pas la nuit, elle y est chez elle, c'est une vérité connue de tous. »

« Elle n'est pas la seule, à y être chez elle » rumina Louis, pas convaincu, lui non plus, et pour cause, par les explications de la vieille femme.

Thierry ressassait en silence sa déconvenue. Ça l'ennuyait, de convoyer cette gamine et de l'abandonner, ça froissait son sens des responsabilités.

Louis et Séverin, eux, suivaient les gestes de la Roussotte qui s'acharnait à enfourner dans son sac un nombre incroyable d'objets. Elle ne regardait personne, et piquait du nez dans son labeur, se retranchant derrière ses cheveux en bataille comme lapin dans son terrier.

Quant à la maîtresse des lieux, elle promenait sur tout un chacun un regard d'espoir et de peur si bien mélangés qu'on ne savait plus où commençait l'un et où finissait l'autre.

C'est dans cette étrange atmosphère qu'ils quittèrent le havre de Gisèle, la Noiraude, pour retourner au monde des hommes… Et des galoups.

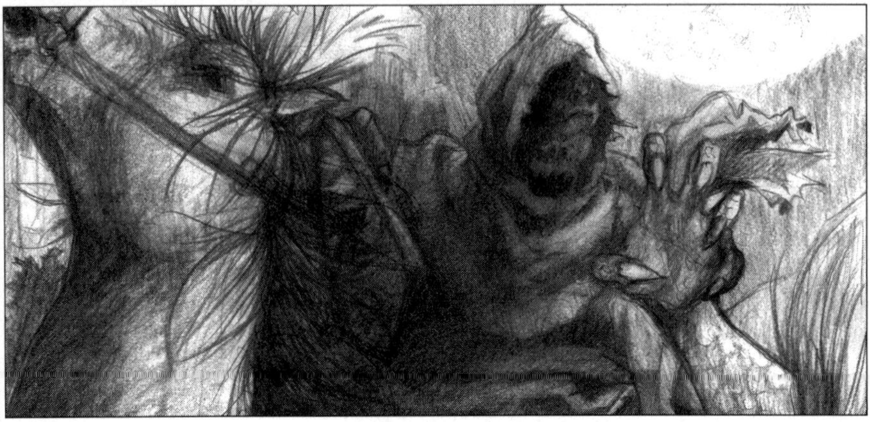

Chapitre 13

Un départ mouvementé

Louis marchait.

En silence, ses brodequins de cuir labourant un sillon de feuilles mortes, il marchait.

Autour de lui, le sous-bois explosait en teintes et en odeurs d'automne. Rouge ou jaune, la chevelure clairsemée des arbres agitait au-dessus de la tête ses couleurs fanées.

À chaque pas qu'il faisait, le tapis de feuilles mortes, arrachées aux branches par l'orage, lui gobait le pied dans un « slouich » mouillé.

Par là-dessus, mille odeurs venaient lui peindre, à pleines narines, la vie furtive de la forêt.

Il les aimait, ces odeurs, elles étaient l'empreinte de son pays : celle de l'humus, riche, si lourde qu'on l'aurait presque pu boire ; celle des champignons, goûteuse ou repoussante, quand certains vous jetaient au nez leur mise en garde silencieuse.

En d'autres circonstances, ils se seraient peut-être arrêtés, Séverin et lui. Le nez dans les pentes, l'œil fureteur, ils auraient traqué le cèpe. Le soir, ils auraient accommodé leur cueillette avec une bonne farce et se seraient régalé les papilles. S'ils avaient été en veine de chance, ils auraient peut-être même débusqué les trompes succulentes de quelques girolles qu'ils auraient grillées et arrosées de crème fraîche.

Tout cela était bien loin, à présent.

Pour l'heure, en procession serrée, ils traversaient ces lieux qui avaient été leur terrain de jeu comme si le Diable lui-même reniflait leurs talons… Et, à bien y penser, c'était peut-être le cas.

Thierry ouvrait la marche, ses grandes jambes avalant les lieues, infatigables. Il devait bien lui rester dans la peau un peu du galoup, à celui-là, tant ses pas semblaient sûrs et légers. C'en était à croire que ses pieds effleuraient à peine le sol spongieux. Aucune racine, si vicieuse et fourbe fût-elle, ne parvenait à le faire trébucher.

À bien y regarder, on trouvait, dans sa démarche, quelque chose du fauve en chasse, nonchalant et agile.

Louis le suivait, se fiant à sa connaissance du pays pour en éviter les pièges qu'il tendait au voyageur imprudent. Silencieux et pensif, il ressassait à s'en user la cervelle ce que Thierry lui avait appris…

Derrière lui venait Séverin. Le visage grave, muet et songeur, il collait aux pas de son frère. Il devait bien ruminer sa portion de soucis, lui aussi, car, friand comme il en était, il n'accorda pourtant même pas un regard à quelques nichées de cèpes gras à souhait qui l'auraient d'habitude fait stopper net.

Fermant la procession morose, emmitouflée dans un surcot en peau de mouton couvert de laine blanche, venait la Roussotte. Ainsi équipée, le cheveu long et en bataille, bouclée et rousse en diable, elle ressemblait à un écureuil juché sur une brebis à forme humaine.

Elle aussi était muette, pour une fois, et jouait les suiveuses, du souci plein le front, triste et déterminée.

Quand ils avaient quitté la maison de la vieille Gisèle, vingt minutes auparavant, les ombres des arbres, échevelées, commençaient déjà à s'étirer, griffant l'herbe folle de leurs doigts maigres, crochus et fureteurs. À l'ouest, les pentes du Puy Mary se calfeutraient dans leur manteau de nuit. Les quelques nuages qui paressaient encore dans le ciel essoré s'ensanglantaient.

Ils avaient dit au revoir à leur bienfaitrice, de la reconnaissance encore plein le ventre. Elle leur avait répondu avec tant d'empressement et de douceur que Louis en avait presque cru quitter sa propre grand-mère.

Ça lui avait même pincé le cœur, quand il avait vu disparaître la petite chaumière et sa propriétaire derrière les premiers troncs.

Cette masure, pour simple et perdue qu'elle soit, champignon de pierre et de paille aussi rond et douillet que sa propriétaire, couronnée d'un panache de fumée paresseux, il la garderait soigneusement dans un recoin de son cœur.

Il y avait quand même quelque chose qui lui turlupinait un peu la curiosité. Quand la Roussotte, son sac accroché à un bâton de marche, avait dit au revoir à sa grand-mère, ça en avait fait, des effusions.

Les deux soufrées s'étaient serrées à n'en plus distinguer l'une de l'autre et avaient échangé fournées de bises et d'embrassades. Des mots étaient passés de bouche à oreille, dans un sens et dans l'autre. Plus Louis y pensait, et plus il trouvait que ça en faisait beaucoup, des simagrées, pour une simple course. Il ne pouvait s'empêcher de songer que cette rusée de Roussotte lui mijotait quelque entourloupe.

Mais il avait autre chose, pour lui occuper la tête.

Il avait beau faire, ouvrir tout ce qu'il pouvait de narines, tendre ses oreilles à se les entortiller sur elles-mêmes, s'exorbiter les yeux à s'en retrousser les paupières, il avait l'impression d'être sourd, aveugle et dépourvu d'odorat.

Cette désagréable impression, il savait d'où elle lui venait.

Le galoup, celui qu'il avait en lui, se moquait de lui, lui montrait sa faiblesse.

La nuit dernière, quand, tout de muscles, de poils et de griffes, il avait suivi le galoup blanc et emprunté ce même chemin, les bois lui étaient apparus avec une incroyable netteté.

Il se rappelait avoir reniflé le fumet du moindre lièvre, à des centaines de mètres à la ronde, perçu la cavalcade affolée d'une marmotte en panique à une lieue de là et percé la nuit noire de son regard jusqu'aux pentes des montagnes.

Maintenant, la plus belle portée de levrauts qu'on eut jamais vu aurait bien pu le narguer à dix mètres de là qu'il n'en aurait rien su.

Ça le dérangeait, Louis, de songer à ces choses, et ce d'autant plus qu'il sentait bien que l'autre Louis, le Louis galoup, riait de tous ses crocs et lui rappelait son existence.

Encore tout à ses pensées, il revint à l'instant présent pour se rendre compte qu'ils étaient arrivés à la cascade du Luc. Déjà Thierry empruntait le sentier abrupt menant à la vallée, le long de la chute.

L'ombre commençait à s'épaissir et à préparer la soupe nocturne. Il lui fallut bien arrêter ces cogitations pour se concentrer sur le travail de ses pieds.

C'est que la cascade, pour jolie qu'elle fût, roulant depuis la montagne ses eaux pures autant que froides, vous ouvrait une gueule de pierres noires, lisses à souhait, glissantes et mauvaises comme peu de garces.

Même l'été, quand les jeunes du village venaient se tremper dans la cuvette de roche, il fallait avoir le cœur bien accroché pour s'en aller mettre la tête sous la cataracte. Ça vous tombait dessus de plus de vingt mètres, glacial à en faire grelotter un ours et dru comme des hallebardes. On n'y tenait pas longtemps, et les paris allaient bon train.

Louis se souvenait d'une fois où, plus têtu ou bête que les autres, il y était resté dix minutes. Il en avait grelotté toute l'après-midi et Séverin l'avait traité d'imbécile pendant trois semaines.

Mais c'était une chose que de se baigner en bas, une autre d'emprunter le chemin.

En fait de chemin, d'ailleurs, c'était plutôt une sente, à peine une ornière de terre boueuse saupoudrée de feuilles humides, crevée de racines entortillées et zébrées de branches basses.

On la craignait, cette bougresse de piste. Raide et violente, elle vous plongeait dans ce trou d'ombre, entre les arbres et la falaise, avec un empressement malsain.

Et vicieuse, par-dessus le marché ! Elle vous glissait sous les pieds de ces roches lisses et méchantes, rendues plus dangereuses encore par l'eau de la chute.

Un pas de travers, un instant d'inattention, et hop, vous disparaissiez dans ce trou d'enfer qui vous gobait en moins de temps qu'il n'en fallait pour le dire.

Le lendemain, on vous retrouvait émietté sur quelque rocher en dents pointues, les membres en désordre et la cruque en morceaux.

Plus d'un inconscient ou d'un pressé, trop désireux de rentrer au village avant la nuit, en descendant des estives, avait payé son dû à cette bouche du Diable. Les uns en avaient été quittes pour une boiterie ou un bras en esquilles, les autres…

Autant dire que dans cette obscurité qui se faisait complice à meurtre, fouettés par les gouttelettes d'eau, les trois adolescents prirent bien soin de s'agripper aux racines ou aux branches pendantes que les arbres secourables voulaient bien leur tendre.

Thierry, lui, ne ralentit même pas, à le croire encore griffu, pour s'accrocher ainsi à la pente.

Ils le rejoignirent tout de même en bas en un seul morceau.

Le village n'était plus très loin, à présent. Ne les en séparaient plus qu'une langue de bois et quelques champs en jachère.

Alors, dans l'ombre qui grignotait rapidement la vallée, Louis se tourna vers le galoup et lui demanda, assez fort pour couvrir la voix grondante de la cascade :

« Qu'allons-nous faire, quand nous arriverons au village ? »

Thierry, qu'il distinguait à peine, dans l'obscurité hirsute du sous-bois, lui répondit :

« Nous allons récupérer vos affaires et le dernier versement que j'ai laissé à cet escroc de Marfon, hier soir. Ce n'est pas que je tienne à revoir ce méprisable faquin, mais nous aurons besoin de cet argent pour le voyage et vous de bons vêtements pour la route. Ensuite nous partons, le plus rapidement et le plus discrètement possible. Nous devrons éviter les routes, elles seront surveillées. Je vais devoir abandonner ma cariotte et mon cheval, ils nous ralentiraient, nous obligeraient à suivre les chemins et nous serions pris à coup sûr, mais c'est bien pitié. »

À l'entendre, on avait l'impression qu'il réfléchissait à haute voix tout en leur répondant.

Mais Louis n'écoutait plus.

Voyage ? Partir ? Maintenant ? Quitter Mandailles ? Ceux qu'ils avaient toujours connus ? Ils avaient beau en avoir parlé pas plus tard que deux soirs auparavant, Séverin et lui, et avec sérieux encore, la réalité soudaine de ce déchirement leur mordait le cœur.

Pour sûr, ils ne regretteraient pas le Chevalier et sa famille, mais le pays : leurs amis, le Père Georges, Mado, et les montagnes…

Ce fut Séverin qui se lança, et ça sonnait bien triste, dans ses syllabes :

« Maintenant ? Mais il va faire nuit et nous n'avons dit au revoir à personne. »

Ce n'était pas la peine qu'il en dise plus. Louis savait bien à qui il pensait, Séverin. Elles étaient encore fraîches dans sa mémoire, les embrassades à lui user le minois que son frère avait données à Roseline.

Celui qu'il commençait à considérer comme son oncle ne voulut rien savoir.

« Le plus tôt sera le mieux. Moins de personnes seront au courant de votre départ, plus je m'estimerai satisfait. Je veux mettre le plus de distance possible entre nous et ceux qui vous cherchent avant le matin. »

Louis se raidit et s'exclama à son tour :

« Mais ils ne peuvent pas déjà être au courant de… Enfin qui pourrait ?…

— N'importe qui. N'importe quoi. Marsac a des yeux et des oreilles partout, souvenez-vous bien de ça. Hommes, bêtes… Il les subjugue, et ils voient et entendent, reniflent pour lui. Ce diable pourrait bien nous observer en ce moment même que nous n'en saurions rien. »

S'il avait voulu leur faire mousser l'angoisse, Thierry ne s'y serait pas pris autrement.

Les bois, pourtant familiers, leur paraissaient soudain hantés de malveillance, à telle enseigne que quand une chouette hulula, non loin, ils en sursautèrent presque.

Louis tenta, en désespoir de cause, essayant de mettre un peu de raison dans ce brouet de terreur :

« Mais pourquoi nous chercheraient-ils ? Nous n'avons rien fait qui puisse… »

Le rire de Thierry fusa, moqueur, lui écorchant les nerfs.

« Et une malebeste épluchée retrouvée en plein champ au petit matin, Louis, ça n'est rien selon toi ? Les nouvelles vont vite, quand elles sont de cet acabit. Tu peux être sûr que le soir même on le savait jusqu'à Aurillac… Et si on le sait jusqu'à Aurillac… Autant dire qu'on le sait à Tolosa. Et ne va pas croire que le Vicomte va avaler que c'est ce vantard de Marfon qui a fait son compte à la malebeste ! Il est aussi perspicace que mauvais, et Dieu sait qu'il l'est, mauvais… Il comprendra tout de suite… C'est une question d'heures, à présent. »

C'était bien là la dernière des choses qu'ils avaient envie d'entendre. Partir de Mandailles était déjà bien suffisant pour vous ébranler son montagnard casanier épris de ses sommets, mais partir avec quelques diableries tout droit échappées de l'enfer au derrière…

Louis n'en trouva plus rien à dire, la langue soudain engluée de trouille.

Ni Séverin ni la Roussotte n'étaient en veine de paroles non plus.

Et Thierry les pressait déjà :

« Suivez-moi, et vite ! »

Et de se remettre en marche, le pas décidé, à croire qu'il sentait déjà, sur sa nuque, le souffle de leurs poursuivants.

Plantés là, dans l'ombre mouillée de ce trou à fantômes, les trois gamins grelottants, claquant tout ce qu'ils avaient de dents, s'empressèrent de le suivre.

Ils n'allèrent guère loin.

Ils arrivaient à peine à l'orée du bois, assez proche de la grange où Séverin avait si bien nettoyé la figure de Roseline, que Louis manqua de percuter le galoup.

Il stoppa si brutalement sa course que ses deux compagnons, moins vifs que lui, vinrent s'entasser dans son dos en un tas confus de bras et de jambes.

En toute autre circonstance, Louis y aurait bien trouvé matière à rire. Il eût moulu à son frère un plein tombereau de moqueries sur sa maladresse.

Mais pas ce soir-là.

Quand l'enfer a porte ouverte sur le monde des hommes et vous veut pour paroissien, on en vient à perdre le sourire.

Et s'il n'avait pas vu l'enfer, Thierry, ce qu'il venait de découvrir ne lui plaisait pas… Et ce qui pouvait inquiéter un galoup, Louis n'avait guère envie de le savoir.

Le nez en l'air, tendu à la nuit, Thierry humait les ténèbres, à petits coups nerveux.

Ça vous inquiétait, de le voir faire. On l'aurait dit chien, tout à coup, tout en truffe, essayant de capturer un filet d'odeur qui lui échappait.

Louis était presque sûr que le loup lui poussait sous la peau, prêt à sortir.

Les trois adolescents, eux, n'en finissaient plus de retenir leur respiration, quand le manège de leur guide s'arrêta.

Ils le virent se redresser, raide comme un piquet, mouture d'homme et de loup qu'un effluve suspect venait d'alerter.

Et suspect, il devait l'être, pour le quiller comme ça, paquet de nerfs et de muscles crispés qu'on aurait dit plongé dans un bain d'amidon.

Louis sentait Séverin, et même cette diablotte de Roussotte, se resserrer autour de lui et du galoup. Ça ne le rassura pas, de se dire que cette soufrée de rouquine, elle aussi, ne se sentait pas tranquille.

Alors Thierry leur lança, sans se retourner, en un murmure sec et impératif :

« Venez vite ! Et en silence surtout ! »

Pour être silencieux, ils le furent, lui collant aux talons tel un troupeau de brebis grelottantes. C'est qu'il leur avait passé l'envie de bavarder, Thierry, et même les battements de leur cœur leur semblaient trop forts.

Ils ne devaient pas encore être assez silencieux au goût du grand galoup car ils l'entendirent une ou deux fois grommeler sur leur maladresse, quand leurs pieds froissaient quelques feuilles.

Lentement, ils progressèrent vers l'orée du bois.

Et soudain, Louis comprit ce qui avait inquiété son oncle.

Alors qu'ils avançaient, ça lui grimpa dans les sinus, âcre, déplaisant, lui titilla quelque partie de cervelle où la bête réagissait plus vite que l'homme.

Une odeur déplacée, pas vraiment déplaisante, mais qui vous soulevait quelque ancienne terreur commune à l'homme et au loup… Une odeur de destruction… de fumée… Pas celle d'une bonne flambée, non, celle d'un feu sauvage, un feu qu'on ne maîtrise pas et qui mord à belles dents tout ce qui l'entoure… Un incendie !

Puis vint la lumière.

Vive, hargneuse, mauvaise comme bête enragée, elle dansait et sautait, rouge, derrière les derniers troncs.

Ça devait bien brûler, là-bas, pour jeter ainsi des éclats de brasier jusque dans le sous-bois.

Trois pas encore, et ils purent enfin profiter du spectacle.

Pour les deux garçons, la vue qui s'offrit à eux avait des allures de fin du monde… D'un certain monde… Le leur.

Par-delà le champ et la rivière, le château brûlait.

Les flammes lui sortaient de partout. Violentes, frétillantes comme des langues de vipères, elles dévoraient le toit et les volets de la bâtisse avec une gourmandise insatiable et goulue.

Tout le village en était éclaboussé de rouge et semblait trembler au rythme du brasier, comme mirage sur chemin chaud.

Cette demeure, ils ne s'y étaient jamais sentis assez bien pour la considérer comme leur foyer, mais la voir ainsi monter dans la nuit en panache gras de cendre… Les deux garçons se sentaient soudain un peu plus orphelins et totalement perdus.

S'il leur avait fallu une dernière preuve que leur univers venait de se briser en éclats tranchants, elle était là, devant leurs yeux. Tout ce coin de vallée en était ensanglanté, des pierres aux arbres.

Et ça ronflait, par là-dedans, comme mille abeilles en fureur, grignotant poutres et charpente, engloutissant tout ce qui avait été leur vie.

Louis s'en serait saoulé, de ce lugubre spectacle, à en avoir l'estomac dans la gorge, mais ce qu'il découvrit, dans la cour inondée de lumière sanglante, lui fit oublier tous le reste.

Il ravala un hoquet de terreur qui lui griffa les entrailles au passage, refusant de se laisser museler.

Ils étaient quatre, bondissant et courant dans les éclaboussures ardentes du sinistre.

Énormes, noirs à vous en intimider la nuit elle-même, hirsutes de poils et déchaînés.

Des galoups… Des galoups noirs.

À les voir ainsi danser leur gigue infernale devant l'incendie, Louis compris qu'il n'avait jamais vraiment su ce qu'était la peur.

C'était chose faite à présent.

Se savoir galoup soi-même était une chose, découvrir le galoup blanc qu'était Thierry aurait déjà suffi à vous envoyer à l'église et à n'en plus rater une messe jusqu'à votre mort… Mais ça…

Thierry, sous sa forme velue, et tout terrifiant qu'il fût, conservait une noblesse et une grandeur que même le poil blanc ne parvenait pas à étouffer…

Pas ces créatures-là.

Elles étaient au galoup blanc ce qu'un loup enragé peut être au chien de berger.

Ceux-là, ils vous montaient tout droit de l'enfer.

De l'homme, ces ombres sauvages et terribles avaient hérité assez de bras pour vous attraper ou vous brandir des torches, et quels bras ! Larges comme des troncs d'arbre noueux et méchants. Du loup, ils avaient bien les pattes, la queue et la gueule… Mais le reste, c'était au Malin qu'il fallait en attribuer la paternité.

Rien qu'à les voir courir et sauter, moitié debout, moitié à quatre pattes, comme ne parvenant pas à se décider entre l'homme et la bête, Louis sentait des frissons de dégoût lui remonter jusqu'à la glotte.

Et ces bêtes toutes en gueules larges à vous engloutir un jambon d'une seule cisaillée de mâchoires, aux oreilles pointues comme peu de cornes, même un loup les aurait reniées.

Au milieu d'eux, tache d'encre détestable et immobile, plus terrible encore que les autres, se dressait un cavalier.

Il montait un cheval monstrueux, aussi puissant que lourd et nerveux, la robe comme de la poix, caparaçonné en guerre, aux yeux luisants et vicieux.

Du maître, on ne voyait rien, enveloppé qu'il était dans un manteau plombé qui lui faisait comme un suaire… Mais même d'ici, Louis pouvait sentir les relents de méchanceté et de malfaisance qui l'environnaient comme une odeur presque palpable.

Celui-là était pire que tous les autres réunis.

Et aux sabots de son destrier, Louis découvrit ce qui restait de la famille de Marfon.

Ils étaient tous là, tas brisé et immobile. Même d'ici, il était évident qu'ils ne se relèveraient plus.

Louis, pas plus que Séverin, ne pouvait dire qu'il les portait dans son cœur, c'eût été mentir, mais il ne leur en souhaitait tout de même pas autant.

Le souffle lui manqua. Il se mit à trembler des pieds à la tête.

Mais Thierry était là, qui se tourna vers eux et les attrapa par les épaules, les secouant rudement.

« Écoutez-moi vous deux ! » Alors qu'ils le fixaient, hébétés, il les rappela à l'ordre d'un bon coup de gueule. « Écoutez-moi ! Vous allez partir par les bois, contourner le village, puis marcher dans la rivière sur une lieue.

Après, vous continuerez en restant sous le vent, vous m'entendez ? »

Louis se contenta de fixer le galoup, le regard vide.

Ce dernier ne l'entendait pas de cette oreille, qui lui donna une nouvelle bourrade à lui démonter l'épaule.

« Tu m'entends Louis ? Vous ne vous arrêterez que lorsque vous ne pourrez plus marcher. Trouvez une étable, enfin, n'importe quel endroit où l'odeur soit forte, et dormez. Il faut que vous descendiez jusqu'à Aurillac. Une fois en ville, allez rue des forgerons et cherchez Maistre Lebreton, c'est un ami dévoué et l'honnêteté faite homme, il vous cachera le temps que je vous rejoigne. »

Louis, qui commençait à comprendre ce que sous-entendaient les paroles de Thierry, et ne l'appréciait pas du tout, protesta :

« Vous attendre ? Mais… Non je…

— Ne discute pas et écoute. Si d'ici deux semaines je ne suis pas de retour, partez ! Prenez le chemin de Brive et rendez-vous aux Tours de Merle, vous m'entendez ? Là vous trouverez Lionel de Roquevieille, il est des nôtres. C'est lui qui sera ton maître, Louis, mais tu devras le convaincre de ton identité, ou il pourrait bien vous croquer avant de t'écouter. Il est méfiant et n'aime pas les visites. N'oublie pas, dis-lui que tu es le fils de Jehan de Castelroc et que c'est moi qui t'envoie. » Sa voix monta d'un ton. « Surtout n'oubliez pas. Ne parlez à personne plus que nécessaire, marchez en dehors des routes le plus souvent possible et tant que vous le pouvez. Couvrez-vous le visage, ne faites rien qui puisse vous faire remarquer. » Comme si ça ne suffisait pas à terroriser les deux garçons déjà saoulés de peur, il ajouta : « La traque commence, et notre bataille aussi, vous ne pouvez plus vous permettre la moindre erreur. »

À cet instant, un hurlement puissant, détestable et sinistre, leur martyrisa les oreilles. Ça tenait du feulement de chat en colère autant que du sifflement de vipère, ça vous épluchait les nerfs à vif et vous donnait à entendre un avant-goût de l'enfer.

Ils se retournèrent tous d'un bloc.

Ce fut pour voir le cavalier tourné vers eux, tendu sur l'encolure de son cheval comme rapace vers sa proie. Il pointait une main aux doigts griffus juste dans leur direction.

Et ces contrefaçons d'homme et de loup de se figer en plein geste, puis pivoter vers eux d'un seul mouvement. Quatre paires d'yeux luisants comme pierres à maléfice, perçants et mauvais, se braquèrent sur eux. Quatre sourires carnivores vous exposèrent des rangées de dents à en mâcher même la pierre.

Puis vinrent les hurlements, interminables, vibrant d'une allégresse cruelle et affamée.

Une bourrade. Thierry leur hurla :

« Fuyez ! »

Et déjà, dans ses yeux à lui, ça s'agitait, ça changeait. Le bleu doux virait au jaune perçant. Il se retourna d'un coup, rejeta son manteau et se mit à courir vers le village, vers les monstres.

Ce fut avec une fascination terrifiée que Louis vit la silhouette de cet oncle qu'il venait à peine de découvrir se métamorphoser sous ses yeux.

Six pas, et déjà son corps se transformait, ses épaules s'élargissaient, sa poitrine se faisait plus puissante, sa taille plus svelte, ses bras plus longs, plus noueux, plus larges, alors qu'il se dépouillait de ses défroques humaines comme d'une peau inutile.

Une dizaine de pas de plus…

Sur son corps à présent nerveux et puissant, tout en muscles saillants, une vague ondula, une vague blanche et velue qui le recouvrit d'un manteau immaculé.

Le galoup blanc fut là, énorme, majestueux, qui se ruait comme le vent vers les quatre démons noirs, hirsutes et bondissants.

La rivière, il la franchit d'un seul bond de ses pattes puissantes, s'arrachant au sol pour fendre l'air empoissé de cendres.

Un des galoups noirs voulut l'intercepter alors qu'il se recevait à peine sur l'herbe du pré, devant le château.

Mal lui en prit.

Tourbillon blanc de crocs et de griffes, de sauvagerie libérée et de puissance terrifiante, le galoup blanc le saisit en plein vol, si vite que Louis eut peine à suivre son mouvement, trop rapide, trop vif. Il le projeta sur le pont, à quinze mètres plus loin. Le noir s'y écrasa avec un aboiement bref et plaintif et un bruit de bois que l'on casse. Son corps tordu s'abattit dans la rivière dans une gerbe d'écume.

Son vainqueur ne le regardait déjà plus et se tournait vers ses autres assaillants, qui, méfiants soudain, lui tournaient autour, comme une meute affamée.

Son pelage immaculé renvoyait la lueur des flammes en éclat couleur de bronze. Tout d'un coup, Louis ne vit plus en lui le monstre ou le prédateur, mais une espèce d'archange vengeur, mi-homme mi-loup, affrontant les armées des enfers.

Il en était fier, Louis, soudain, de cet oncle-là, cet oncle galoup, qui, pour le sauver, déchaînait son pouvoir sur ces émissaires de Satan.

En lui, il sentait l'autre Louis, le galoup, qui cognait et griffait, excité par ce spectacle, désireux de sortir pour se joindre au duel, se déchaîner, lui aussi, au côté de son parent… Ça lui monta aux lèvres du fond des tripes, un germe de grognement qui lui siffla entre les lèvres.

Alors, une main lui agrippa l'épaule, une main fine. Une voix pleine de terreur lui hurla à l'oreille :

« Viens ! Allez, viens ! Écoute-le ou il aura risqué sa vie pour rien. »

Alors qu'il ne bougeait toujours pas, on secoua sa manche une nouvelle fois.

« Mais viens donc bougre d'imbécile ! Tu veux donc tous nous faire tuer ? »

La Roussotte.

Se souvenant brusquement de sa présence, il se tourna vers elle pour la découvrir, blanche à en faire peur à un spectre, mais déterminée.

Alors il articula, ne sachant même plus d'où lui venait la faculté de parler, et ça raclait de bizarre manière dans sa gorge, les « R » commençaient à rouler des cailloux :

« Rentre chez toi la Roussotte, tout cela ne te concerne pas… Rentre vite ! »

Mais la drôlesse ne l'entendait pas de cette oreille. Même si des frissons lui parcoururent la main, elle regimba.

« Idiot ! Tu ne comprends rien à rien… Il te l'a dit, tu n'es pour eux qu'un louveteau… Ils te tueront ! Allez viens ! »

Il lui aurait bien fait lâcher prise, Louis, à cet instant. Pour faire quoi ? Il l'ignorait, mais pas le galoup, qui, au fond de lui, tirait et grognait pour s'échapper.

Seulement… Seulement Louis, malgré le désir sauvage qu'il avait de se joindre à la bataille, de mordre et de griffer, avait bien trop peur de le libérer, ce Louis velu… Lui donner son corps une fois encore, pour n'en plus reprendre le contrôle ?… Pour dévorer Séverin ou la Roussote ou les deux… Non, mille fois non… Et pourtant… Quelle envie il avait de se laisser aller.

Séverin décida pour lui.

« Le cavalier… Le cavalier… Il vient par ici ! »

Ces paroles fouettèrent Louis comme un coup de trique. Un regard par-dessus l'épaule lui suffit pour découvrir que son frère avait raison.

Là-bas où, dans un mélange de fourrure blanche et noire en fureur, ça se griffait et se croquait comme mille loups déchaînés, le cheval d'enfer s'était mis en branle. Contournant la mêlée, il se dirigeait vers eux au grand galop.

Sous la capuche, il sentait le lorgner un regard fixe et venimeux, un regard froid et patient, qui lui glissa sur le corps et le visage comme une limace visqueuse et empoisonnée.

Alors, attrapant Séverin et la Roussotte au passage, le galoup, en lui, hurlant et le traitant de lâche, il se mit à courir vers les bois, à courir à s'en faire péter les veines.

Ils s'enfoncèrent dans l'obscurité griffue de la forêt.

Les ténèbres vous pesaient dessus comme une toile épaisse. Aveugles, ils se fiaient à leurs pieds pour remonter le chemin qu'ils venaient de parcourir. Ils se guidaient au bruit du cours d'eau et au grondement de la chute pour retrouver la cascade.

Et déjà, derrière eux, ça martelait l'humus de méchante manière, bruit de sabots ferrés et énormes martyrisant le sol meuble du sous-bois.

Qu'espéraient-ils en allant par là ? Regrimper le sentier de la cascade, déjà traître en plein jour, au risque de s'y briser les membres… Ma foi, à cet instant, rien ne leur semblait trop dangereux pour semer leur poursuivant infernal. Mieux valait périr fracassé sur un rocher que de tomber dans les mains de celui-là.

La chute, ils y parvinrent. Elle grondait à côté d'eux, ses nuages de gouttelettes glacées leur poinçonnaient le visage de mille aiguilles.

Mais ils n'allèrent pas plus loin.

Avec un cri de surprise, Séverin dérapa soudain sur une roche traîtresse et bascula dans la vasque du torrent.

Louis et la Roussotte s'arrêtèrent simultanément et s'apprêtaient à lui porter secours quand le cavalier surgit.

Le tonnerre de la cataracte leur avait masqué son approche. Louis avait cru avoir plus d'avance.

Il s'était trompé.

L'autre fut là, déboulant de l'obscurité, comme vomi par la nuit, à trois pas de lui à peine, les dominant de toute sa taille et de celle de sa bête.

Et même là, dans l'obscurité de gouffre qui les entourait, les étouffait comme chape, Louis le vit.

Sa malveillance, sa méchanceté, elles lui suintaient de tout le corps, tellement bien que sa forme haïssable et encapuchonnée semblait même en percer les ténèbres d'un noir plus profond, plus poisseux, souillé.

On aurait dit que l'ombre elle-même refluait à son approche de peur de se salir.

Et par là-dessous, dans les replis de sa capuche, Louis vit un œil, un œil unique, énorme et rouge, qui le fixait.

Ce n'était pas l'œil d'un loup, non, c'était celui d'autre chose, quelque chose de plus mauvais qu'un loup, de plus calme, plus sinueux. Un œil fixe et luisant d'une froide malveillance, qui ne cillait pas… Et ce qu'il y avait dans cet œil-là, seul Diable en savait quelque chose.

C'était un regard en creux, un regard qui n'offrait rien mais voulait tout, qui vous fascinait, vous capturait l'œil pour vous aspirer le cerveau par les prunelles et le dévorer, lui et tout ce qu'il contenait : amour, espoirs, rêves…

Et celui à qui appartenait cet œil tendit une main vers Louis, une main longue, aux doigts fins, presque délicats. Ils ne portaient pas de poils, ces doigts-là, mais ils n'étaient pas humains pour autant… Quelque chose les recouvrait, quelque chose qui luisait comme les écailles des poissons… ou des reptiles.

Enfin, une voix s'éleva, un murmure, à peine, onctueux et sifflant, qui vous révulsait l'estomac et vous hérissait le poil tant il venait agiter en vous des peurs anciennes… Celles de la mort rampante tapie dans l'herbe :

« C'est fini, louveteau. » Un rire s'éleva, sec et crissant comme le bruit de cendres qu'on écrase. « La course n'aura pas été longue. »

Ce rire, il lui racla sur les nerfs comme couteau sur les dents, lui lança des escarbilles de terreur tout le long du dos, tant il charriait de malignité et de cruauté glacée, de joie perverse.

Instinctivement, alors que le cavalier se penchait un peu plus, telle une vipère sur la souris qu'elle vient d'acculer, Louis se plaça entre lui et la Roussotte. C'était lui que voulait ce démon, et il devait laisser à la petite sorcière le temps de s'en aller.

C'est qu'elle lui était insupportable, soudain, l'idée même que cette horreur à cinq doigts puisse la toucher, la salir de son contact.

Et plus la main approchait, plus l'autre Louis griffait et rognait pour sortir, lui hurlait de le libérer, que seul lui pouvait affronter la chose qui se dressait là, évadée des enfers.

Il était bien près de se laisser aller, tenaillé par la peur et le désespoir, ne voyant pas d'autre issue que celle-là… Déjà, il sentait ses muscles et ses os se mettre à bouger, investis d'une force terrible désireuse de sortir… Sa main le lançait d'inquiétante manière, ses lèvres se retroussaient, sa gorge vibrait d'un grondement qui ne demandait qu'à s'échapper.

Un bruissement s'éleva, un froissement précipité comme aurait pu en produire une centaine d'ailes maladroites touillant avec colère l'encre de la nuit.

Ça s'abattit sur le cavalier et sa monture telle une vivante pluie.

D'un seul coup, des dizaines de formes empressées vinrent se ventouser sur le cheval et son maître, leur faisant seconde cape grouillante.

L'énorme étalon hennit et se cabra.

Le monstre, surpris, jurant et sifflant à s'en emmêler la langue, moulina un instant des bras pour retrouver son équilibre et vida les étriers.

Enveloppé qu'il était par la nuée furieuse, il tomba et heurta la roche, au bord du torrent.

Alors, dans un cri libérateur, Séverin surgit de l'onde glaciale dans lequel il s'était racrapoté, comme truite sous rocher.

Il y eut un bref éclair de métal pâle. La dague d'argent s'enfonça jusqu'à la garde dans la jambe du cavalier jeté à terre.

Le hurlement qu'il poussa alors aurait fait détaler jusqu'aux gargouilles de pierre qui ornaient les piliers de l'église.

Si on avait écorché vif le rejeton monstrueux d'une femme et d'une couleuvre, on eût peut-être obtenu un tel cri qui eût fait fuir les bêtes à des kilomètres à la ronde.

Celui-là, on ne l'avait pas écorché, mais la dague de Thierry avait tout de même dû lui faire bien mal, pour qu'il en pousse une pareille musique à vous cailler le sang dans les veines.

Même son cheval en prit peur et détala bruyamment.

Quant à lui, il repoussa Séverin avec une telle force que ce dernier alla s'écraser dans la cuvette avec un cri étouffé mais sans lâcher son arme.

Alors, leur poursuivant diabolique se releva, tenant sa jambe blessée à deux mains, et, leur dédiant un regard sulfureux, articula difficilement, tant il sifflait et soufflait :

« De l'argent… Ahrrr !… Maudite vermine de gosse, je vous briserai les os un à un pour ça… Oh comme je vais vous faire souffr… »

Il n'en dit pas plus, il n'en eut pas le temps.

Le froissement membraneux revint et l'environna à nouveau, nuage de poils et de cuir furieux.

Glapissant de rage, il battit des bras tant et si bien, dans ses efforts pour se débarrasser de ses assaillants innombrables, qu'il tituba en arrière.

Pour demi-démon qu'il soit, la cascade du Luc le goba comme les autres. Diminué par sa blessure, il bascula dans le torrent.

Moitié roulant, moitié cognant, secoué par-ci, par-là, renvoyé d'une pierre à l'autre, il fut emporté et disparut dans la nuit. On aurait dit que la rivière elle-même s'empressait de débarrasser son lit de sa malveillance, de peur d'en être contaminée, elle pourtant déjà mauvaise.

Le calme revint, le torrent glougloutant goulûment ce qu'on lui avait jeté en pâture.

Une fois n'est pas coutume, il en mâchait un qui ne l'avait pas volé.

Alors, tremblant, le galoup encore à fleur de peau, le cœur lui pompant si bien dans la poitrine qu'il semblait vouloir lui passer à travers les côtes, Louis respira une pleine bolée d'air froid.

C'était comme si la fraîcheur mordante de la nuit, amicale, pour le coup, le lavait des glaires de diablerie que l'autre lui avait laissées dessus.

Lentement, avec effort, il repoussa le galoup qui, déçu de n'avoir pu se libérer et profiter de sa faiblesse, lui mordait encore les tripes… Et ce n'était pas chose facile, le velu n'en voulait pas démordre.

Soudain, quelque chose pesa contre son dos.

Il se retourna juste à temps pour recevoir la Roussotte dans ses bras.

Elle ne tenait plus sur ses jambes, la petite maldiseuse. Il dut la soutenir pour qu'elle ne s'effondre pas.

Qu'est-ce qui l'avait ainsi épuisée ? L'émotion sûrement. Un cœur de fille, se disait Louis, ça défaille facilement, et après tout, ce qu'ils venaient de vivre, ça vous en aurait terrassé d'autres, filles ou garçons, et des bien bravaches encore.

Et là, ce petit visage envahi de boucles rouquines contre son cou, qui lui lançait dans les narines des parfums de bois, de fougères et de cette sueur douce, presque sucrée à miel, serrant ce petit corps de fille fatigué contre le sien, il s'en moquait bien.

Sous sa pelisse de mouton, il sentait la jeune poitrine de sa sorcière protégée se soulever précipitamment. Ça le rassura et le troubla à la fois.

Ce n'était pas un grand romantique, Louis, à son âge, on l'est rarement. Ce qu'il connaissait des filles se résumait aux glapissements stridents qu'elles poussaient, près de la rivière, quand on les aspergeait d'eau glacée.

Mais là, pour le coup, avec cette demi-diablesse dans les bras, il se sentait une tendresse qu'il ne se connaissait pas lui ramollir le cœur.

Il serait bien resté ainsi quelques instants de plus, Louis, ça ne l'aurait pas dérangé.

Mais, pour une fois, et ce n'était après tout que justice, ce fut Séverin qui lui gâcha sa romance à peine entamée.

« C'est pas que j'aime pas l'eau, mais j'ai déjà pris un bain y'a trois jours, et là, elle est vraiment très froide. »

Elle était tellement faible, cette voix, et si entrecoupée de claquements de dents, que Louis l'aurait à peine reconnue.

Honteux d'avoir un instant oublié son frère, fouetté par l'urgence de son ton, il demanda à la Roussotte.

« Ça ira ? »

Un vague murmure qu'il fallait bien prendre pour un oui lui répondit.

Il se rua vers la vasque de pierre où ça bouillonnait comme chaudron sur le feu. Le grondement de la chute lui étourdissait les sens, et il chercha avec angoisse, dans l'obscurité à présent totale, la forme de Séverin.

Peine perdue, autant vouloir scruter un puits une nuit sans lune.

Et pourtant il fallait qu'il voie… Il le fallait !

Ses yeux s'habituèrent-ils à l'obscurité, ou la lune venait-elle de pointer son nez blême derrière les montagnes ?

Toujours est-il qu'il fit soudain beaucoup plus clair.

Dans la pénombre à présent grisâtre qui l'environnait, il distinguait nettement la falaise, les rochers mauvais qui encombraient la cuvette… Et Séverin.

Son frère s'était à moitié tiré hors de l'eau et accroché à une branche aussi moussue que tortueuse. Il résistait tant bien que mal au courant… Et pour l'heure, plutôt mal que bien.

En trois pas, Louis fut à son côté.

Alors même que la main de son aîné dérapait, griffant le lichen de tous ses ongles, il lui saisit le poignet.

Alors, terrifié à l'idée de le voir disparaître, avalé, lui aussi, par la rivière qui faisait indifféremment ventre du bon comme du méchant, il le tira du courant.

Ce ne fut que lorsqu'il l'eut posé sur le chemin, à côté de la Roussotte agenouillée, qu'il réalisa n'avoir utilisé que son seul bras droit.

Ça lui tordit les tripes et lui serra la gorge, tant il comprenait ce que cela signifiait.

Alors que Séverin se redressait un peu, prenant appui sur un coude, trempé et transi comme chaton à moitié noyé, il porta sa main gauche à la rencontre de sa droite.

Il ne fut même pas surpris de la trouver énorme, velue et plantée de doigts interminables s'achevant en cinq longues griffes cruelles.

Il se força au calme, ravala à grands efforts cette boule qui lui montait du ventre.

Tel un naufragé se raccrochant à un maigre espar de bois, il replanta son regard sur le bracelet de Thierry.

Ce fut moins douloureux, cette fois-ci. Il sentit bien quelques phalanges et quelques os craquer pour retrouver leur place première, au bout de son bras, mais ce fut tout. Il retint pourtant une grimace.

L'instant suivant, c'était fini.

Enfin, presque fini, car, tout au fond de lui, temporairement calmé mais pas encore assagi, il entendit le rire moqueur du galoup.

Hier encore, il en aurait tremblé, se serait peut-être effondré, de se savoir ainsi hanté, mais pas cette nuit.

Il est un degré de peur où on finit par ne plus la sentir… Et la peur, cette nuit, ils en avaient tous fait indigestion… Il serait toujours temps de s'angoisser demain.

Séverin, claquant des dents à croire qu'une pleine famille de pics-verts lui nichait dans la bouche, demanda, inquiet :

« Où est-il ? »

Ça lui fit presque du bien, à Louis, d'oublier son démon en parlant d'un autre.

« La rivière l'a emporté. Tu l'as bien eu celui-là. »

Séverin, qui n'avait toujours pas lâché la dague de Thierry et la serrait dans son poing à l'y en croire soudée, acquiesça.

« J'aurais préféré la lui planter en pleine poitrine, mais il était trop haut. » Un long frisson le parcourut, pas uniquement dû à ses habits trempés et au froid nocturne. « Tu as entendu ce cri qu'il a poussé, c'était… »

Il ne put en dire plus. Les mots le fuyaient. Mais Louis comprenait très bien… Celui-là, quel qu'il fut, s'il ne venait pas des enfers, il en était voisin.

Louis espérait sincèrement que le courant l'avait emporté et si bien secoué et cabossé contre les rochers qu'arrivé à la vallée il n'en resterait rien…

Il n'y croyait pas trop. Pour en avoir fait l'expérience lui-même, dans son combat contre la malebeste, il savait bien que les diableries avaient la peau dure.

Séverin le tira de ses pensées.

« Qu'est-ce qui… ? » Il dut s'y reprendre à deux fois, tant ses mâchoires s'obstinaient à s'entrechoquer. « Qu'est-ce qui a effrayé le cheval ? »

Louis, pour le coup, avait oublié ce détail, pourtant, c'était bien à cette intervention providentielle autant que mystérieuse qu'ils devaient d'avoir vie sauve.

Il s'en souvenait, de ce petit froissement sec et pressé, ce grouillement nocturne de formes agitées et volantes qui s'étaient jetées sur le monstre comme mouches sur miel, à l'en étouffer.

Ça lui avait bien rappelé quelque chose, mais son idée lui semblait si idiote, si saugrenue, qu'il n'osait pas la prononcer de vive voix.

Quelqu'un d'autre lui souffla la réponse.

« C'était moi. »

La Roussotte !

Louis se retourna vers elle, et lui préparait déjà quelques moqueries bien senties.

Ce qu'il découvrit lui renfonça dans la gorge les mots qui lui glissaient déjà sur la langue et qui manquèrent l'étouffer.

Car la jeune fille, quand elle ouvrit la main gauche qu'elle tenait fermée, révéla à ses yeux une petite boule de poils en désordre, plantée d'oreilles en trompe et enveloppée de deux ailes de cuir fripées.

Une chauve-souris.

Louis, qui la soupçonnait déjà diablesse et en avait maintenant preuve faite, s'écria :

« Toi ? C'est toi qui les as appelées ? »

Avec un petit sourire d'excuse, elle hocha la tête, ses boucles de cuivre sombre vinrent lui manger la figure.

« C'est donc bien vrai que tu es un peu sorcière, la Roussotte ! »

Ça lui était sorti du gosier sans qu'il prenne le temps de réfléchir, Louis, et, pour le coup, il ne pensait pas à mal. Mais rien qu'à voir la flambée qui monta soudain jusqu'aux yeux de la Roussotte, il comprit qu'il aurait mieux fait de se manger la langue.

« M'appelle pas comme ça ! J't'ai déjà dit que j'aimais pas… » Il l'avait blessée, c'était évident, même s'il ne comprenait pas bien pourquoi. Pour la première fois de sa vie, il faisait la cruelle expérience de ce qu'une fille déçue peut ruminer de colère. « Et puis, pour ce qui est des maléfices, tu es mal placé pour me donner des leçons, Louis le galoup ! »

S'entendre jeter au visage, et de si belle manière, par cette trois quarts sorcière qui s'y connaissait en diableries, sa frayeur la plus profonde, ça le frappa comme une gifle. Il se sentit monter une bouffée d'indignation et de fureur, d'autant plus que ce surnom, il ne savait pas pourquoi, mais il pressentait déjà qu'il le garderait.

Ça lui démangeait la langue, de lui clouer le bec, à celle qu'un instant auparavant il avait tenue dans ses bras comme la plus précieuse des merveilles.

Il ne savait pas ce qu'il allait sortir de son chaudron à médisance, mais certainement pas du très joli.

Séverin, sentant ce qui montait entre ces deux-là, décida d'intervenir. Il avait toujours eu le chic pour se fourrer dans les bagarres des autres. Le miracle, c'était qu'il arrivait toujours à calmer les plus acharnés à se nuire.

Peut-être, aussi, sentait-il que l'agressivité de ces deux-là, montés l'un contre l'autre comme volailles furieuses, cachait quelque chose de plus profond qu'il ne fallait pas laisser gâcher.

« Qu'est-ce qu'on va faire maintenant ? »

Ça les doucha pour le compte, les deux enragés.

Et c'était bien vrai que la question, pour simple et banale qu'elle fût, prenait à cet instant un caractère d'urgence.

Ils se trouvaient tous trois seuls au milieu des bois, dans la nuit glaciale à vous geler sur pied, et ce qui, sur cette terre, se rapprochait le plus du Diable, avait décidé de les poursuivre.

Curieusement, ce fut la Roussotte qui répondit, sans une hésitation :

« Le galoup blanc a dit qu'il fallait se rendre à Aurillac, qu'il nous rejoindrait… Il sait ce qu'il fait. Le mieux reste de l'écouter et de suivre ses ordres. »

Louis lui aurait bien trouvé quelques objections, mais quelque chose, dans ses paroles, le choqua soudain.

« Nous ? Tu as bien dit «nous» ? » Comme elle ne répondait rien, butée, il poursuivit : « Mais tu ne viens pas avec nous la Roussotte. Tu n'as rien à voir là-dedans. Rentre chez ta grand-mère et… »

Il aurait bien voulu se montrer plus hargneux, soudain, mais l'éclat un peu humide qui brillait dans l'œil de la petite sorcière l'en empêchait. Garces de drôlesses, elles vous émoussaient même les plus belles des grognes, avec leur minois en malheur !

Pourquoi voulait-il la renvoyer d'ailleurs ? Parce qu'elle l'exaspérait, avec ses humeurs et son caractère impossible : un coup tout sourire, un coup toutes griffes ? Il n'y croyait pas lui-même.

Tout au fond de lui, ce qu'il y avait de meilleur, de moins planté d'égoïsme, le poussait à la renvoyer chez elle pour la mettre à l'abri de ce qui les pourchassait.

Seulement… Seulement elle était têtue, cette soufrée de rouquine, et il pressentait déjà qu'il aurait lutte vaine.

« Et pourquoi crois-tu que je suis ici ? » Sa voix enfla soudain, se mêla d'accents plus riches que ceux d'une simple gamine. « Je te l'ai déjà dit, Louis le galoup, nos destins sont liés. Tes épreuves seront les miennes, je l'ai su dès que je t'ai rencontré. » Ça aurait pu passer pour la plus enflammée des déclarations d'amour. La Roussotte dut s'en rendre compte car elle s'empressa d'ajouter : « Et crois pas que ça me fasse plaisir, espèce de sale gougnafier, mais c'est comme ça. J'y peux rien… Toi non plus d'ailleurs. » Elle parut réfléchir un instant et ajouta, railleuse : « Et puis sans moi, qu'est-ce que vous deviendriez ? Si j'avais pas été là vous seriez déjà mort, ou pire encore. »

Il ne se serait pas retenu qu'il en aurait braillé comme un putois, Louis, et ce d'autant plus qu'elle ne faisait que dire la vérité. Seulement, sous la couche de colère protectrice qui lui faisait armure, très égoïstement, il était content qu'elle vienne.

Séverin, les pieds bien sur terre, et qui commençait à geler sur place dans ses vêtements trempés, les pressa :

« Vous faites ce que vous voulez, mais vite, je suis glacé moi. »

Louis se trouvait de nouveau au pied du mur.

Il se sentait tiraillé entre deux décisions.

Une partie de lui-même le poussait à fuir au plus vite ce lieu hanté, à mettre Séverin et la Roussotte en sécurité, comme l'avait ordonné Thierry, c'était là logique et raison, et personne ne l'aurait contesté.

Mais une autre part de lui-même, dans sa conscience tirée à hue et à dia, criait au scandale.

Cette partie-là, elle lui hurlait qu'il ne pouvait pas laisser Thierry, son oncle, son sang, son bienfaiteur, aux griffes des monstres qu'ils avaient entrevus… Il devait lui prêter main forte.

Il était bien près d'en faire part à Séverin et à la Roussotte, bien près de les planter là pour aller chasser au côté du galoup blanc, vaille que vaille… Mais un fait nouveau vint soudain changer la donne.

D'en bas, là où le torrent rejoignait le cours plus paisible de la Jordanne, une voix s'éleva, vénéneuse à vous empoisonner les oreilles, sifflante comme une armée de vipères en furie, égratignant la soie noire de la nuit :

« Petites vermines !… Vous retrouverai… Paierez pour çççça… Ssssss »

Ce n'était pas la peine d'être très malin pour comprendre à qui appartenait cette contrefaçon de voix humaine.

Finalement, même cette goulue de cascade ne parvenait pas à digérer certaines viandes empoisonnées…

La décision fut dès lors prise pour eux.

Louis et la Roussotte, toute querelle oubliée, bondirent sur leurs pieds. D'un commun accord, ils attrapèrent Séverin par les épaules. L'un tirant l'autre poussant, ils parvinrent à le faire avancer.

Séverin se laissa faire, trop faible pour protester.

Dans la nuit souillée de rouge et d'ombre, où ça vous vociférait en sifflant quelques malédictions et promettait des horreurs à vous en donner mille années de cauchemars, ils s'en furent.

La vallée, à cette heure, était aussi noire qu'un puits, et bien plus froide. Au-dessus d'eux, un ciel lessivé de nuage, mais avare de clarté, n'offrait le réconfort d'aucun quartier de lune.

Louis, pourtant, sans une hésitation, prit la tête de la petite troupe dépenaillée qu'ils formaient tous les trois.

Sans même songer à l'étrangeté de la chose, se dirigeant comme en plein jour dans le noir le plus complet du sous-bois, il les mena sans coup férir.

Aucun des deux autres ne lui en fit la réflexion.

Un moment, pendant qu'ils marchaient, pour les rassurer, alors qu'ils lui demandaient de ralentir le pas et de se méfier, il affirma qu'il y voyait très bien. Il s'étonna lui-même que la nuit soit si claire, en deuil de lune comme elle l'était, tourna la tête vers eux et les pria de lui faire confiance.

L'un et l'autre se contentèrent d'acquiescer en silence. Sûrs qu'il y voyait bien dans le noir, le bougre, ils en étaient persuadés. Aucun, cependant, n'eut le courage de lui faire savoir que ses yeux étaient jaunes et poinçonnaient la nuit de leur propre lumière, comme ceux d'un loup.

Ils marchèrent, marchèrent longtemps.

À la minuit, ils marchaient encore, trop fatigués pour penser à autre chose qu'à ces pieds douloureux qu'il fallait bien encore pousser l'un devant l'autre sur la terre froide.

Là, d'un commun accord, le souffle court, ils s'arrêtèrent.

Ils venaient de grimper un raidillon interminable, sur un chemin sans nom, tout en ornières et pierreux à ventre pour vous briser les pattes, entre bruyères et genêts. Juchés sur une large table de pierre plate qui dominait la vallée, dénudée par le gel et polie par le vent, ils se serrèrent les uns contre les autres, l'humain, le galoup et la sorcière, unis par une même fatigue et un même désarroi.

Dos voûté par la bise qui dévalait des montagnes pour leur saisir le râble et leur mordre la peau du visage, ils se retournèrent pour accorder un dernier regard à leur pays.

Les sommets se régalaient encore de ténèbres. Ils savaient si bien se confondre avec le ciel qu'un regard étranger ne les aurait même pas vus, tout drapés de nuit qu'ils étaient.

Mais eux les savaient là, où les étoiles s'éteignaient, soulignés par la faible phosphorescence fantôme de la Brèche qui crachait sa malédiction lumineuse de l'autre côté.

Là-bas, dans le cul-de-sac de ce bout de terre, recroquevillé entre rivière et rochers, sur son nid de champs tonsurés, encore éclairé par l'incendie agonisant, comme une nichée de champignons frileux, se trouvait Mandailles.

À la faveur de quelques flammèches qui, traînardes, se disputaient ce qui restait de leur demeure, ils virent se découper le clocher du Père Georges surnageant sur une mer d'ombre embrumée.

Cette ombre, elle entourait tout le hameau, et déjà, s'apprêtait à le gober avec une impatience gourmande, le dérober à leur vue… Leur pays.

Réalisant, soudain, qu'ils allaient le quitter pour de bon, ils sentirent, comme jamais auparavant, combien elle faisait partie d'eux-mêmes, cette garce de vallée, aussi sauvage et avare de douceur qu'une mère égoïste et possessive.

Quand enfin, ils se détournèrent, et, se donnant la main, reprirent tous trois leur marche hésitante, ils en avaient des larmes dans les yeux.

Ils ne savaient pas ce que leur réservait ce chemin, mais chacun d'eux savait ce qu'il laissait derrière lui…

Son enfance.

Tellement bien occupés par leurs tristes pensées, aucun des trois ne remarqua le corbeau qui, fixement, depuis quelques minutes, du haut d'un chêne rabougri, les lorgnait de ses yeux noirs et vides.

La nuit les avala, sans même un regret, petites silhouettes humaines, frissonnantes, désemparées et solitaires en route vers.... Vers quoi ?

Chapitre 14

Vicomte et Baron

Louis, à cet instant, le crin ébouriffé par le vent glacé des montagnes, le cœur en perce de quitter son pays, ne pouvait imaginer qu'un autre regard le fixait, froid et mauvais comme vipère à l'affût.

Loin, loin de ce coin de vallée, et sensiblement plus bas, le Vicomte de Marsac prenait à sa terrasse l'air du soir et quelques nouvelles.

La brise était encore tiède, à cette heure tardive, à croire que l'été, charmé par la brique rose de Tolosa, se prélassait encore ici en ce début d'automne, lui qui avait déserté la rigueur des montagnes depuis bien longtemps.

À l'ouest, un zeste de soleil enflammait encore le ciel, roussissait quelques nuages fainéants de ses ultimes rayons. On aurait dit que ces derniers, fatigués de leur travail diurne, venaient se blottir sur les toits chauds de la ville.

C'était un bien charmant spectacle que ce crépuscule doux comme ventre de femme. Dans le soir montant, la brique rose des maisons rendait sans avarice la chaleur du jour et jusqu'à la lumière qu'elle avait bue… On aurait cru la ville en or roux, un instant, joyau posé sur un lit de champs moissonnés.

Mais celui qui tendait ainsi le nez au vent indolent et à ses murmures n'était pas sensible à ce charme paisible.

À le voir ainsi, penché sur la balustrade claire, le visage impassible, l'œil perçant, on aurait plutôt cru apercevoir un oiseau de proie guettant sa pitance dans le pré voisin du haut d'un poteau.

Pourtant, il avait belle prestance, le Vicomte, dans sa lourde robe noire sobrement rehaussée d'argent. Il n'était pas de ces petits nabots de nobliaux en peine de montrer leur fortune à leurs ribauds. Lui n'avait pas besoin de tels artifices. Il suffisait qu'il paraisse pour que tout un chacun courbe l'échine en claquant des dents.

Partout, en Occitània, on le savait le maître, ça lui suffisait. Il laissait à d'autres le soin de se ridiculiser pour montrer leur importance.

Et il y avait son visage.

Il n'était pas laid, loin s'en fallait. La quarantaine gaillarde, il offrait à l'œil une belle allure, de celle des princes ou des rois. Taillé tout en angles, étroit et racé, on l'aurait dit sculpté dans quelque bloc de marbre pâle. Même ses cheveux, pour grisonnants qu'ils soient, lui tombaient élégamment sur les épaules et s'accordaient bien à son habit.

Un bel homme, assurément, dans la force de l'âge, énergique en diable et pas indolent pour deux sous.

Un visage fait pour plaire aux dames… Si…

S'il n'y avait eu, lui transpirant de sous les traits qu'il avait nobles, cette méchanceté à fleur de peau. Elle lui marquait juste assez la figure, une ride par-ci, un pli dur par-là, pour vous avertir que cet homme-là, mieux valait ne pas trop l'approcher.

La bouche, il l'avait dure et fine, en deuil de sourire, et on l'imaginait plus facilement vive à mordre qu'à embrasser.

Les rares qui le voyaient sourire n'en ressentaient, eux, aucune envie, tant il était clair qu'on leur réservait quelque mauvais sort.

Quant à ses yeux, pâles, délavés, à croire qu'ils en avaient perdu toute vie et couleur à trop se pencher sur quelques terribles secrets, même un reptile s'en serait détourné.

C'était bien simple, le Diable lui-même y aurait réfléchi à deux fois avant d'ouvrir les portes de l'enfer à un tel pensionnaire.

Et justement, à cet instant, le regard perdu dans quelques contemplations mystérieuses, le Vicomte souriait.

On aurait dit que ses yeux n'étaient pas vraiment là, qu'ils regardaient plus loin, beaucoup plus loin, quelque spectacle qui lui soulevait une joie méchante.

Ce fut un bruit de cavalcade furieuse qui le fit revenir à l'instant présent.

Ça claquait, en bas, dans les rues désertées, roulant sinistrement d'une maison à l'autre, comme si les chevaliers de l'enfer eux-mêmes déboulaient en ville.

Alors il abaissa les yeux sur la ville, Tolosa… Sa ville.

Tolosa la belle… Tolosa la rouquine, chaude et vibrante perle du Sud-Ouest… Capitale d'Occitània… Toute à lui.

Du haut de son nid d'aigle, il en embrassait toute l'étendue.

C'est qu'il était grand, son donjon.

Autant la demeure du Chevalier de Marfon faisait pitié à voir et n'avait de château que le nom, tant ce donjon-là enfonçait tous les autres par sa taille et sa puissance.

Grand, oui, et méchant avec ça, tout en tours d'angles aux meurtrières vicieuses, en créneaux agressifs qui vous griffaient les nuages. À y lever les yeux, depuis la rue, on en ressentait le pouvoir qui vous pesait sur le front dans toute la cité.

Même la basilique Saint-Sernin, là-bas, à l'ouest, paraissait se racrapoter dans ses coupoles pour ne pas éveiller sa jalousie.

Le bruit s'amplifiait maintenant, roulement continu du fer frappant la pierre à grand train hargneux et décidé.

C'est que les rues étaient désertes, et ça résonnait de belle manière.

Son œuvre, ce calme nocturne où on aurait dû entendre résonner les mille éclats de la ville festive.

Il l'aimait, ce calme, il prouvait son pouvoir, celui de la peur…

Comme la ville, la nuit était à lui.

Il jeta un coup d'œil dans la cour, en bas des murailles.

Quelques sentinelles tournaient là, toutes enferrées d'armures brillantes, arme au poing. Vues d'ici, elles ressemblaient à des jouets dans leurs mouvements répétitifs et presque mécaniques.

Au milieu de la place, tristes épouvantails, se balançaient quelques pendus… Les restes de pauvres malheureux qui avaient enfreint une de ses règles, dit tout haut ce que tous pensaient tout bas.

Ça lui désobligeait bien un peu l'œil, au Vicomte, ces macchabées en pendeloques de gibet au milieu de sa cour.

Aussi prompt qu'il fût à distribuer la mort à ceux qui savaient lui déplaire, son goût pour l'ordre et l'esthétisme s'accommodait mal de ces navrants ornements.

Mais ça impressionnait la populace… conservait son pouvoir.

Il faut parfois faire quelques petites concessions au bon goût.

Soudain, alors que le fracas haineux des sabots devenait tellement puissant qu'on aurait cru entendre un orage de fer approcher du donjon, il les vit enfin.

Bêtes noires et endiablées de centaines de pattes furieuses, ils jaillirent de la rue déserte qui faisait face au château.

Ils déboulèrent de là-dedans telle une coulée de nuit maléfique et caracolante. Vomis par l'étroite ouverture qui les crachait à n'en plus finir comme la bouche de l'enfer, ils s'engouffrèrent en trombe sous les herses relevées à la hâte.

Ils étaient cent, tous encapuchonnés de noir comme pénitents diaboliques et leurs capes giflaient la nuit avec la hargne de chauves-souris géantes.

Mais aucun pénitent n'avait jamais eu cette allure-là.

Juchés sur leurs coursiers piaffants, aussi sombres que leurs maîtres, l'œil vicieux et la gueule prête à mordre, leur seule vue aurait refroidi la plus fière des armées.

Car ça luisait mauvais, sous les capuches rabattues. À la faveur d'un mouvement d'étoffe, on surprenait l'éclat d'un regard de soufre qui brillait là-dessous même en l'absence de lumière… Un regard affamé et sauvage, mauvais comme celui d'un chien fou.

À leur tête chevauchait, tel Satan en personne menant ses damnés, une montagne d'homme…

Celui-là renvoyait les autres au rang de corniauds.

Immense, large d'épaules à vous intimider un géant, il menait à grand train un monstre de cheval, noir comme peu de nuits, aux naseaux écumants, aux yeux rouges mauvais.

Rien qu'à le voir ainsi chevaucher en vent de malheur et de guerre, quiconque s'en serait retourné se barricader chez lui pour n'en plus ressortir… Mais comme si ça ne suffisait pas, il y avait son visage, ou ce qui en tenait lieu.

Pas de capuche, pour lui, au-dessus du col de fourrure qui lui enserrait le cou, mais un heaume de métal sombre, et quel heaume !

On l'aurait cru ciselé dans les forges du Malin en personne.

C'est que, travaillé avec un art pervers, il figurait, dans le moindre détail, la gueule énorme d'un loup infernal sur le point de mordre.

La lueur dansante des torches allumait par là-dessus quelques reflets agressifs. On aurait pu le croire vivant, ce casque, prêt à vous happer de ses crocs d'acier.

Quant aux yeux qui consumaient leur flambée de sauvagerie entre les fentes du masque, lui prêtant plus de vie encore, bien téméraire ou bien fol celui qui se serait aventuré à les fixer.

Le Baron de Malemort, le maître des galoups, que tout Occitània craignait comme Diable en personne, la main armée et l'exécuteur du Vicomte de Marsac… Le Grand Veneur en personne ramenait à Tolosa sa chasse infernale.

Il arrêta sa monture d'un seul coup de rênes violent, la faisant hennir et volter dans la cour, presque sur les gardes en armure qui décampèrent sans demander leur reste.

Il n'attendit même pas que son monstre de cheval se soit calmé et sauta de selle séance tenante.

Quiconque se serait peut-être mal reçu, se serait rompu un os ou deux à desseller si rudement, mais il prit contact avec le sol tel un félin au sortir d'un bond.

Courbé et tremblant, un homme d'écurie vint prendre la bride des mains du Grand Veneur, le visage plongé vers le sol, de peur, peut-être, de croiser son regard.

Mais le Baron de Malemort ne lui accorda pas même un semblant d'attention, et, alors que sa troupe l'imitait, se dirigea vers le corps du donjon.

Là-haut, le Vicomte de Marsac, se tournant vers la pièce menant à son perchoir, ordonna : « Huissier. Faites mander le Baron de Malemort. Qu'il vienne me trouver ici, sur l'heure. »

Il avait parlé sans hausser le ton, ce n'était pas dans son habitude. C'est qu'il avait voix douce, le Vicomte, et onctueuse aussi. Malgré quoi, il fallait en vain y chercher la plus petite trace de bonté. Si une vipère s'était un jour mis en tête de parler, elle l'eût sûrement fait avec cette voix-là.

De l'intérieur lui parvint un « Bien Monseigneur » étouffé. On se courba bien bas et on s'éclipsa précipitamment.

C'est ainsi que se conduisaient les gens, en sa présence, et c'est ainsi qu'il lui plaisait qu'on se conduise. Ceux qui n'avaient pas l'échine assez souple, on savait la leur ramollir, et s'ils persistaient dans leur raideur… Et bien on avait toujours besoin de nouvelles pendeloques à montrer au peuple, dans la cour.

Il regarda quelques instants les âmes damnées de Malemort investir la place, se dévoilant tour à tour, rabattant leur capuche pour montrer leurs visages marqués au sceau de l'enfer et de l'animalité. Leurs yeux fauves, toujours en mouvement, tous jaunes sulfureux, leur conféraient l'allure d'une meute de loups en chasse.

Il n'eut pas à attendre bien longtemps.

Se rapprochant, un bruit de pas sonore et décidé, lesté de fer, vibra sur quelques lames de parquet, puis s'arrêta juste derrière lui. Il y eut un froissement de toile, un crissement de cuir, puis une voix assourdie s'éleva :

« Monseigneur. »

Il demanda, sans se retourner :

« Quelles nouvelles m'apportez-vous de Montpellier, Baron ? »

L'autre voix répondit sans attendre, pleine d'une sinistre satisfaction :

« La révolte est matée, Monseigneur. »

À peine si un sourire étira les lèvres minces du Vicomte.

« Découvrez-vous Baron. Nous sommes seuls, et j'aime à voir le visage de ceux à qui je parle. »

Il y eut un instant de silence, puis ça ferrailla, derrière. On déboucla quelques attaches, du métal couina.

Enfin, le Vicomte se retourna pour fixer son reître.

Il n'eut même pas un froncement de sourcil, pas le moindre petit geste de recul.

Et pourtant, il y avait bien de quoi vous faire rater quelques battements de cœur, dans ce visage-là.

Ç'avait été un noble visage, autrefois, tout en force et en puissance, de ceux qu'on aurait pu prêter au plus preux des chevaliers.

Beau, il l'était encore, malgré cette cicatrice qui lui zébrait les traits à l'emporte-pièce de la tempe gauche au menton. Même ces favoris hirsutes et grisonnants qui lui dévalaient des tempes pour lui dévorer le visage, lui conférant l'allure de quelque bête fauve, ne parvenaient pas à le navrer totalement.

Mais ce que des années de sauvagerie, de combats et de bestialité libérée avaient patiemment gravé dans ces traits-là suffisait à vous faire regretter que le masque ne les cache plus.

Celui-là, le Louvoir l'avait tant et si bien dévoré que, même sous forme d'homme, on sentait la fringale de violence et de chair humaine lui filtrer par tous les pores de la peau.

Un loup enragé prêt à mordre aurait eu la même expression, la joie mauvaise en moins.

Et ces yeux, ces yeux perpétuellement jaunes, en chasse, jamais au repos, ils semblaient traquer tout ce qui bougeait et respirait, pister la moindre opportunité de déchaîner la violence qui bouillonnait là-dedans.

Si le Vicomte de Marsac n'était que vice et méchanceté, soif de pouvoir et rouerie, celui-là était meurtre et sauvagerie, fureur et colère.

Le Vicomte, qui, s'adressant à son bras droit agenouillé, interrogea encore :

« Et les meneurs ? Le Comte et les siens ? »

Le sourire repu et carnassier que lui dédia le Grand Veneur se passait de commentaire. Le Vicomte savait ce que les galoups noirs faisaient de leurs victimes.

Il releva, avec une pointe de moquerie :

« Vos méthodes, Baron, manquent parfois d'élégance. »

L'autre eut un rire grave qui aurait aussi bien pu passer pour un grognement.

« Si Monseigneur désirait l'élégance, il aurait dû envoyer une compagnie de danseuses. Pour ce qui nous concerne, nous nous contentons d'être efficaces. »

Cette voix, elle peinait, parfois, à tordre les mots d'hommes. On sentait que celui-là, il était plus habitué à hurler à la lune qu'à tortiller de l'Occitan. Ça grondait dans sa gorge, quand il s'exprimait.

Marsac en avait l'habitude et ne s'en formalisa pas.

« Et de faire ripaille de chair humaine par la même occasion. »

Le Grand Veneur répliqua. On eût presque dit qu'il se justifiait.

« Nous autres, galoups, sommes des chasseurs, Monseigneur. Un chasseur chasse pour se nourrir… Tuer pour laisser perdre ne serait pas convenable. »

Mais Marsac était lassé de ce petit jeu, il se lassait vite de tout, et puis, les méthodes de Malemort, elles lui étaient utiles, pour expéditives et répugnantes qu'elles fussent. Il était bien certain que Montpellier se tiendrait tranquille pour un bon bout de temps, maintenant.

Et il avait plus urgent en tête.

« J'ai une nouvelle mission à vous confier, Baron. »

Le géant agenouillé haussa un sourcil, qu'il avait fourni et hirsute.

« Une autre ville à soumettre Monseigneur ? »

Ça lui démangeait décidément les mâchoires, la chasse, la traque, la mise à mort. Le Vicomte le savait, et ne le gardait que très rarement inactif à Tolosa. Enfermé dans le donjon, sans terres à sillonner, gibier à traquer et croquer, Malemort devenait vite intenable et incontrôlable. Il provoquait n'importe qui sous n'importe quel prétexte. Plusieurs grandes gueules de la cour en avaient fait la cruelle et dernière expérience. Ce qui restait d'eux devait encore pourrir entre les canines du Grand Veneur.

« Non, mon ami, quelque chose de plus… Délicat. »

Son demi-fauve de vassal plissa les yeux, curieux, mais ne pipa mot, attendant la suite.

« J'avais envoyé le Baron de Siblaire en mission vers le nord… »

À peine avait-il prononcé ce nom qu'une lueur dangereuse fulgurait dans les prunelles soufrées du Grand Veneur. Le Vicomte l'ignora superbement.

« J'ai eu connaissance de quelques troubles, une histoire de malebeste écorniflée de curieuse manière, assez pour retenir mon attention… » Le maître d'Occitània eut un geste aérien, comme il aurait chassé un moustique. « Rien d'alarmant jusque-là, mais il semblerait que notre ami Siblaire ait soulevé un lièvre… Et rencontré plus de difficultés que prévu. »

Un raclement de gorge, qui tenait autant du rire que du grognement de haine pure, filtra d'entre les lèvres de Malemort.

« Qu'attendiez-vous d'autre de ce ribaud à écailles ? Il n'est guère doué qu'à forcer drôlesses, pas à mener bataille. »

Le regard que lui lança le Vicomte, par-dessus son épaule, aurait suffi à arrêter les cœurs les mieux pendus d'Occitània.

« Gardez vos haines pour vous, Baron, je n'en ai cure, tant qu'elles n'interfèrent pas avec mon service. Le Baron de Siblaire m'est aussi utile que vous… À sa manière. »

Le Grand Veneur, soutenant sans frémir le poids de l'attention du Vicomte, où tout autre se serait détourné et enfui à l'autre bout d'Occitània, et peut-être au-delà, grommela entre des dents serrées à la semblance de crocs.

« Celle des vipères, sac de vices et de fausseté qu'il est. »

Le Vicomte avait déjà reporté son attention vers le nord, tournant sans crainte le dos à celui dont le pays tout entier redoutait jusqu'à l'ombre.

« Il est des circonstances où la vipère se révèle plus utile que le loup, Baron, et vous manquez parfois de… subtilité. »

Derrière l'épaule du Vicomte, et beaucoup plus haut, s'éleva un rire de basse à la semblance de grondement d'orage, un orage sourd et carnivore.

« Il a dû être trop subtil, ce bougre de serpent, pour se faire esmoignoner par quelques vilains. »

Le maître d'Occitània, ignorant volontairement la note de joie mauvaise filtrant des crocs de son vassal, répondit aussitôt, ses yeux insoutenables scrutant les lointains de la nuit, au nord, vers la Brèche, un léger sourire, de ceux à vous faire regretter de vivre, étirant ses lèvres sans amour.

« Il a eu à faire à plus forte partie que prévu… Une de vos vieilles connaissances vient de se manifester. »

Le visage terrible du Grand Veneur se tendit. On aurait cru voir un loup devant lequel on aurait agité une proie savoureuse.

Il gronda, à mi-voix. :

« Qui ? »

Le Vicomte, savourant son effet, laissa tomber, avec une feinte désinvolture :

« Thierry de Castelroc. » Il observa un instant l'incrédulité qui se peignait sur les traits de prédateur à forme humaine du Baron.

Ce dernier en tremblait soudain, pas de peur, non, mais d'un sentiment tout aussi puissant. Ça le mordait, par là-dedans, et de belle manière encore, tant et si bien qu'il en passa brièvement un doigt le long de sa cicatrice, comme pour mieux se remettre en tête quelque ancienne blessure.

Le Vicomte continuait déjà :

« Et ce n'est pas tout… Il est accompagné de deux adolescents… Deux garçons… L'un est blond et bien fait, l'autre… est un galoup. »

On lui aurait annoncé que Dieu ou Diable venait d'apparaître sur terre que ça ne lui aurait pas fait plus d'effet, au Grand Veneur. Le souffle parut lui manquer. Un grognement de stupéfaction lui échappa.

Dans ses yeux de bête fauve, un feu trouble s'alluma. On lui sentait une fièvre soudaine, brûlante, impatiente, qui lui tordait les membres.

Il haleta.

« Où ? »

Le Vicomte répondit, comme si le sujet l'intéressait à peine.

« Dans un petit village perdu, aux limites d'Occitània, près de la Brèche, dans les monts d'Auvergne… À Mandailles, je crois. »

Le Baron répéta, de la rocaille plein la gorge, le feu qui lui ravageait les tripes semblant s'étendre jusqu'à son visage.

« Mandailles. » Il paraissait goûter le mot, tel un limier flairant une piste.

« Oui, Mandailles… Guère loin d'Aurillac, à six jours d'ici. »

À peine avait-il prononcé ces mots que le Baron se redressait de toute sa taille, dans un craquement de cuir clouté.

Debout, il dominait le Vicomte de deux bonnes têtes. Ce dernier disparaissait dans l'ombre de ses épaules énormes.

Déjà, le Grand Veneur lançait, pressé soudain, et nerveux, monstrueux chien à forme humaine tirant sur la longe du chasseur :

« Je pars sur l'heure ! »

Le Vicomte acquiesça plaisamment, esquissant même un sourire.

« Je n'en attendais pas moins de vous, Baron. » Alors que son âme damnée abaissait de nouveau sa visière et faisait brusquement demi-tour, dans un envol de cape noire, il le rappela. « Baron ! Ramenez-moi les deux garçons en vie… Et la peau de Thierry de Castelroc. »

Il y eut une raideur soudaine, dans le dos puissant. Le masque de loup aux crocs dénudés se tourna à moitié vers lui, puis la voix étouffée s'éleva à nouveau :

« Vous aurez sa peau… Mais le reste… Je me le réserve. »

L'instant suivant, ses pas pressés et formidables martyrisaient à nouveau le plancher de la salle, puis les escaliers du donjon.

Satisfait, le Vicomte resta quelques secondes sur sa terrasse, le temps de voir le limier ressortir en trombe, enfourcher son monstre de cheval, hurler quelques ordres, de cette voix où le loup l'emportait sur l'homme, et désigner une dizaine de galoups.

L'instant suivant, ils étaient partis, malmenant la nuit de leur ombre funeste, dans un tonnerre de sabots ferraillant.

Alors seulement, le Vicomte se remit à sourire, étirant ses lèvres en un pli froid et satisfait. Eût-il ouvert la bouche, à cet instant, qu'on ne se serait pas étonné outre-mesure si on y avait trouvé deux crochets à venin.

Après tout ce temps, enfin, il les avait retrouvés.

Et son limier allait les rattraper… De cela il ne doutait point.

Plus allègre qu'il ne l'avait été depuis bien longtemps, il se tourna vers l'intérieur.

« Huissier, faites donc mander Christine, la charmante fille du Chevalier de Muret… Je me sens d'humeur joueuse, ce soir. »

Un nouveau « Oui Monseigneur », s'éleva de l'intérieur. Une nouvelle cavalcade s'ensuivit.

Une telle soirée méritait bien compagnie. Cette petite merveille aux yeux et à la longue chevelure aussi noire que ceux d'une Andalouse, au visage mutin et fier, serait parfaite.

Tout à sa joie mauvaise, il exulta : « Ah, louveteau, si tu savais ce qui t'attend ! »

Alors, quittant la terrasse, il se dirigea vers ses appartements où viendrait le rejoindre sa sacrifiée d'un soir.

Tolosa s'enfonçait dans les ténèbres, et le Grand Veneur écorchait la nuit de sa course infernale.

Vers l'Auvergne… Vers Aurillac… Vers Louis.

La voix du conteur expire dans un souffle.

Au creux du cantou, le feu n'est plus que braises en agonie et cendres à peine tièdes d'un souvenir de flammes.

Dans les bras de leurs mères, les plus petits s'en sont allés au pays des songes.

Les plus grands les y ont presque rejoints, du rêve plein les yeux.

Déjà, filtrant de sous la porte de planches, le froid pince les jambes sous les robes et les braies.

Dehors, le vent a fait silence, en manque de souffle. Peut-être lui aussi s'est-il assoupi ?

Même le loir qui séjourne au grenier ne pousse plus ses couinements à vous percer l'oreille.

Dans les bols de terre cuite, plus aucune eau ne baigne les feuilles de thé sauvage de la tisane du soir.

Il est l'heure de regagner son lit clos et de s'y enfermer au chaud derrière les portes et les lourds rideaux tirés.

Demain, un dur labeur appellera les uns et les autres.

Mais toute la journée, Louis et les siens leurs tiendront compagnie.

Aux grands, ils apporteront un peu de joie. Aux petits, un peu de rêve… Car telle est la matière dont sont faits les contes.

Le soir, une fois les assiettes récurées à grands coups de pain noir, tous viendront de nouveau faire cercle autour du cantou ou s'asseoir sur les bancs, dans la niche chaude, pour se roussir le cuir.

Alors, la voix du conteur s'élèvera à nouveau pour continuer l'histoire et prêter vie, une fois encore, à Louis… Louis le galoup…

PETIT PRÉCIS DES TERRES D'OC À L'USAGE DU VOYAGEUR

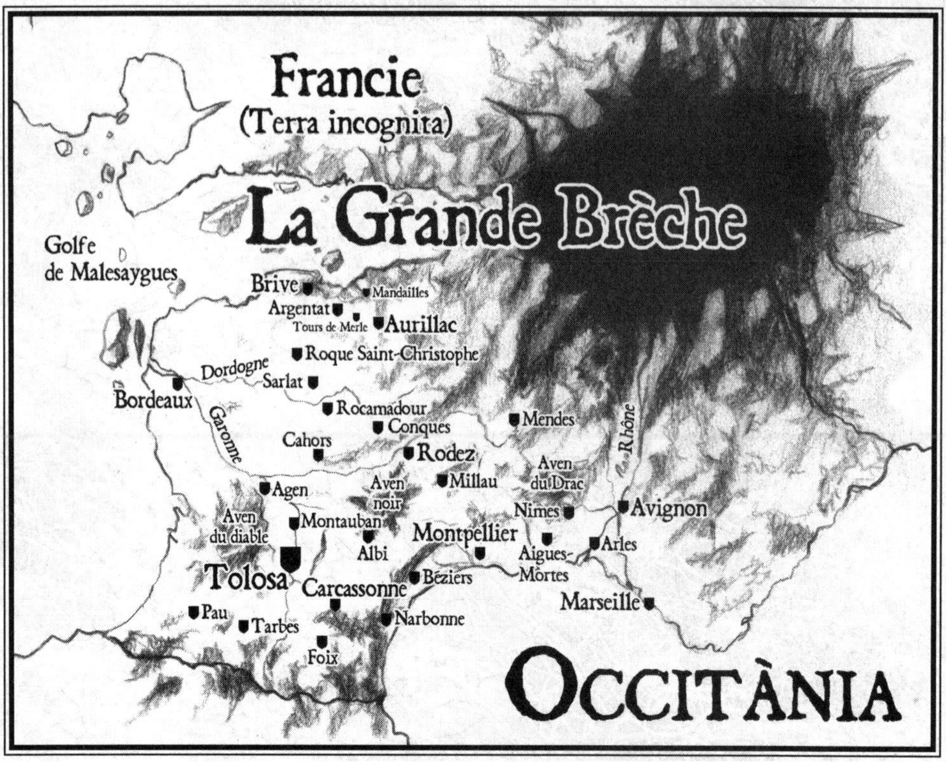

Tous les bons ou méchants de ce récit, s'ils s'inspirent de personnes existantes, et souvent proches du conteur, sont fictifs.

Le Vicomte de Marsac et le Baron de Malemort, par exemple, n'ont jamais existé de ce côté-ci de la réalité, Dieu merci. Nous avons déjà plus que notre dose de monstres sans en rajouter encore.

Dans notre réalité, Louis est un adorable petit bonhomme de huit ans et demi, souriant et espiègle comme un petit drac. Pour l'instant, cependant, aussi fort et grand soit-il pour son âge, il n'a encore jamais montré signe de louverie… Ouf !

Jamais, non plus, la France n'a été coupée en deux par une Brèche infernale. Il n'y a que dans le monde de Louis, un peu différent du nôtre, que cet événement s'est produit.

Mais si cette histoire et ses protagonistes ne vivent que dans l'esprit du conteur, et maintenant dans le vôtre, tous les lieux qui y sont cités ont existé et, bien souvent, existent toujours.

Ainsi, l'Occitània de Louis, notre Occitanie, ainsi nommée parce qu'on y parlait la langue d'oc (« oc » signifiant « oui » en occitan), représentait la partie de la France située en dessous de la Loire.

Par opposition, on appelait « pays d'oïl » la partie de la France située au nord de la Loire (et devinez, « oïl », au nord de la Loire, signifiait aussi « oui »).

L'Occitanie couvre encore, de nos jours, une superficie de trente et un départements, dont le Cantal (où commence notre récit), mais aussi la Corrèze, la Haute-Garonne, l'Hérault, le Tarn, le Lot et bien d'autres…

La langue occitane se divise en six grands dialectes distincts bien que cousins : au sud, le gascon, le languedocien (celui de Louis) et le provençal ; au nord (de l'Occitanie), le limousin, l'auvergnat-vellave et le vivaro-alpin.

C'est dans cette Occitanie (Occitània) que se déroulent les aventures de Louis. À travers ses pérégrinations et celles de ses amis, nous tenterons de faire revivre et aimer ce pays d'Oc : nous vous en ferons partager les beautés, goûter les saveurs et découvrir les us et coutumes à l'époque de Louis.

Mais avant tout, nous sommes là pour vous raconter une histoire.

C'est qu'au-delà des montagnes, où l'on trouvait peu de chemins praticables, s'ouvrait la Grande Brèche, celle qu'on surnommait « la Brèche du Diable ».

C'était surtout quelqu'un de calme et réfléchi, qui appréciait plus la lecture que la bagarre. Quelqu'un, enfin, qui ne connaissait ni de près ni de loin le sens du mot « méchanceté », et se tenait toujours prêt à intervenir au moindre conflit.

Regarder les yeux de Louis, chauds et doux, c'était comme regarder un feu de bois, apprivoisé et rassurant… tant qu'on ne lui permettait pas de déborder du cantou pour dévorer la maison toute entière.

Mandailles était, de fait, une sorte de bout du monde, le dernier avant-poste de l'homme dans une nature sauvage et revêche.

Château… Un mot qui fait rêver petits et grands… Mais pas ce château-là.

« Puisque vous aimez tant rester dehors, vous dormirez dans la resserre cette nuit. On verra bien, demain matin, si vous êtes toujours aussi marioles ! »

Les planches craquèrent, quand une masse lourde vint soudain peser contre elles, comme pour en éprouver la solidité.
Les deux garçons se mirent à égrener mentalement tout ce qu'ils savaient de prières dans le désordre le plus complet.

Oh ! Il ne s'agissait pas d'un ignoble cachot, non, rien de tel. Il n'y avait pas de cachots au château. Mais juste une avancée de pierre, cloque de maçonnerie incertaine, à l'arrière de la bâtisse, où l'on remisait le bois et quelques outils.

C'était un bougre d'homme aussi haut et large qu'une petite armoire, un véritable colosse qu'une simple soutane brune ne parvenait pas à rendre moins impressionnant.

Mais quand enfin il se leva pour s'approcher d'elle et s'inquiéter de son état, il trouva, perdu entre boucles de flamme et robe tachée, un minois joli autant qu'étonnant qu'aucune imperfection ne venait navrer.

Ne demeuraient plus, agglutinés autour du feu, que les irréductibles, ceux dont la curiosité portait un peu plus loin que le bout de la vallée.

Mais Louis devait bien avouer qu'à observer son allure et sa manière de bouger, il sentait le gagner une certitude encore diffuse : celle que Thierry n'était pas tout à fait celui qu'il voulait paraître.

Ce fut d'un seul bond prodigieux qu'il traversa les dix mètres le séparant de la malebeste, pour venir se ventouser à son râble. Il s'y planta, tel un rapace sur une proie. Il y crocha ses griffes, ses mains énormes, aux doigts puissants écartés, labourant la couenne épaisse pour y trouver la chair.

Louis courait.
Avec la vivacité du loup et la force de dix hommes, il courait. Autour de lui, les bois défilaient, tronc après tronc, alors qu'il éventrait la nuit, forme grise et hirsute.

Blanc de poil comme lune, l'autre offrait au regard une masse énorme et noueuse, tout en nerfs à fleur de peau et en muscles nerveux. Il vous montrait des bras aussi larges que des troncs, des pattes fines et longues, faites pour la course, une gueule à vous trancher la cuisse d'une seule cisaillée de crocs.

À ses pattes, le blanc avait déposé l'humain encore inconscient, immobile, sans défense, mais encore vivant. Louis, par ses oreilles sensibles à la moindre brise, percevait d'ici son souffle.

C'était la plus charmante, la plus souriante des grand-mères que Louis eût jamais rencontrée, et il avait beau chercher, jusque dans ces yeux verts où pétillait encore une malice de petite fille, il n'y trouvait pas trace de méchanceté.

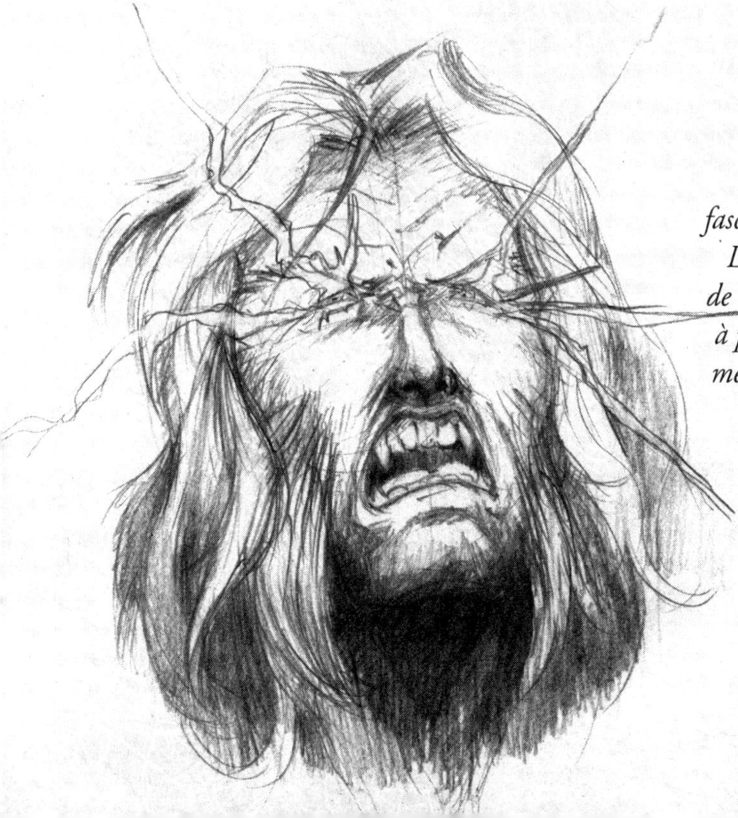

Ce fut avec une fascination terrifiée que Louis vit la silhouette de cet oncle qu'il venait à peine de découvrir se métamorphoser sous ses yeux.

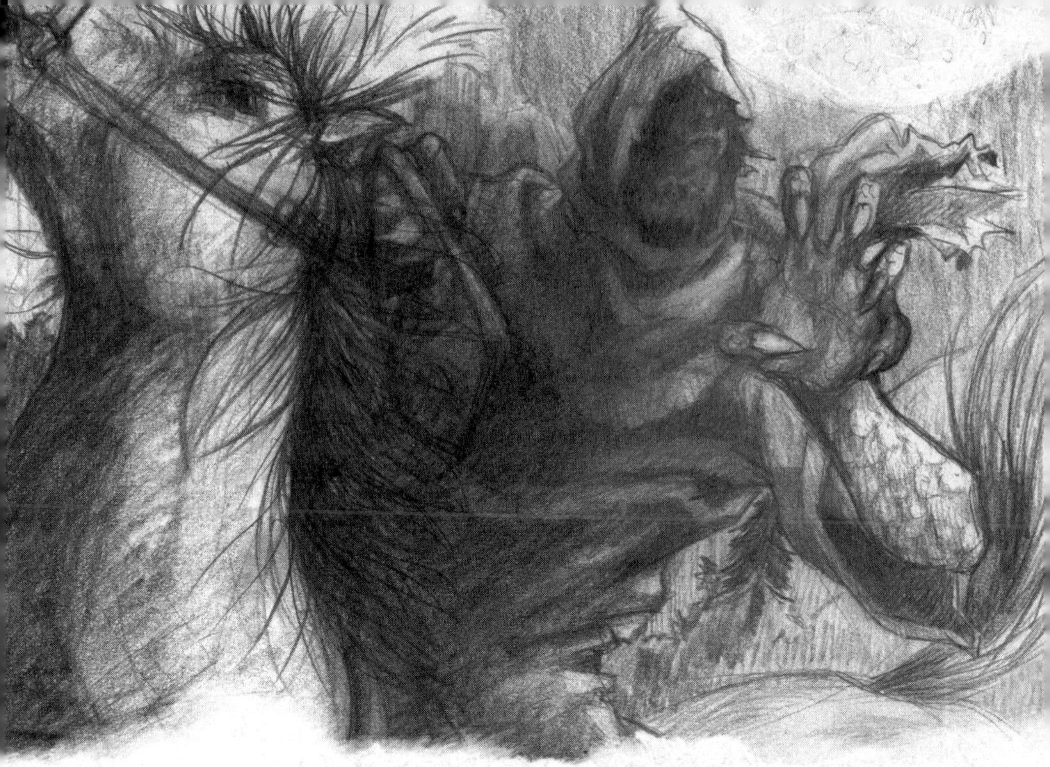

Ce fut pour voir le cavalier tourné vers eux, tendu sur l'encolure de son cheval comme rapace vers sa proie. Il tendait une main aux doigts griffus juste dans leur direction.

Sa malveillance, sa méchanceté, elles lui suintaient de tout le corps, tellement bien que sa forme haïssable et encapuchonnée semblait même en percer les ténèbres d'un noir plus profond, plus poisseux, souillé.

« Je te l'ai déjà dit,
Louis le galoup,
nos destins sont liés.
Tes épreuves seront
les miennes, je l'ai
su dès que je t'ai
rencontré. »

On chantait.
Ce fut la première pensée
que formula Louis
quand il put rassembler
suffisamment de lui-
même pour se remettre à
réfléchir et à sentir...

Il ouvrit les yeux.
Le visage qu'il découvrit,
il le crut un instant à un
ange.

Autant la demeure du Chevalier de Marfon faisait pitié à voir et n'avait de château que le nom, tant ce donjon-là enfonçait tous les autres par sa taille et sa puissance.

Grand, oui, et méchant avec ça, tout en tours d'angles aux meurtrières vicieuses, en créneaux agressifs qui vous griffaient les nuages. À y lever les yeux, depuis la rue, on en ressentait le pouvoir qui vous pesait sur le front dans toute la cité.

Un bel homme, assurément, dans la force de l'âge, énergique en diable et pas indolent pour deux sous.

Un visage fait pour plaire aux dames… Si…

S'il n'y avait eu, lui transpirant de sous les traits qu'il avait nobles, cette méchanceté à fleur de peau. Elle lui marquait juste assez la figure, une ride par-ci, un pli dur par-là, pour vous avertir que cet homme-là, mieux valait ne pas trop l'approcher.

Celui-là, le Louvoir l'avait tant et si bien dévoré que, même sous forme humaine, on sentait la fringale de violence et de chair humaine lui filtrer par tous les pores de la peau.

Le langage fleuri du pays de Louis

- Le glossaire de Louis -

Nous indiquerons en premier le mot francisé et entre parenthèses l'orthographe occitane, quand il y a lieu.

Aurillac *(Orlhac)*

La ville la plus proche de Mandailles, à 10 lieues (40 kilomètres) environ, soit deux jours de marche en allongeant le pas. Un centre important dans la région. C'est ici que, plusieurs fois l'an, se déroulaient les grands marchés aux bestiaux où se retrouvaient tous les paysans des environs.

Bougre

Ce mot, qui est encore employé actuellement, désignait au temps de Louis des gens aux mœurs douteuses ou dévoyées.

Brècheux

Celui ou celle (homme ou bête) qui a été exposé à l'influence de la Brèche du Diable, de l'autre côté des montagnes. Les brècheux sont des gens bizarres, inquiétants, qui ont souvent des difformités ou des pouvoirs incompréhensibles, donc effrayants.

Bufadou *(Bufador)*

Dans le pays de Louis, on se servait plus souvent d'un bufadou que d'un soufflet. Il s'agit en fait d'un long bâton percé, dans toute sa longueur, d'un trou qui va en s'amincissant. Quand on souffle dans l'extrémité la plus large, l'air file à travers le bâton et sort de l'autre côté beaucoup plus fort. Le bufadou sert à attiser le feu sans pour autant envoyer des cendres partout ni brûler le souffleur.

Cantou *(Canton)*

Le cantou est la grande cheminée traditionnelle des maisons du pays de Louis. Elle est si large et si profonde qu'on pouvait, de chaque côté du feu, y installer deux bancs sur lesquels les gens venaient prendre place pour se tenir au chaud. Parfois, on y aménageait aussi quelques petites niches.

Caretou *(Carreton)*

Une petite carriole, en patois du pays.

Cariotte *(Carriòta)*

Idem.

Cascade du Luc *(Du latin Lucus, le bois sacré)*

La cascade du Luc dévale la montagne entre Mandailles et Liadouze, un tout petit hameau de la vallée.

Chamaille

La dispute, la querelle, qui a donné « se chamailler ».

Coquin

Attention, au temps de Louis, ce terme n'avait pas tout à fait le même sens que de nos jours. On désignait par ce mot une personne vile et sans honneur.

Cruque *(la cruca)*

La cruche… Mais peut aussi, dans le langage populaire, désigner la tête.

« Prendre un coup sur la cruque » signifie simplement prendre un coup sur la tête.

Désentripailler

Littéralement, dans le langage ancien, « enlever les tripes » ce qui signifiait ni plus ni moins éventrer.

Drôlesse

Dérivé de « drôle », le jeune garçon, « drôlesse » désigne évidemment une jeune fille.

Esmoignoner

En vieux français, ce verbe signifie « blesser » ou « mutiler » (pensez donc à « moignon »).

Fenestrou *(Fenestron)*

Ce mot, dans le langage du pays, désigne une petite fenêtre. Il vient en fait du mot ancien « fenestre » auquel on a ajouté « ou » pour suggérer l'idée de petitesse.

Galoup *(Galop)*

Le loup-garou. Celui qui possède le Louvoir : le pouvoir de se changer en loup. Les plus craints des serviteurs du Vicomte de Marsac depuis qu'ils sont devenus « mauvais ». Le mot « galoup » vient de « gars » et « loup ». Galoup signifie simplement « l'homme loup ».

Gentiane *(Gençana)*

La gentiane est une magnifique fleur de montagne aux pétales bleus, jaunes ou violets. À partir de sa racine, on fabrique de nombreux alcools et liqueurs. La plus connue est la « Suze », mais la seule qui trouve grâce au palais des gens du pays est « l'Avèze ».

Goupille

En ancien français, on désignait par ce nom la femelle du renard, le goupil, mais aussi les jeunes filles à la chevelure rousse ou particulièrement rusées.

Jordanne *(Jordana)*

La rivière qui donne son nom à la vallée de Louis : la vallée de la Jordanne. Elle prend sa source de différents torrents de montagne, juste au-dessus de Mandailles, puis descend jusqu'à Aurillac qu'elle traverse pour se jeter dans la Cère qui, à son tour, rejoint la Dordogne.

Le Drac *(lo drac)*

Le Drac est une sorte de lutin du pays de Louis. On le dit fils du Diable. Il est réputé pour jouer des tours pendables aux gens, mais il protège les enfants dont il a l'apparence. Pour se préserver de ses mauvais coups, il faut toujours laisser un peu de nourriture devant sa porte.

Le Louvoir

Le pouvoir du loup, qui permet au galoup de se transformer et de devenir un être mi-homme mi-loup.

Le Telloir

Le Telloir est le pouvoir des femmes galoups. Si elles ne se transforment pas, elles peuvent, par contre, soigner les blessures, parler aux animaux, faire jaillir l'eau ou pousser les récoltes en des lieux désertiques.

Les simples *(l'Herbas)*

Par ce mot, on désignait, dans les temps anciens, les plantes médicinales dont on se servait pour préparer quelques décoctions ou remèdes.

Lit-clos

Dans le pays à l'époque de Louis, le chauffage n'existait pas. Quand on s'éloignait de la cheminée, l'hiver, la température ne dépassait guère celle de l'extérieur. Les lits, dans le pays, étaient donc souvent des lits-clos, c'est-à-dire des meubles ressemblant à de grandes armoires dans lesquels se trouvait une paillasse recouverte de draps et édredons. On fermait les portes en allant se coucher.

En gardant la chaleur humaine, on avait chaud même au plus froid de l'hiver.

Loubotier *(Lobatier)*

Ce mot désigne le chasseur de loup. En général, le Loubotier creusait un puits bordé de pierres qu'il recouvrait de feuilles. Les loups y tombaient et le loubotier venait alors, armé d'une corde. Du haut du trou, il garrottait le loup. Après, il allait revendre la fourrure à la ville.

Maldiseuse

Celle qui peut dire des sortilèges, qui peut « mal-dire », « dire le mal ».

Menuaille

Dans la bouche d'un seigneur, ce terme désigne le petit peuple, les gens de rien.

Malebestes *(los malas bestias)*

Les malebestes sont des animaux, quels qu'ils soient, qui ont été transformés par la Brèche du Diable. Ils deviennent généralement monstrueux et d'une force terrible, déformés et affreux à regarder. Certains se sont répandus dans tout Occitània lors des Maljours. D'autres continuent de passer les montagnes régulièrement et à causer des ravages dans les villages proches.

Maljours

Les jours qui suivirent la grande catastrophe, après que le poing de Satan a frappé la France et l'a coupée en deux. Pendant les cent ans qu'ont durés les Maljours, la poussière soulevée par le choc et projetée dans l'atmosphère a occulté le soleil, causant une nuit perpétuelle. Un âge glaciaire s'est installé sur le pays, et les malebestes se sont répandues, venues de l'autre côté des montagnes. Beaucoup d'hommes et d'animaux sont morts durant cette époque. On en parle encore avec effroi.

Nouer les aiguillettes

Dans l'ancien temps, on soupçonnait les sorcières de « nouer les aiguillettes » des hommes, et c'était là un sort affreusement redouté. Celui à qui on avait noué les aiguillettes se trouvait incapable d'accomplir son devoir conjugal et donc de faire enfant. Il devenait la risée de tous.

Occitania *(Occitània)*

Le pays de Louis, le sud de la France. Occitània comprend la partie de la France qui s'étend du sud des monts d'Auvergne, à Mandailles, jusqu'à la Méditerranée. On y parle la langue d'Oc, à l'opposé de la langue d'Oïl, celle des pays du nord.

Patranque *(Patranca)*

La Patranque est un des plats à base de fromage et de pain, typique du pays de Louis. C'est un plat nourrissant, car, à cette époque, on avait besoin de force, pour travailler et lutter contre le froid. De plus, le pays était pauvre et on mangeait exclusivement ce que l'on produisait soi-même.

Puy Mary *(Lo Puei Marin)*

Le Puy Mary est un des plus hauts sommets des montagnes du pays de Louis.

Rocamadour

Depuis le XIIe siècle, Rocamadour est un village fortifié à flanc de falaise et un lieu saint. Grâce à son emplacement sur le chemin de Saint-Jacques-de-Compostelle il est un important lieu de pèlerinage. À visiter absolument, même si on n'est pas pèlerin. Le site possède un charme intemporel. À conseiller à tous les amoureux de vieilles pierres ou aux fondus d'époque médiévale, ils trouveront là leur bonheur.

Roque Saint-Christophe

La Roque Saint-Christophe était une ville troglodyte (dans la roche) construite à flanc de falaise dans la vallée de la Vézère, au sud de Brive. C'est un site magnifique que nous recommandons à tous de visiter.

Sachant(e) *(Sabent)*

Celui ou celle qui sait des choses, qui est plus instruit ou plus bavard que les autres, que ce soit en savoir sérieux ou en indiscrétions.

Salers *(Salern)*

Salers est une ville fortifiée des hauts plateaux du Cantal dont nous recommandons vivement la visite. Par extension, ce nom désigne aussi les vaches caractéristiques de la région qui semblent beaucoup tenir de l'auroch, leur lointain ancêtre. On désigne aussi par ce nom le fromage produit avec leur lait. Le fromage de Salers, quoique fort en goût, est un vrai régal. La Salers a cette caractéristique, par rapport aux autres vaches, qu'elle ne donne du lait que si son petit est près d'elle.

Soufre(e)

Quand on dit d'une personne qu'elle est soufrée, cela signifie qu'on la soupçonne d'entretenir des rapports avec le Diable. Soufré vient de « soufre », et, dans l'imaginaire populaire, le Diable et l'enfer sentent le soufre. Une personne soufrée est une personne qui sent le soufre, donc le Diable.

Souillarde *(Solharda)*

La souillarde est une sorte de petit renfoncement en voûte, aménagé dans les murs épais des anciennes maisons du pays de Louis. Généralement, ce renfoncement servait de réserve ou d'endroit pour y entreposer assiettes, bols, etc.

Tarte à l'encalat

La tarte à l'encalat est un gâteau à base de lait, typique de la région. C'est aussi un dessert nourrissant mais délicieux, qui, s'il est bien fait et servi légèrement tiède, vous ravit les papilles. Vous en trouverez la recette en annexe.

Tolosa

Tolosa, (ancien nom de Toulouse en occitan) est la capitale du pays de Louis depuis que le royaume d'Occitània s'est constitué au sud de la Grande Brèche. C'est le centre culturel, politique et religieux du pays, mais aussi une ville magnifique. Un seul regard suffit à vous ravir le cœur. Nous ne saurions trop conseiller de la visiter et de s'asseoir prendre un petit-déjeuner sous les arcades du capitole, par un doux matin. Ne vous inquiétez pas, le Vicomte de Marsac et le Baron de Malemort n'existent que dans le monde de Louis.

Tours de Merle

Il s'agit d'un vieux château médiéval niché sur un piton rocheux cerné par le lit d'une rivière au creux d'une vallée sauvage. L'endroit est particulièrement préservé, et, même si les tours de Merle sont en ruine, le site demeure très impressionnant. L'été, on y donne souvent des reconstitutions avec sons et lumières. Le lieu s'y prête très bien. Les tours de Merle se situent entre Aurillac et Argentat, sur la commune de Goulles.

Traquebeste

L'ordre combattant des chevaliers Traquebestes fut fondé pendant les Maljours. Ces moines-soldats, unis par le désir de combattre, sur la terre occitane, le pouvoir malfaisant de la Grande Brèche, vouent leur existence à la chasse des malebestes. Le plus fameux d'entre eux, Alban, vécut juste avant le règne de Guilhem Ier, et libéra le sud d'Occitània de l'emprise de la terrible Tarasque et de sa progéniture maudite, le peuple des Siblaires. « La geste d'Alban » est encore chantée par les plus fameux troubadours du royaume.

Hélas, avec le règne du Vicomte, cet ordre prestigieux est actuellement sur le déclin.

Vilain

À l'époque de Louis, les seigneurs désignaient par ce terme les gens de peu, le bas peuple, ceux des campagnes en particulier.

La cuisine généreuse du pays de Louis

Comme nous l'avons promis, nous allons tenter ici de vous donner un très léger florilège des recettes les plus typiques du pays de Louis.

Si vous avez quelque talent de mitron, tentez donc l'expérience et faites-nous part de vos impressions.

Si, par contre, vous êtes trop jeunes pour toucher à la gazinière ou si désastreux avec une casserole que même un blaireau enrhumé refuserait votre tambouille avec dégoût, voire si vous êtes simplement trop fainéant, tâchez de convaincre un de vos proches de les réaliser à votre place.

Attention !

Avertissement aux amateurs de brocolis à l'eau minérale et autres joyeusetés insipides de la cuisine moderne

Comme vous ne manquerez pas de le remarquer, les quelques recettes que nous vous offrons ici sont fort nourrissantes, et nous pesons nos mots. Pour tout dire, elles donneraient certainement d'affreux cauchemars et feraient tomber les cheveux de tous les diététiciens du monde.

Cependant, avant d'en faire « tout un fromage », comme on dit par chez nous, sachez donc ceci : si les plats de notre pays sont si généreux en apport énergétique cher aux susdits diététiciens, c'est qu'il y a de bonnes raisons.

La vie était dure, autrefois, dans les montagnes. L'absence de chauffage central et d'isolation, le climat, les travaux harassants de la terre réclamaient une cuisine consistante pour permettre aux hommes et aux femmes de subsister… Et, croyez-moi, tout caloriques qu'aient été les repas, on comptait fort peu d'obèses dans les campagnes. C'est qu'à l'époque, on ne restait pas la journée entière le derrière rivé sur un fauteuil, loin de là. Essayez donc, pendant une journée, de soulever à la fourche, et à bout de bras, des bottes de paille de trente kilos chacune, et vous comprendrez ce que je veux dire.

De plus, si certains s'inquiètent de la présence quasi permanente de certains aliments, c'est qu'il y a une bonne raison.

On n'avait, alors, pas l'embarras du choix, en matière d'ingrédients. On ne connaissait pas les méthodes de conservation comme la congélation ou les conserves. Seules les viandes, comme le cochon, séchées et salées, se conservaient quelque temps, ainsi que le fromage. De plus, il n'existait, alors, aucun supermarché où faire ses courses. Ce que l'on mangeait, dans les villages du pays, c'était ce que l'on produisait soi-même, et, dans les montagnes, les fruits, on en trouve peu, à part quelques pommes, groseilles, noix, noisettes et baies sauvages.

Bref, ici, si vous serviez à un rude gaillard revenant des champs un peu de laitue avec de l'eau minérale pour tout repas, il y avait de fortes chances pour que vous en soyez quitte pour un bon coup de gueule.

La plupart des plats obéissaient donc à ces deux règles d'or :

• Être nourrissants afin de caler l'estomac toute la journée.
• Utiliser les produits disponibles dans le village ou mieux, à la ferme.

Des plats simples, donc, rustiques, faits pour colmater les ventres des tâcherons les plus affamés.

Allez, n'ayez pas peur, oubliez votre régime basses calories et votre diététicien pendant quelques heures… Il sera toujours temps demain d'aller à la salle de gym suer un peu le trop-plein de corps gras.

Et si vous n'avez pas les moyens de vous offrir la salle de gym, ce n'est pas grave, faites-vous embaucher pour les vacances dans une ferme de la région… Vous verrez, ça muscle et on perd du poids… Je suis prêt à parier qu'au bout de deux jours vous vous jetterez sur la patranque.

Et en mangeant de ces plats-là, vous serez un peu, vous aussi, avec Louis…

Les bourriols

Bien sûr, bien sûr, vous connaissez tous les crêpes ou les galettes de sarrasin, et c'est ma foi bien vrai que c'est là bonne chaire… Mais, avez-vous jamais goûté aux bourriols ? Je parie que non. Et vous avez grand tort, car la bourriol est la reine des galettes (comment je suis chauvin ? mais pas du tout !).

Voyons voir, par où commencer ?

C'est que la bourriol, voyez-vous, c'est un peu plus compliqué que de faire des crêpes ou des galettes de sarrasin, ça nécessite quelques préparations.

Pour commencer munissez-vous de 300 g de farine de sarrasin, ça, vous ne devriez pas avoir de mal à en trouver.

Maintenant trouvez donc 1 poireau et 2 grosses pommes de terre.

Ajoutez là-dessus 150 g de farine de blé (celle-là, je vous fais grâce de l'acheter au meunier, citadins que vous êtes. Vous pouvez même aller la chercher à la supérette du bout de la rue).

Trouvez au fond de vos placards un sachet de levure de boulanger (toute cuisine digne de ce nom devrait toujours en avoir un peu au fond d'un tiroir, au cas où).

Munissez-vous d'1 bol de lait.

Enfin, récupérez 1 cuillère à café de sel (réjouissez-vous, vous n'aurez même pas à payer la gabelle dessus.)

Et maintenant, au travail.

Commencez donc par faire un bouillon de légume avec le poireau et les pommes de terre préalablement pelées (en terme plus clair, pour les néophytes, faites les bouillir dans un bon volume d'eau salée).

Une fois ceci fait, retirez le poireau et les pommes de terre du bouillon.

Attrapez donc un grand plat, versez-y tous les ingrédients, sans timidité. Attention, pas trop vite, puis ajoutez-y doucement le bouillon de légume jusqu'à obtenir une pâte bien fluide et lisse… Allez, ne vous découragez pas.

Quand la pâte est parfaite (voire la description plus haut), écrasez les pommes de terre, ajoutez-les à la préparation et mélangez à nouveau.

Ceci fait, reposez-vous un peu, vous l'avez bien mérité. Pendant quelques heures, vaquez donc à vos occupations habituelles.

Pendant ce temps, dans votre dos, sans que vous ayez à fournir un effort, la pâte va doucement lever, ce qui sous-entend que vous avez prévu un récipient assez grand… Vite, vite, courez à la cuisine ça va déborder ! Ouf ! il était temps.

Après ces quelques heures de repos, vous pourrez de nouveau attaquer votre pâte avec une ardeur renouvelée en y ajoutant un peu de lait pour la rendre moelleuse et coulante.

Il ne vous reste plus qu'à vous emparer d'une poêle, y faire fondre un peu de beurre et faire cuire vos bourriols.

N'oubliez pas cependant, que, contrairement aux autres galettes, les bourriols ne sont cuites que d'un côté. Cré fainéants, vous n'aurez même pas besoin de les retourner, c'est pas merveilleux, ça ?

Alors bien sûr, dans le pays de Louis, les bourriols, on les fait cuire dans le cantou, sur un trépied au-dessus du feu, avec une grande poêle de cuivre qu'on appelle « la tuile », mais vous n'avez probablement pas de cantou, et je vous déconseille d'allumer un feu au milieu du salon avec les meubles de grand-mère, ça vexerait.

Bon, vous voilà bien content, vos bourriols, dorées à point, empilées devant vous sur une assiette, tel un vainqueur de bataille culinaire, vous contemplez votre conquête et soudain vous vous demandez : mais qu'est-ce que je vais en faire de ces trucs, moi ?

Et bien je vais vous glisser quelques idées entre les oreilles, histoire de vous faire un peu mousser la fringale sur la langue.

Les bourriols, voyez-vous, ça se mange aussi bien salées que sucrées.

Salées, c'est simple, il vous suffit de les fourrer de fromage (de préférence de la tomme fraîche de cantal), de lardons revenus à la poêle et de noix, le tout avec un peu de crème fraîche de poivre et de sel. Repliez en deux. Glissez-les au four ou au micro-ondes le temps que le fromage fonde. Servez. Ce n'est qu'une suggestion. On peut varier les plaisirs et y mettre des saucisses coupées en morceaux à la place des lardons… Enfin bref, faire ce que l'on veut.

Mais avec les bourriols, le meilleur, c'est l'alliance du salé et du sucré.

Si vous disposez d'une bonne confiture à la mûre de grand-mère, faites réchauffer un peu votre bourriol, tartinez-la généreusement de confiture de mûre jusqu'à ce qu'elle en dégorge et roulez-la… Croquez-moi là-dedans… Hmmm, c'est divin! Après ça, je vous mets au défi de retourner vers ces insipides crêpes de sarrasin.

Récapitulons

- 300 g de farine de sarrasin
- 150 g de farine de blé
- 1 bol de lait
- 10 à 15 g de levure de boulanger
- 1 cuillère à café de sel
- Du beurre pour cuire
- À votre convenance : fromage, lardons, noix, crème fraîche, confiture, etc.

Le pounti

Alors là attention… Attention… Hou ! Ça c'est bon, c'est même très, très bon… Et en plus c'est joli et ça épatera vos amis… S'ils cherchent à savoir d'où vient ce plat si délicieux qu'on en mangerait jusqu'à s'en faire péter la sous-ventrière, dites-leur juste qu'il vient du pays de Louis… Louis le galoup, bien sûr.

Au pays de Louis, le pounti est une entrée, mais, là encore, soyez vigilant, après quelques parts de pounti, on sent s'installer dans le ventre une certaine béatitude un peu lourde qui fait qu'on ne se trouve plus le courage de dévorer le plat principal qui suit… À moins qu'on soit de la région, bien sûr, et qu'on puisse faire ventre avec trois sangliers les uns derrière les autres et sans crise de foie, encore.

Allez tiens, je suis sûr que vous vous dites, médisants que vous êtes… « Qu'est-ce qu'il va encore pouvoir nous trouver comme ingrédients sortis tout droit de la préhistoire ? »… Eh bien, j'y viens, figurez-vous.

Vous êtes prêt ? Bien calé, accroché à votre table de cuisine ?

Allons-y.

Tout d'abord, vous devrez dégotter, peut-être chez votre épicier, 300 g de feuilles de blettes oui, de blettes, pas de bêtes… Ça, ça va peut-être pas aller tout seul. En tout cas, si on vous propose des cafards, refusez, c'est pas ça du tout. Si l'épicier vous regarde comme s'il venait de croiser le Grand Veneur en personne, changez d'épicier et essayez ailleurs.

Il vous faudra ensuite 1 bouquet de persil (bon, là, si l'épicier vous regarde bizarrement, c'est que vous êtes chez le quincaillier, changez de boutique).

Nous continuerons avec 2 oignons (ça ira là, ça devrait pas être trop difficile ?).

Maintenant, traversez la rue, et rendez-vous chez le boucher.

Demandez-lui 250 g de ventrèche.

Maintenant le plus simple : 50 g de farine (ne me dites pas que vous n'en avez plus, ou alors retournez chez l'épicier).

Continuons par 4 œufs.

Allez, soufflez un grand coup : du sel, du poivre, du lait (2 dl), 5 g de levure de boulanger.

Et 10 pruneaux. (Ah vous n'avez pas non plus de pruneaux ? Mais qu'est-ce que c'est que cette cuisine ? Bon, allez, retournez chez l'épicier et s'il se marre, dites-lui que ce soir vous faites du pounti. S'il demande si c'est une spécialité vietnamienne, riez-lui au nez d'un air sarcastique, ça lui rabattra son caquet, à celui-là).

Vous avez tout sous la main, c'est bon ?

On continue.

Tout d'abord, attrapez un hachoir (Non, ne me dites pas…Vous n'en avez pas non plus ? Allez, retournez chez le quincaillier. S'il vous regarde bizarrement… Vous êtes chez l'épicier. Changez de trottoir).

Et maintenant hachez, et mettez-y du cœur… Comment ? Un robot ?… Non mais, est-ce que le pounti vous semble un plat cybernétique des fois ?…Vous avez pris un coup sur la cruque ou quoi ? Un pounti ça se prépare à la main, messieurs dames, si on veut que ce soit bon. Non mais, je vous en ficherais, moi, des robots ! Hé, Castanier, t'as entendu la dernière ? Y veulent faire le pounti au robot… Et pourquoi pas le cuire au micro-ondes aussi, tant que vous y êtes ?

Délayez la levure avec le lait.

Hachez les blettes, le persil, les oignons, la ventrèche, jusqu'à obtenir une sorte de farce.

À cette mixture (mais arrêtez de faire cette tête dégoûtée quoi, c'est pas fini !) ajoutez les œufs, le sel, le poivre

Et devinez quoi ?… Maintenant touillez et touillez ferme !

Ça y est, c'est bon ?

Alors, quand votre mélange sera bien homogène (sans grumeaux quoi, ou presque), ajoutez donc la farine et délayez-moi tout ça avec le lait et la levure… Ah, ça a déjà meilleure tournure, non ?

Petit conseil pas cher : votre pâte, elle ne doit être ni trop ferme (elle ne doit donc pas faire une boule qu'on peut coller au plafond), ni trop liquide (c'est pas de la pâte à crêpe, quand même).

Et maintenant le plus facile.

Beurrez donc un moule à cake ou une cocotte moyenne. Ça y est ?

Maintenant devinez … Et ben vous versez un peu de pâte dedans, histoire de couvrir le fond.

(Mais oui vous allez voir pourquoi on ne verse pas tout d'un coup, un peu de patience).

Sur cette pâte, vous allez rajouter vos… Vos quoi ?… Ben, vos pruneaux bien sûr, vous ne les aviez pas déjà oub… Ah vous les avez oubliés chez le marchand ?… Alors là c'est pas de chance. À tout à l'heure…

Vous êtes revenu ?

Allez, ça va, c'est fini ce gros bobo, on continue.

Préchauffez le four.

Maintenant c'est tout simple, il vous suffit de recommencer l'opération jusqu'à la fin de votre pâte. Et si certains curieux veulent savoir combien on met de pruneaux, je leur réponds… C'est selon les goûts… Si vous aimez énormément les pruneaux, vous en mettez beaucoup, sinon, vous en mettez peu… Mais en tout cas mettez en quand même, un pounti sans pruneaux, c'est comme un galoup sans poil, ça fait rire tout le monde.

Une fois que vous avez terminé tout ça, il ne vous reste plus qu'à enfourner le pounti au four préchauffé, à 150°, pendant deux heures…

Et pendant ce temps, allez vous reposer, vous l'avez bien mérité.

Après ce temps-là (le temps de lire une revue sur le Cantal pittoresque, par exemple. Mais non je ne me répète pas), allez donc un peu taquiner votre pounti avec un couteau. Non, ce n'est pas être inutilement sadique avec un pauvre plat cuisiné, mais simplement vérifier la cuisson. Enfoncez bien le couteau (je vous jure que le pounti ne criera pas) et ressortez-le. S'il ressort sec, c'est que le pounti est cuit… S'il ressort mouillé, laissez-le encore au four.

Après, ne reste plus qu'à le sortir, le couper en tranches d'environ 2 centimètres d'épaisseur dans le sens de la largeur, et de vous régaler…

S'il vous en reste pour le lendemain, ce dont je ne doute pas, le pounti étant un plat hautement nourrissant, faites la chose suivante : découpez quelques tranches, et faites-les revenir à la poêle, avec un peu de beurre, d'un côté, puis de l'autre… Hum ! C'est encore meilleur.

Et ne me remerciez pas, ce serait gênant.

Récapitulons

- 300 g de feuilles de blettes
- 1 bouquet de persil
- 2 oignons
- 250 g de ventrèche
- 250 g de restes de viande
- 50 g de farine
- 4 œufs
- 2 dl lait
- 10 pruneaux

La patranque

Nous espérons que notre histoire, et la brève évocation que nous avons faite de ce plat, dans le livre, chez Gisèle la « maldiseuse », vous aura donné envie d'y goûter.

En matière de plat consistant, la patranque se pose là. Une bonne patranque, ça vous plombe son homme pour la journée de travail et lui donne des forces pour affronter toutes les rigueurs de la vie montagnarde.

Vous êtes prévenus.

Bien, alors commençons.

Pour une bonne patranque, l'aliment de base reste… le pain.

Mais attention, pas n'importe quel pain ! Bannissez tout de suite de votre table ces pains blancs et insipides que l'on consomme de nos jours. Non, ce qu'il vous faut, c'est du pain de campagne, du pain noir, au seigle, le genre de pain qui pèse presque autant qu'une brique. Au temps de Louis on ne mangeait pas de pain blanc.

Oubliez-le pendant quelques jours, le temps qu'il sèche (pas trop longtemps tout de même ou vous devrez vous munir d'un marteau). 500 ou 600 g devrait faire l'affaire.

Ensuite, il vous faut le fromage, mais pas n'importe quel fromage non plus : de la tomme fraîche d'auvergne (en fait, il s'agit du fromage de cantal avant qu'on le sale)… Vous devriez en trouver dans une bonne fromagerie. Demandez de la tomme fermière si possible. Procurez-vous en autant que de pain : 500 à 600 g aussi, donc.

Là-dessus, ajoutez 60 g de beurre. Surtout pas de margarine ou autre beurre surnaturels, malheureux, non, du vrai beurre avec du vrai lait dedans.

Trouvez également un petit verre de lait (pas écrémé non plus, entier, allez, ne soyez pas timide).

Pour relever un peu tout ça, munissez-vous d'un peu d'ail (de 1 à 4 gousses selon les goûts). Oui, je sais, vous allez durablement vous ruiner l'haleine, mais, que voulez-vous, c'est tellement bon ! Et du temps de Louis, on craignait bien moins les odeurs fortes. (Un conseil, si vous avez une petite amie, faites-lui en manger aussi, de la patranque, ou elle refusera le bisou pour le reste de la soirée).

Enfin, un peu de sel et de poivre.

Vous y êtes ? Vous avez tout sous la main ? Alors allons-y.

En premier, émiettez sommairement le pain et versez le lait dessus (munissez-vous tout de même d'un récipient avant).

Pendant que le pain trempe et se gorge de lait, coupez la tomme en lamelles, puis écrasez votre ail (mais non ça ne pique pas les yeux et ça sent bon le Moyen Âge).

Revenez à votre pain.

Dans une poêle, faites fondre votre beurre, puis versez-y le pain. Faites-le dorer… Hum ! Ça sent déjà bon.

Une fois ces opérations réussies, ajoutez le fromage (tomme) et l'ail, baissez le feu.

Couvrez un peu, le temps de boire un verre d'eau, mais pas plus longtemps. Munissez-vous d'une grande spatule en bois (vous en avez une au moins ?)… Et maintenant, touillez ferme, salez et poivrez !

Il vous faudra touiller, touiller et touiller encore, mélanger et écraser tout ça, mais pas trop, jusqu'à ce que, sous vos yeux ébahis, la patranque se mette à filer (c'est-à-dire que le fromage fasse des fils à croire qu'on n'arrivera jamais à en dépêtrer sa cuillère)… Quand la patranque file bien toute entière et que l'odeur du fromage fondu se répand dans toute la maison, vous pouvez servir.

Et maintenant, régalez vos petites papilles alléchées.

Alors oui, je sais, c'est très mauvais pour la ligne. Vous pensez déjà à vos trois semaines de régime ruinées en quelques minutes…

Ce n'est pas grave. Donnez-vous bonne conscience en vous promettant de passer vos prochaines vacances au pays de Louis où vous pourrez crapahuter à longueur de journée pour éliminer tous vos kilos superflus.

Récapitulons

- 500 ou 600 g de pain sec noir ou de seigle, voire de pain à la meule ou à l'ancienne.
- 500 ou 600 g de tomme fraîche d'auvergne
- 60 g de beurre
- un petit verre de lait
- un peu d'ail (selon goût)
- du sel, du poivre
- du gaz
- du nez
- une poigne solide

Le chou farci

Allez, je ne résiste pas au plaisir de vous en mettre une autre. C'est que, généreux que je suis avec les gourmands, je ne peux pas m'arrêter en si bon chemin.

Et puis, cette recette-là, contrairement à la truffade, Louis la connaissait.

Je sais que si vous avez essayé toutes les recettes précédentes, vous devez être un peu éprouvé du ventre. Si c'est le cas, et que vous vous jetez sur quelque médecine digestive, en ce moment, dites-vous que, dans notre pays, tous ces plats faisaient parfois partie d'un seul repas (les jours de fêtes)…Hé, vous partez déjà ?

Vous êtes revenu, ça va mieux ? Alors voyons un peu.

Bon, comme je suis miséricordieux, je vous préviens : invitez des amis avant de faire cette recette, car il s'agit d'un plat aussi convivial que bourratif… Bref, pour faire simple elle se conçoit pour dix ou douze personnes urbaines du XXIe siècle. Évidemment, si vous avez à table quatre affamés de tâcherons rentrant des champs, vous pouvez y aller aussi, vous n'en aurez peut-être même pas assez.

Pour cette recette, il faudra vous munir des ingrédients suivants : d'abord, vous vous en doutiez un peu, d'un chou (vert hein, attention !).

Ensuite, de 250 g de viande (bœuf, porc, ou, si vous êtes prévoyant, vous pouvez, les jours précédents, mettre de côté les restes de viande pour future utilisation. Hé oui, on ne jette rien chez nous, surtout pas la nourriture !)

Nous continuerons par 200 g de lard, 2 tranches de jambon, une de jambon blanc et une du pays (attention si je vous prends à les acheter en supermarché !). Et puisque vous êtes dans la viande, attrapez-moi donc cette grosse saucisse (à cuire hein, pas sèche !) qui essaye de s'esbigner pour échapper à la cuisson.

Ça y est, la diététicienne est tombée dans les pommes, nous sommes tranquilles pour continuer.

Ah ! Vous aviez oublié du pain dans un coin de la cuisine depuis deux semaines ? Non, ne le donnez pas au chien ou aux canards du parc voisin, il y a mieux à faire. Émiettez-le en morceaux grossiers (s'il est vraiment trop sec munissez-vous d'un marteau) et mettez-le à tremper dans du lait, ça lui apprendra à jouer au dur.

Coup sur coup, et sans leur laisser le temps de s'enfuir, attrapez 1 ou 2 oignons et 1 gros bouquet de persil (en général, ils n'opposent pas une grande résistance). Et puisque on en est au paragraphe des aliments qui vous font une haleine redoutable, ajoutez 2 gousses d'ail.

Nous poursuivrons par 2 ou 3 œufs (oui, de la boîte, je vous y autorise, fainéants que vous êtes !)

Enfin, munissez-vous de 2 cuillères à soupe de vraie crème fraîche bien épaisse et pas du tout allégée.

Et puis, au diable l'avarice, une cuillère à soupe de farine.

Du sel, du poivre.

Voilà, nous y sommes.

Maintenant, prenez sauvagement un couteau, et attaquez votre chou pour le couper en morceaux (laissez des feuilles assez grandes) jetez le trognon et les premières feuilles, on ne les mangera pas.

Dans un saladier, faites tremper le chou vert dans de l'eau froide vinaigrée.

Et puis tant qu'on y est, dans un autre récipient, cassez votre pain dur et faites-le tremper dans du lait.

Ça va, jusque-là rien d'insurmontable.

Mais vous n'allez pas vous en tirer à si bon compte.

Puisque vous n'avez rien de mieux à faire, mettez donc à chauffer une grande marmite d'eau salée (enfin, à défaut de marmite, un grand récipient qui va au feu).

Attendez que l'eau bouille. Quand c'est fait, sortez votre chou du saladier et plongez le chou dans l'eau bouillante.

Vous me suivez toujours ? Alors on continue.

Attention ça va devenir technique.

Attendez que l'eau bouille à nouveau… Puis patientez encore 5 minutes. Le sortir.

Maintenant changez l'eau de cuisson (sans vous ébouillanter, hein ! Je sais qu'au Moyen-Âge ça se faisait couramment mais je ne vous le souhaite pas vraiment) et remettez à chauffer. Une fois le tout à ébullition, jetez le chou dedans, attendez un quart d'heure (je vous avais prévenu que ça allait se compliquer).

Allez, tiens, je suis beau joueur, profitez de ce quart d'heure, je ne sais pas moi, pour relire quelques chapitres des aventures de *Louis le galoup*, par exemple.

Quoique, finalement, à bien y réfléchir, vous avez des tâches plus urgentes à accomplir.

Tout d'abord, hachez grossièrement (mais oui je vous autorise même le mixer si vous ne voulez pas abîmer vos petites mimines) : d'abord les viandes et le jambon.

Sortez-les du mixer.

Non, non, ne rangez pas le mixer, ce n'est pas fini, vous n'allez pas vous en tirer comme ça !

Hachez plus finement le lard, le ou les oignons, l'ail et enfin le persil.

Allez, mettez-moi tout ça dans un saladier.

Maintenant pressez votre mie de pain trempée au lait histoire de l'essorer un peu.

Mélangez-la aux autres ingrédients.

Ah, la saucisse ! Elle essaye encore d'y couper celle-là. Rattrapez-la, pelez-la et videz-la dans le mélange.

Ajoutez la farine et la crème, puis les trois gros œufs entiers. (Mais bien sûr qu'on les casse avant et qu'on ne met pas la coquille dans la recette. Non mais, vous nous prenez pour qui ?)

Mélangez bien cette farce.

Tiens, on dirait que quelque chose déborde ? Ah, le chou, vous l'aviez oublié. Courez !

Ouf, c'était moins une.

Bon allez, videz l'eau de la cocotte, récupérez le chou dans une assiette.

Et maintenant c'est très simple. (Juré promis.)

Au fond de la marmite (ou de la cocotte ou du récipient qui va au four), mettre de l'huile.

Faites un lit de rondelles de carottes afin d'éviter que le chou n'accroche.

Posez d'un côté votre saladier de farce et de l'autre votre assiette pleine de chou.

Retroussez-vous les manches et on y va.

Disposez des feuilles de chou sur le fond et les parois de la marmite (ou de…).

Puis allez-y gaiement et sans complexes : une couche de farce ; une couche de chou… Une couche de farce ; une couche de chou… Répétez avec moi… Une couche de farce ; une couche…

Avant de finir, un conseil : débrouillez-vous comme vous voulez, mais il faut finir par une couche de chou.

On y est presque, plus qu'une dernière petite formalité.

Couvrez et mettez au four préchauffé thermostat 7.

Laissez cuire une heure et demie environ. (Là, pour le coup, vous pouvez vous le relire votre chapitre de *Louis le galoup*. Lavez-vous les mains avant, ou ça va tacher. Remarquez, après tout, c'est votre livre, vous en faites ce que vous voulez. Un livre, il faut bien que ça vive, et quelques taches de gras, ça lui donne un cachet du terroir).

Ah, j'allais oublier ! Si vous aimez un peu gratiné, découvrez pour la dernière demi-heure de cuisson… (Hum, c'est divin quand ça croustille un peu au-dessus !!).

Quand vous reviendrez, le dessus de votre chou farci aura pris une belle couleur brune à s'en régaler les yeux… Ce sera prêt.

Pour servir, coupez donc le chou farci comme vous le feriez avec des lasagnes et servez le chaud.

Vos invités vont s'en faire un festin et vous aussi.

Si vous ne finissez pas votre chou farci dans la journée (enfin, moi ce que j'en disais, chacun fait comme il veut) conservez-le au frigo, il se réchauffe très bien au four ou à la poêle le lendemain.

Et avec cette recette, vous être presque à table avec Louis, Séverin, Thierry et la Roussotte.

Allez, bavard que je suis, je vous laisse manger, vous l'avez bien mérité.

RÉCAPITULONS

- 1 chou vert
- des restes de différentes viandes cuisinées (porc, volaille, bœuf…)
- 200 g de lard
- 2 tranches de jambon (une de jambon blanc, une de jambon du pays)
- 1 grosse saucisse à cuire
- un demi-pain rassis (mie) trempé dans du lait (presser avant d'incorporer)
- 1 ou 2 oignons (selon votre goût)
- 2 ou 3 gros œufs
- 2 cuillères à soupe de crème
- 2 cuillères à soupe de farine
- 1 gros bouquet de persil
- 2 gousses d'ail
- du sel, du poivre

La truffade

Alors oui, je sais, je sais, les pommes de terre n'avaient pas encore été introduites en France à l'époque de Louis, il faudra attendre pour cela 1785, que M. Parmentier revienne du Nouveau Monde avec le fabuleux tubercule.

Par voie de conséquence, Louis n'a jamais eu la chance de manger de truffade, puisque la pomme de terre est à la base de ce plat. Ce que Louis a pu manger de plus approchant, dans son Moyen Âge parallèle, est la patranque.

Pourquoi, alors, me direz-vous, noter ici cette recette alors que notre héros ne la connaissait pas ?

Et bien parce que la truffade est tout de même, dans notre réalité, et depuis plus de deux siècles, le plat national du pays de Louis. Si vous venez un jour traîner vos guêtres dans notre beau pays, nul doute qu'on vous servira de la truffade si vous fréquentez quelques auberges du coin. Attention ! Vous connaissez peut-être déjà l'aligot, ce très bon plat à base, lui aussi, de pommes de terre, venu de l'Aveyron voisin. Surtout ne dites pas à un Cantalien qu'il mange de l'aligot, ce serait motif à fâcherie sévère. Ces deux plats, mis à part certains ingrédients, n'ont rien de commun. Je ne suis pas plus chauvin que ça, et pour ne pas froisser certains Aveyronnais de la famille, je dirais que les deux se valent, dans la catégorie des plats délicieux et hyper-caloriques à vous plomber un estomac comme peu y réussissent.

Mais passons donc à la truffade, j'en salive déjà.

Le mot « truffade » ça vient de « truffe » et la truffe, dans le patois de par ici, c'est la pomme de terre. (On vous a bien eu hein ?) Pour la petite histoire, souvenez-vous que dans le pays, nous sommes tous des enfants de la pomme de terre. Ce merveilleux tubercule ramené des plateaux andins (Pérou) a sauvé de la famine des centaines de milliers de personnes, par sa capacité à résister au froid et à se cultiver quasi n'importe où, en particulier dans les régions où on n'était pas sûr d'avoir du blé, et donc du pain, pour passer l'hiver. (Songez qu'à l'époque, le pain c'était 80% du repas.)

Bon allez, arrêtons un peu de dégoiser à tort et à travers et passons à la truffade.

Je disais donc.

Récupérez 1 kg de pommes de terre (toute maison qui se respecte doit, en permanence, posséder dans ses réserves au moins 1 kg de pommes de terre… On ne sait jamais ce qui peut arriver.)

Un peu plus compliqué (mais si vous avez trouvé un fournisseur pour la patranque, tout va bien) munissez-vous de 400 g de tomme fraîche du cantal.

Maintenant, trouvez au fond de votre frigo quelques dés de lardons (fumés ou pas).

Attrapez 1 gousse d'ail.

Puis emparez-vous de sel, poivre et d'huile.

Vous avez tout ?

Nous pouvons commencer

Pelez et lavez les pommes de terre (vous savez faire ça comme un chef, non ?).

Une fois les belles des champs bien déshabillées, coupez-les en rondelles plus ou moins fines sans faire de manière. Puis, tant que vous avez le poignet chaud, écrasez votre gousse d'ail.

Dans une grande poêle (de préférence à bord relevé), faites chauffer l'huile (oubliez l'huile d'olive, ce serait vraiment une hérésie, préférez-lui plutôt l'huile de tournesol, ou à la limite de maïs. Si vous préférez, faites fondre du beurre, à vous de voir).

Quand l'huile est chaude, jetez-y les pommes de terre et l'ail (doucement ou il y a risque de projections).

Faites bien revenir vos pommes de terre. Il n'y a pas de temps de cuisson précis. Faites-les dorer, mais ne les laissez pas devenir craquantes ou aussi raides que des chips, juste un peu bronzées.

Dans une autre petite poêle (allez, allez, un peu de nerf), faites un peu rissoler les lardons avec quelques gouttes d'huile (oui, je sais, ça va sentir le graillou dans toute la maison, mais c'est aussi ça, la cuisine du pays de Louis). Eux non plus, ne les faites pas trop rabiner. Faites-les juste un peu bronzer et sortez-les du feu.

Pendant que vos pommes de terre cuisent, tout en les retournant de temps en temps pour éviter que certaines brûlent et d'autres restent blanches, salez-les et poivrez-les.

Tant que les pommes de terre finissent de cuire, coupez la tomme fraîche en lamelles et gardez-la dans une assiette, prête à l'emploi.

Et puis, tiens, tant qu'on y est, soyez pas timide, préchauffez-moi un peu votre four sur position gril et sortez donc un plat de taille moyenne (allez quoi, n'ayez pas peur, je suis sûr que vous avez un lave-vaisselle, citadin que vous êtes).

Enfin voilà le grand moment.

Versez vos lardons dans les pommes de terre et touillez-moi un peu tout ça.

C'est fait.

Alors maintenant prenez votre tomme. Faites en glisser environ 300 g dans les pommes de terre, baissez le feu.

Et maintenant… Touillez !

Comme pour la patranque, il vous faudra touiller jusqu'à ce que la tomme fonde et file.

Maintenant, versez-moi tout ça dans le plat, répandez dessus votre tomme de réserve, touillez un peu et enfournez juste le temps de faire croûter la préparation (une belle croûte dorée et craquante qu'on s'en damnerait rien qu'à la regarder).

Surveillez bien, hein ! Point trop n'en faut !

Allez, sautez sur votre manique et sortez-moi ce petit prodige du four.

Et là, là, vous me découvrez une truffade dorée à point, fondante à l'intérieur, qui va vous envoyer dans les narines et l'estomac de ces bouffées de Mandailles… Hum…

Bon, je ne sais pas si j'ai réussi à vous convaincre, mais moi, rien que d'en parler, tiens, je m'en sens des crampes d'estomac à m'en relever la nuit pour m'en préparer une. (Et puisque j'en parle, je crois bien que c'est ce que je vais faire.)

Bon appétit et bien le bonjour à votre diététicienne.

Récapitulons

- 1 kg de pommes de terre
- 400 g de tomme fraîche du Cantal
- des lardons
- 1 gousse d'ail
- du sel, du poivre

La tarte à l'encalat

La folie du Pere Georges

Alors là attention… Attention, du dessert comme ça, on n'en fait plus. C'est du qui vous envoûte les papilles, qui vous fait remonter le temps par la langue, et surtout, qui vous ravit l'estomac.

« Qu'est-ce qui se cache sous ce nom barbare ? » vous demandez-vous ? « Avec un titre pareil, celle-là, elle promet de pas être triste. » Voilà ce que vous vous dites, incrédules que vous êtes.

Et bien voyons un peu ça…

Attention, parents, ce dessert peut causer une grave accoutumance et vous enchaîner au fourneau tous les dimanches que Dieu fait.

Comme son nom l'indique, la tarte à l'encalat est avant tout une tarte (merci M. de La Palice). Et qui dit tarte dit… ? Pâte à tarte… Merci de suivre.

Non, non et non, sabraquouille que vous êtes, nous n'allons pas acheter un rouleau de pâte industrielle. Oui madame, oui monsieur, vous allez la faire vous-mêmes avec vos petites mimines et vous les engluer un peu avant de pouvoir vous régaler.

Pour la pâte :

Munissez-vous de 250 g de farine. Jusqu'ici, pas de problème.

Puis attrapez une plaquette de beurre de 250 g.

Récupérez donc 1 œuf (mais non je n'exige pas de vous que vous alliez l'acheter à la ferme du coin, ceux de la boîte feront bien l'affaire pourvu qu'ils soient extra-frais).

Prélevez 1 cuillère à soupe de sucre en poudre tout ce qu'il y a de plus commun.

Ajoutez à cela 1 cuillère à soupe d'eau.

Et finissez par 1 pincée de sel.

Là, ça va se compliquer un peu, alors accrochez-vous à la casserole.

Reprenez votre sac de farine et prélevez-en 50 g.

Ajoutez donc 4 œufs de plus (oui, oui, vous êtes observateur, ça fait bien 5).

Maintenant, tenez-vous bien, il faut rajouter à cela le caillé (hé oui, là je vous sens perdu, mais ne vous en faites pas, les choses vont s'éclairer), 180 g de sucre (là je vous sens respirer) et 2 cuillères à café d'eau de fleur d'oranger (ça aussi vous pouvez le trouver en supérette, allez, je suis pas vache).

Et maintenant lançons-nous.

La première chose à faire, c'est de préparer le caillé (J'en sens déjà dont les poils se hérissent et j'entends des exclamations dans les rangs du fond : « Du caillé ? Du caillé de quoi ? Beurk ! Ça fait dégoûtant rien qu'à l'entendre ! »). Vous avez bien tort.

C'est tout simple. Vous versez 2 litres de lait dans une casserole et vous les faites tiédir. Une fois le lait tiède, vous arrêtez le feu, vous ajoutez la présure (à demander à votre pharmacien, si, si, c'est une substance qui fait cailler le lait), vous mélangez, puis vous couvrez. Et là, heureux que vous êtes, vous pouvez aller vous reposer deux heures, le temps de lire un livre sur les monts d'Auvergne ou le Languedoc, par exemple.

Quand vous allez revenir, un tour de magie se sera opéré dans votre casserole. La présure aura fait cailler le lait. Il ne vous reste plus qu'à égoutter le caillé dans une passoire… Vous voyez que ce n'est pas sorcier.

Pour la garniture :

Pour préparez la garniture (ce qui va sur la pâte), rien n'est plus simple. Mélangez, dans un récipient, 50 g de farine et 2 œufs préalablement fouettés (avec une fourchette hein, pas un fouet).

Dans une autre casserole mettez les autres œufs, le caillé, les 180 g de sucre et la fleur d'oranger.

Et, encore une fois, vous vous retrouvez à touiller jusqu'à ce que le mélange soit suffisamment liquide.

Une fois le mélange fait, vous le versez sur votre pâte.

Il ne vous reste plus qu'à enfourner la tarte au four pour 50 minutes environ à feu doux.

Et 50 minutes plus tard, vous pouvez vous régaler.

Alors, il a pas raison Louis ?

Récapitulons

Pour la pâte :

- 250 g de farine
- 250 g de beurre
- 1 oeuf
- 1 cuillère à café de soupe de sucre en poudre
- 1 cuillère à soupe d'eau
- 1 pincée de sel

Pour la garniture :

- la présure
- 2 litres de lait
- 50 g de farine
- 4 œufs
- le caillé
- 180 g de sucre
- 2 cuillères à café d'eau de fleur d'oranger

Avertissement aux historiens tatillons et puristes de tout poil.

Là aussi, je sais, le sucre, qu'il soit de canne à sucre ou de betterave sucrière, n'était pas utilisé en France au Moyen Âge, puisque personne ne l'avait rapporté des Amériques. Mais, que voulez-vous, c'est tellement délicieux la tarte à l'encalat, que je ne voulais pas en priver les lecteurs de cette histoire. Vous pardonnerez donc cette faiblesse et cette entorse à la réalité historique à un gourmand impénitent qui a envie de faire connaître les recettes de son pays natal à ceux qui en sont privés.

Eh bien voilà, c'est à regret que j'arrive à la fin de cette brève visite gastronomique du pays de Louis.

J'espère être parvenu à vous faire passer un peu du goût et des couleurs de notre pays... On peut être conteur et expert en menteries, on n'en est pas moins gourmand de bonnes choses... Et ici, pour montagnards que nous sommes, nous en avons quelques-unes, de bonnes choses.

Je vous quitte, mais je vous retrouverai.

Quand vous vous procurerez la suite des aventures de Louis, pensez-donc à vous faire un repas de Mandailles, puis, l'estomac plein de saveurs de chez nous, installez-vous confortablement, et, pour la veillée, lisez *Les Nuits d'Aurillac*... Je vous jure, même si vous n'avez pas de cantou, vous entendrez presque le crépitement des bûches dans le foyer et la voix de Castanier en train de tisser ses fadaises. Alors il sera l'heure du conteur, l'heure de Louis... Louis le galoup.

LOUIS LE GALOUP

Déjà parus :

Tome 1 - Le Village au bout du monde

Tome 2 - Les Nuits d'Aurillac

Tome 3 - Le Maître des Tours de Merle

Tome 4 - La Cité de pierre

Tome 5 - Le Cœur de Tolosa

Imprimé en France

par Jouve-Print
733 rue Saint Léonard
53100 Mayenne

en février 2021